徳 間 文 庫

時代小説アンソロジー

て し ご と

あさのあつこ　奥山景布子
小松エメル　西 條 奈 加
澤 田 瞳 子　志 川 節 子

JN107760

徳 間 書 店

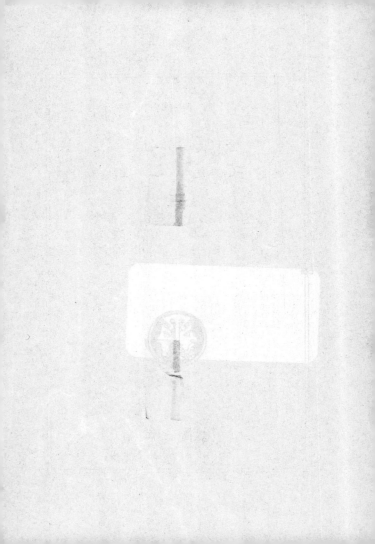

目次

春雀二羽

澤田瞳子

澤田瞳子（さわだ・とうこ）

1977年京都府生まれ。同志社大学文学部文化史学専攻卒業、同大学院博士前期課程修了。専門は奈良仏教史。2011年、デビュー作『孤鷹の天』で第17回中山義秀文学賞を受賞。13年『満つる月の如し 仏師・定朝』で、本屋が選ぶ時代小説大賞2012ならびに第32回新田次郎文学賞を受賞。16年『若冲』で第9回親鸞賞、20年『駆け入りの寺』で第14回舟橋聖一文学賞、21年『星落ちて、なお』で第165回直木賞を受賞。その他の著作に『ふたり女房』『師走の扶持』『関越えの夜』『火定』『落花』『輝山』『恋ふらむ鳥は』など。

とろりと黄ばんだ陽射《ひざ》しの中で、二羽の雀《すずめ》が地面をつついている。

年が改まってまだ二十日も経《た》ってないだけに、差し込む陽こそ真冬よりはるかにまろやかだが、風は身を切るほどに冷たい。餌《えさ》を探す雀たちも羽を膨《ふく》らませ、懸命に日だまりを追いかけているかのようだ。

調薬室の縁側に石臼《いしうす》を据えて生薬《しょうやく》を碾《ひ》いていた元岡真葛《もとおかまくず》は、傍《かたわ》らの蓆《むしろ》に積み上げられた薏苡仁《よくいにん》（ハトムギ）の粉をひと摘《つ》まみ、庭先に撒《ま》き散らした。その途端、雀たちが驚いた様子で、ぱっと三尺ほど飛び上がる。だがすぐに撒かれたものの正体に気付いたのか、そこここに散った白い粉を嬉しそうについばみ始めた。

「あっ、真葛さま。また雀なんぞに餌をやらはって」

帳面を片手に百味簞笥《ひゃくみだんす》の薬の在庫を確かめていた荒子《あらご》（園丁）頭の吉左《きちざ》が、小走りに駆け寄ってきて、縁側に膝《ひざ》をついた。その癖、雀を追い払う素振りも見せず、「なかなか温かくならへんこの季節、鳥も獣も食い物を探すのは大変ですやろなあ」と灰色の雲に覆われた御薬園《おやくえん》に目をやった。

ここ鷹《たか》ヶ峰《みね》御薬園は京都の洛北《らくほく》、三方を山に囲まれた台地の上に位置し、広さは約七百坪。和漢の薬草から、カミツレ（カモミール）や人参《にんじん》など長崎からもたらされた貴重な植物まで、計二百余種の薬草を育てる幕府直轄《ちょっかつ》の薬草園である。その歴史は江戸・小石川《こいしかわ》薬草園よりも古く、代々、鷹ヶ峰御薬園を預かる藤林《ふじばやし》家は禁裏《きんり》のご典《てん》医《い》を兼ねるのが慣わしとなっていた。

真葛には義理の兄に当たる当代当主・藤林匡《ただす》は、腕のいい本道医（内科医）。この春に二十四歳になった真葛もまた、幼い頃から御薬園の生薬に親しむ一方で、京の名だたる名医の元で修業を積み、診立《みた》ての確かさは義兄の匡からも一目置かれるほどであった。

ただ真葛自身は医師として病を癒《いや》すより、物言わぬ薬草を育て、薬を調じる方が性に合っているのだろう。日焼けもいとわず、荒子とともに薬草園の手入れに励み、調薬の試行錯誤《しこうさくご》に余念がない。匡の連れ合いである初音《はつね》が持ち込む縁談も片《かた》っ端《ぱし》から断り、ただ薬の道を究《きわ》めることのみに邁進《まいしん》していた。

薏苡仁は清国麦《しんこくむぎ》とも呼ばれ、一反《いったん》の畑から八斗《はっと》もの収穫が上がる実りの多い穀物。

浮腫《むくみ》を取り、熱を取り除く作用がある他、咳嗽《がいそう》の治療や下痢止めにも使われる生薬である。

御薬園で収穫される生薬は、すべてご公儀からの預かりものと見なされ、厳しい管理が命じられている。しかしながら薏苡仁だけは収穫量があまりに膨大《ぼうだい》なため、藤林家ではこれを種皮をつけたまま炒《い》って煮出し、茶代わりに用いもする。つまり吉左も真葛の不作法を咎《とが》めただけで、それをひと摘まみやふた摘まみ、雀に投げ与えたところで、目くじらを立てるつもりはさらさらないのであった。

「昨年の秋の野山の実りが悪かったせいで、ここのところ長坂口界隈《ながさかぐちかいわい》では猿が餌を求めてうろうろしているんやとか。一昨日もついそこの街道沿いの家が、軒先に提げていた干し柿を、ひと縄、丸々持って行かれたそうどっせ」

「こういつまでも風が冷たいと、風邪や咳病（インフルエンザ）も増えるばかりです。お互い、気を付けねばなりませんね」

真葛の相槌《あいづち》に、吉左が「そういえば」と素《す》っ頓狂《とんきょう》な声を上げた。六十の坂をとっくに越し、ここのところいささか耳が遠くなり始めたせいか、雀がびくっと顔を上げるほどの大声であった。

「昨日来はった亀甲屋《きっこうや》の番頭はんが言うてはりましたけど、若旦那の定次郎《さだじろう》はんがこの間からひどい風邪を引いて、寝込んではるそうどっせ。当初はごく軽い鼻風邪やったのが、薬種屋の若旦那が病と知れては外聞が悪いと無理をして、かえってこじらせてしまわはったそうどすわ」

京都の二条通新町・烏丸《からすま》通間は生薬を扱う店が櫛比《しっぴ》し、江戸の本町・大坂の道修町《どしょうまち》と並ぶ和漢薬の集散地。そんな二条薬種街の中ほどに暖簾《のれん》を上げる亀甲屋は、店の構えこそ簡素であるが、質のいい生薬を扱う鷹ヶ峰御薬園御用達の薬種屋である。

亀甲屋の総領息子である定次郎は、生薬の買い付けに全国を飛び回る父親に代わって店を切り盛りする実直な男。彼であれば、なるほど店の留守を預かる身として意地を張り、風邪を悪化させても不思議ではない。

「それは悪いことですね。何と言っても、風邪は万病の元。油断をしていると、肺臓を痛めもします。義兄上《あにうえ》にも申し上げ、一度、見舞いに参りましょう」

思い返せば半月前、年始の挨拶に御薬園に来た定次郎はいつも以上に顔が白く、時折、声をかすれさせていた。てっきり師走《しわす》からの疲れゆえとばかり思い込んでいたが、もしかしたらあの時すでに熱を出していたのかもしれない。

薏苡仁を平らげ、すっかり腹が満たされたのだろう。雀たちは更に餌を乞うこともせず、藁《わら》囲いの施された御薬園の方角へ飛び去った。それと入れ替わるように、「真葛さん、少しいいですか」と声がして、匡の妻である初音が調薬室の敷居際に膝をついた。

「はい、義姉《あね》さま。なんでございますか」

見れば初音は膝の上に、素木の木箱を抱いている。大事そうにそれを抱え、真葛の傍らに座を占めた。

「実は先ほど鍼医《しんい》の御薗常言《みそのつねこと》さまが、旦那さまを訪ねてお越しになられたのです。今は旦那さまのお部屋で何やら込み入ったお話をしてらっしゃいますが、突然の訪《おとな》い、大変ご無礼申し上げますと仰《おっしゃ》って、土産《みやげ》にこれを下さったのです」

初音はぽってりと肉づきのいい手で、木箱の蓋《ふた》を取り払った。その中には綿が敷き詰められ、美しい錦の装丁が施された巻子が四本並べられている。ひどく整った字で題簽《だいせん》に記された「大極論」の字が、真葛の眼をまっすぐに射た。

「当代屈指の能書、千草清佐《ちぐさきよすけ》さまの手になる筆写本だそうです。ついては旦那さまがこれを真葛さんに知らせろと仰いまして」

はて、と真葛は首をひねった。

御薗家は代々、鍼術を業《なりわい》とする御典医で、今年三十八歳になる常言はその七代目。御薗の姓は正親町《おおぎまち》天皇・後陽成《ごようぜい》天皇に仕えた御薗家初代・常心《じょうしん》が、宮中で枯れかかった芍薬《しゃくやく》の名木を鍼術で以《も》って癒したために与えられたと言われている。以来、代々の当主は官職を与えられて天皇に近侍し、常言自身、十歳にして従六位上・主計助《かずえのすけ》に任ぜられたのを振り出しに、正五位下まで官位を進めていた。

常言は昨年末に落飾し、今は浄覚と名乗っているが、御典医の職にはいまだ留《とど》まり続け、半僧半俗の生活を送っている。匡にとっては同じ典医同士。また一時期、常言の父である御薗常斌《つねよし》を師として鍼術を学んでいた真葛にとっては、その弟の常懿《つねふと》ともども、兄弟子に当たる人物であった。

「大極論」は御薗常斌が記した鍼術書で、藤林家にもその写本は所蔵されている。当代屈指の能書が写した書物となれば、おそらくは常斌が贈答用に特別に作らせたひと揃いに違いない。

ただ常言と匡は、相役同士。なにか相談があるのであれば、そんな高価な品を携えて洛北までやって来ずとも、禁裏に出仕の折に声をかければ済む話だ。

（つまり――）

常言の用事は、世人の耳目《じもく》を憚《はばか》る何事か。そしてどうやら匡は内々に、真葛に同席するように促《うなが》しているわけだと察し、真葛は初音ににっこり笑いかけた。

「それはありがとうございます。常言さまは、私には兄弟子。せっかくのお越しとなれば、ご挨拶に参らねばなりませんね」

木箱に蓋をかけると、真葛は膝を払って立ち上がった。台所を覗《のぞ》き、折しも通い女中のお兼《かね》が淹《い》れていた茶の盆を受け取って、中庭に面した匡の自室へと向かった。

「失礼いたします。真葛でございます」

そう言って障子を開け、真葛は目をしばたたいた。上座に座っていた御薗常言の表情には、はっきりと濃い疲労が漂っていたのである。

普段、気弱な笑みを浮かべている顔はどす黒く、くっきりとした隈《くま》が双眸《そうぼう》の下を縁どっている。常言は本来、少々神経質なところのある人柄だが、そのあまりの憔悴《しょうすい》ぶりに、真葛は思わず「いかがなさいました」と声を上ずらせた。

常言と向き合うように座を占めていた義兄の匡が、敷居際に膝をついたままの真葛を「まあ、入れ」とうながした。

「では、失礼いたします。そういえば先ほど義姉より、常言さまが素晴らしい御本をくださった旨をうかがいました。お気遣い賜《たまわ》り、ありがとうございます」

茶を勧めながらの真葛の礼に、常言は「いや、お気になさいますな」と薄く微笑《ほほえ》んだ。そうすると口元に小さな皺《しわ》がより、その表情にますます翳《かげ》りを加えた。

「あの本は十年前、亡き父が祖父の親友であった千草家のご隠居さまに頼んで筆写していただいた書でございましてな。聞けば匡どののご子息は、今年十歳におなりあそばされたとか。手習いの教本にでもなれば、幸いでございます」

当節の公家はそれぞれ、花道や茶道、書、管絃《かんげん》といった代々の家職を有しており、その伝授で生計を得ている。庭田《にわた》家の庶流《しょりゅう》である千草家は、代々、近衛《このえ》少将を極官とする公家。その隠居である清佐は現当主の祖父に当たり、すでに八十を越えた高齢ながらも、いまだほうぼうから揮毫《きごう》を乞われる能書家と聞いていた。

「お待ちください、常言どの。それがしの息子の手習いに千草清佐さまの筆写本とは、あまりにもったいのうございます」

匡が遠慮がちに口を挟むのに、常言は首を横に振った。

「いえ、実を申せば、わたくしがもらっていただきたいのでございます。なにせ千草家のご隠居さまはお腰がお悪い割に、近年はわたくしよりも弟の常懿の方がお気に入り。かようなお方の書を家に置き続けるのは、いささか気づまりでございましてなあ」

「常言どの――」

匡が困惑した様子で、小さな溜息《ためいき》をついた。

「もしや、我が家にお越しになられたのは、昨日うかがった件の続きでございますか」

「はい。さようでございます。ご禁裏でご相談申し上げた際、匡どのはわたくしの気のせいではと仰いました。ですがやはりどれだけ考えても不安が拭えぬため、再度、こうしてお邪魔した次第でございます」

二人のやりとりに首を傾《かし》げた真葛に気付いたのだろう。常言は乾いた唇に自嘲的な笑みを浮かべた。

「真葛どの、そなたさまは『大同類聚方《だいどうるいじゅほう》』なる医書をご存じでらっしゃいますか」

と問う口調は、師が弟子の学力を測るかのようにひどく生真面目なものであった。

「はい、存じております。大同の古《いにしえ》、平城《へいぜい》天皇さまが臣下に編纂《へんさん》を命じられた医学書でございましょう。かつて伝本を養父の信太夫《のぶだゆう》から見せてもらいもしましたし、修業にうかがいましたほうぼうの医家でも幾度となくその処方について教えられました」

もちろん御薗家でも、と匂わせた真葛に、常言は満足げに首肯《しゅこう》した。

「さようでございましょう。わが父も、『大同類聚方』の記述は頻繁《ひんぱん》に参考にしておりましたからな。とはいえあの書物が偽書だとの説が広まったこの四、五年で、我が家ばかりか他の医家でも、とんとあの本は用いなくなりましたが」

『大同類聚方』は全百巻。平城天皇の詔《みことのり》によって撰述が命じられ、安倍真直《あべのまなお》・出雲広貞《いずものひろさだ》らによって大同三年（八〇八）に上奏されたと正史に記される医学書である。

かれこれ二百年ほど前から、諸国にはこの書の伝本とされる書物が流布《るふ》しており、そこには当時の豪族・社寺に伝わっていたという治療法を中心に、典薬寮伝来の調剤法なども記されていた。このため江戸や上方《かみがた》の書肆《しょし》は、完本である百巻本のみならず、調薬法を抜粋した五十巻本や二十巻本などを盛んに刊行。鷹ヶ峰御薬園でも先代当主・信太夫は調薬の際に必ず『大同類聚方』を参考にし、「平城天皇の御世と言えば、当節から千年の昔。それほど以前からこのように優れた医書が残されているのじゃから、我らも刻苦勉励《こっくべんれい》せねばのう」と真葛にしばしば語っていた。

ところが今から八年前、伊勢国松坂の国学者・本居宣長《もとおりのりなが》は、当時流布していた『大同類聚方』諸本と『日本後紀』を詳細に比較校訂し、執筆者とされる安倍真直・出雲広貞の名や官歴の不一致に対して疑問を提示。現在流布している伝本は、偽書であるとの結論に至った。

国内屈指の国学者である宣長のこの説に、他の学者たちも相次いで賛同。結果、あれほどもてはやされていた『大同類聚方』には、ほんの数年で偽書の烙印《らくいん》が捺《お》されてしまったのであった。

　そうでなくともこの数十年で、日本の医学はめざましい進歩を遂げている。これまでの漢方に飽き足らぬ医師たちは、こぞって蘭方を志して長崎へと遊学。加えて、京都・江戸を中心にあちこちで腑分け《ふわけ》（人体解剖）が行なわれ、諸国の医師が人体への知識を深めつつある最中だっただけに、いったん偽書の疑いをかけられた医学書を顧みる者は、近年ではもはや皆無に近かった。

「ところが十日前、その『大同類聚方』の真本を有すると申す老婆が、我が家にやってきたのでございます」

「真本でございますと」

　驚いて問い返した真葛に、常言は静かに頤《おとがい》を引いた。

「実を申せば我が家には、かねて奇妙な伝承がございましてな。今から二百年あまり昔、御薗家の初代が正親町天皇さまにお仕えしていた頃、帝より内々に『大同類聚方』の真本を賜ったというものです」

　だが家督相続後にどれだけ書庫を探しても、それらしい書籍は見つからなかった、と常言は苦笑気味に続けた。

「正直申して、いくら初代御薗常心に対する龍寵《りゅうちょう》が深かったとはいえ、『大同類聚方』ほどの医書をご下賜くださるとは思えませせぬ。わたくしは直《じか》に顔を合わせたことはございませんが、わが祖父である御薗常尹《つねただ》は風流高雅にして洒脱なお人だったとか。おおかたその祖父が人を煙《けむ》に巻くべく、かような嘘を吹聴したのだと思うておりました」

そんな矢先、寺町松原の幸竹町の常言の屋敷を訪ねてきた媼《おうな》は、まだ春先というのに継《つぎ》の当った単衣《ひとえ》一枚。手足に皸《あかぎれ》を刻み、ひどく貧しげな身形《みなり》だったという。

「わたくしはその時はたまたま参内のため留守をしており、応対をしたのは長年我が家に仕えている老家令。『大同類聚方』にまつわる家内の噂も知っておる男だけに、これは強請《ゆす》りたかりに違いないと考え、そのお婆《ばば》を有無を言わさず叩き出したのでございます」

そこまでひと息に語ると、常言は膝先に置かれていた湯呑の蓋を払った。乱暴にその中身をあおるや、「ところが」と声を上ずらせた。

「その五日後、わたくしは奇妙な噂を耳にしました。中立売《なかだちうり》に別家を許されているわが弟の常懿が、大事そうに風呂敷包みを抱え、五条の書肆・佐野屋に自ら出かけて行ったというのです」

五条富小路に店を構える佐野屋は、医書や本草書を多く刊行している書肆。六年前には鍼術御典医・御薗常斌の『九鍼要経』を、また昨年の夏からは本草学者・小野蘭山の『本草綱目啓蒙』の刊行を行なっている。

ようやく話が見えてきた。つまり常言の懊悩《おうのう》の底には、御薗家の兄弟仲が深く関わっているわけだ。なるほど、匡が自分を呼ぶのも無理はない、と真葛は居住まいを正した。

先代御薗家当主の常斌には、常言・常懿の二人の息子がおり、どちらも早くから鍼術の天才の名をほしいままにしていた。このため常斌は家督を長男の常言に継がせる一方で、次男の常懿には別家を許し、中立売御門近くに屋敷を与えたのであった。

常懿は真葛より八歳年上。常言とは正反対に賑やかなことが好きな人懐っこい質《たち》で、真葛が六歳で御薗家に入門した際には、あれこれと世話を焼いてくれもした。ただ一方で勝気な常懿は兄と折り合いが悪く、常言もまたそんな弟を疎ましく思っていると仄聞《そくぶん》する。

ご典医は天皇の玉体護持が第一の勤めであるが、どれだけ多くの公卿に気に入られ、その屋敷への出入りを許されるかで名声は大きく変わってくる。それだけに常言と常懿はお互いに気性の異なる兄弟を敵視し、その挙動に目を配り続けていたのだろう。二人の仲を案じ続けていた父・常斌が三年前に没したことも、彼らの不仲に拍車をかけているのに違いなかった。

「老婆が持ち込んだのが本物の『大同類聚方』で、それが常懿の手に渡ったとすれば、一大事。あやつはきっと意気揚々とそれに註釈を施し、自分こそが古の医学に通じた鍼医だと、大きな面《つら》をし始めるでしょう」

ああっ、と叫ぶなり、常言は両手で顔を覆って、その場に突っ伏した。

激しく肩を波打たせながら、

「なにせ弟はこれまでにも、前近衛少将さまを始めとして、千草家のご隠居さまや高松家の奥方さまなどなど、わたくしの古くからの患者を幾人も奪ってまいりました」

と低い呻《うめ》きを漏らした。

「常懿が今よりもなお大きな顔を始めれば、御薗家本流の名は地に落ち、世人はこぞってわたくしを嘲笑《あざわら》うに違いありません。ならば、この身はいったいどうすればいいのですか」

身悶《みもだ》える常言の傍らに、匡はあわててにじり寄った。その肩を支えるようにして、

「とにかく落ち着いてくだされ、御薗どの」と声を張り上げた。

「昨日も申し上げましたが、そもそも常懿どのが佐野屋に運んだ包みの中身が、そのお婆が売りに来たものとは決まってはおりますまい」

だいたい女が売りに来た書物が真本の『大同類聚方』だったかも、いまだ不明では

ないか。仮にそれが真本だったとしても、校注を施し、刊行にこぎつけるには、どれだけ早くとも数か月はかかる。それにもかかわらず悲嘆に暮れるのは早計だ、と匡は早口にまくし立てた。

常言からすれば、もし自分が本物の『大同類聚方』を入手できれば、常日頃、反目している弟にひと泡吹かせることができた。その機をみすみす逃したばかりか、かえって弟の元に書物が持ち込まれたかもしれないとの疑いが、激しく身の内を焼いているのだろう。匡の慰めにもかかわらず激しく首を横に振り、遂にはか細い歔欷《きょき》を漏らし始めた。

「どう考える、真葛」

恐らくは昨日も禁裏で、同じ愁嘆場が繰り広げられたのに違いない。匡は頰に困惑をにじませて、真葛を顧みた。

「佐野屋は書肆としては、非常に厳格な店と聞いています。一冊の書物を出すに際しても、親しい学者や文人にも意見を求め、怪しげな言説を記したものには手も触れようとしないとか」

ましてやそれが多くの議論を呼んだ『大同類聚方』となれば、まずは洛中の名だたる国学者の元を訪れ、その真偽を改めるだろう。少なくとも何の下調べもなく刊行を始めるはずがない。

加えて、『大同類聚方』ほどの貴重な書籍を、貧しげな老婆が売りに来るというのはやはり考え難い。幾ら弟への敵愾心《てきがいしん》があるとはいえ、そうまで気を揉《も》む必要はないはずだ――と続けた真葛に、匡は常言を横目でうかがって、「わしもそう申し上げたのだがな」と形のいい眉をひそめた。

常言はもともと繊細な気質で、昨年末突然出家遁世《とんせい》を果たしたのも、長年の患者が治療の甲斐なく亡くなったのを気に病んでのこと。一つの事柄を思い詰める彼からすれば、匡や真葛がどれだけ言葉を尽くしたとて、なかなかその悩みを消し去りはできぬのだろう。

真葛はまだ背を震わせている常言の耳を憚りながら匡に膝行《しっこう》し、

「あの、義兄さま。いっそわたくしが直接、常懿さまに話を聞いてまいりましょうか」

とささやいた。

「私が常懿さまと最後にお目にかかったのは、お父君の葬儀の折。それ以来のご無沙汰を詫《わ》びがてらそれとなく近況をお尋ねするのは、いかがでございましょう」

面倒見のいい常懿は、真葛の養親である藤林信太夫の死没の際は、葬儀にこそ列席しなかったものの、後日、わざわざ鷹ヶ峰まで弔問に来てくれた。義兄の匡と常言が同輩であることは承知していても、真葛が訪れていけば、世間話の一つぐらい応じてくれるはずだ。

（それに――）

常言・常懿の父である御薗常斌は、三人の天皇・上皇に仕えた穏やかな老医師であった。そんな彼が兄弟の不仲を知りながらなお、常懿に別家を許したのは、御薗家累代の鍼術の興隆と医学の振興を願えばこそだったはずだ。

『大同類聚方』は日本の史書に記録される、最古の医術書。持ち込まれた書籍の真偽はともかく、二人の息子がそんな貴重な書物を自らの立場を誇示する目的で争っていると知れば、あの物静かだった師父は泉下《せんか》でどれほど哀しむだろう。

「なるほど、おぬしがそうしてくれれば、確かに話は早い。本来であればわしが常懿どのからお話をうかがうべきなのだろうが、なにせわしはあのお方とまったく面識がないからな」

「ではさっそく、行ってまいります。ついでに亀甲屋の定次郎の見舞いにもうかがえればと存じます」

「ああ、その話は先ほどわしも聞いた。見舞いの品を調《ととの》えるよう初音に命じてあるゆえ、ついでに持っていってやってくれ」

はい、と低頭して調薬室に取って返せば、吉左は相変わらず帳面を片手に百味箪笥の中身を睨《にら》みつけている。彼に供を命じ、初音から見舞いの蜜柑《みかん》をひと籠《かご》受け取ると、真葛は手早く身形を整えて御薬園を出た。

東は比叡の山嶺、西は愛宕《あたご》の高峰を間近にした丹波街道は日陰が多く、数日前に降った雪がそこここにまだらに残っている。洛中まで炭を売りに行った戻りなのだろう。真っ黒に汚れた荷車を、老いた馬が重たげな足取りで曳《ひ》き上げて行った。

「真葛さまがほうぼうの医家に通っておられた折は、わしはしばしば供をさせていただきましたが、さて御薗家さまには何年ほど通っておられましたかなあ」

「信太夫さまが亡くなるまででしたので、八年弱ではないでしょうか。私が弟子入りした当初はまだ、常言さまと常懿さまはごく普通のご兄弟でいらしたのですが」

今でもよく覚えている。あれはまだ弟子入りして半年ほどが経ったある日のこと、「常斌さまは本日、常言さまとともにご出仕でございます」と御薗家の門弟から告げられ、真葛はああそうか、と思った。

その一月《ひとつき》ほど前から、御薗屋敷内がどことなく慌ただしく、浮ついた気配がそこここに漂っているのには気付いていた。藤林家でも信太夫が妻女のお民《たみ》と、祝いの品を何にしようと話しあっているのを、小耳に挟みもしていた。

「常言さまは真葛さまにとっては、大切な兄弟子さま。無事のご出仕を果たされたとなれば、お祝いを申し上げねばなりませんなあ」

吉左にそう諭され、真葛は二人の帰りを待とうと広い御薗家の庭に回り込んだ。すると池端にぼんやりと佇《たたず》んでいた大柄な男が、真葛の姿にはっとこちらを顧みた。常懿であった。

桜の花びらが、池に散っていた。だからあれは、春だったはずだ。しかし次の瞬間、無言のまま身を翻して駆け去った常懿の横顔は、およそ春の花の美しさなぞ目に入っていないかの如《ごと》く堅かった。

——お戻りでございます。

と折しも屋敷に響き始めたざわめきが、まるで常懿をどこかに押し流そうとする川の水音のように聞こえたことまでが、まるで昨日の出来事の如く鮮やかに思い出された。

「男子とは、我の強いもんでございます。ましてや自らの腕前に自信がおありとなれば、長幼の別だけで家督が定められることに、常懿さまは我慢がならなかったんでございまっしゃろな」

背を押す北風が、吉左の言葉を四方八方に吹き散らす。そういうものですか、と真葛は小声で応じた。

「ですが、常懿さまはその後、父君から別家を許されてらっしゃいます。かようなお計らいを受けても、やはり兄上と競う心は消えぬのでしょうか」

「お人によっては、むしろその方が兄君と自分の違いを思い知らされたようで、かえって腹立たしいんかもしれまへんで」

法要の最中でもあるのか、賑やかな太鼓の音を響かせる大報恩寺を右に眺めながら辻を折れ、般舟院の脇を東に向かう。葉を落とした柳が立ち並ぶ堀川を渡り、小狭な公家屋敷の立ち並ぶ公家町へと踏み入った。

途中、幾度か人に尋ねて探し当てた常懿邸は、小狭ながらも真新しい築地塀が目を引く瀟洒《しょうしゃ》な屋敷。門口は美しく掃き清められ、その奥に見える庭には雑草一本生えていない。

名家・半家といった家格の低い公家が軒並み凋落《ちょうらく》し、その日の米にも事欠く家も珍しくない昨今にこれほどの屋敷を構えられるとは、常懿はよほど多くの患家を抱えているのだろう。なるほど常言がその一挙手一投足に苛立《いらだ》ちを覚えるはずだ。

「ごめん下さいませ。鷹ヶ峰御薬園より参りました、元岡真葛と申します」

門口を掃き清めていた老爺に案内を乞えば、彼は鍼の施術を求めに来た患者とでも勘違いした様子で、真葛と吉左を平屋造りの離れへ導いた。

診察の一切をここで行なっているのか、壁には全身の鍼所・灸所を記した経絡図が貼られ、一枚板の大机の上に鍼道具がずらりと並べられている。そのいずれもがよく手入れされ、錆《さび》一つ浮いていないことに、真葛は内心舌を巻いた。

医業には万事、細やかさが必要だ。簡素ながらもよく整頓された室内からは、常懿の普段の仕事ぶりが如実にうかがわれた。

病に苦しんでこの家を訪れた者はきっと、この離れの様子に安堵《あんど》を覚えるだろう。常懿はきっと患者たちから厚い信頼を得ているに違いない、と真葛が確信したとき、

「真葛どのでございますか」

という声がして、総髪姿の常懿が部屋に駆け込んできた。

兄とはあまり似ぬ大きな眼で真葛を見おろし、「お久しゅうございますな」と手近な円座を尻に敷く。

庭先に控えた吉左を見やり、

「おお、見覚えがあると思えば、いつも真葛どのの供をしていた荒子だな。壮健そうでなによりだ」

と目を細める姿は快活で、なまじ憔悴した常言を眼にした後だけに、かえって兄弟の相違が際立った。

「大変ご無沙汰申し上げておりました」

と両手をつく真葛を、常懿は「堅苦しい挨拶はやめましょう。正直申しますと、年明けから方々を年賀に回り、新春の挨拶にも飽き飽きしておりましてな」と遮《さえぎ》った。

「真葛どののご活躍は、洛中にも届いておりますぞ。御薬園にあっては薬師《くすし》として義兄君をよく支え、患者たちにも慕われておいでとか」

「そんな、滅相もありません」

「謙遜《けんそん》はおやめなされ。先だって訪うた五条の書肆で聞きましたが、昨年はあの小野蘭山先生ご一行に従って、採薬の旅に回られたとか。いやはや、それがしも同門として鼻が高《たこ》うございます」

真葛の言葉には取り合わず、常懿は明るい笑い声を上げた。そんな彼に遠慮がちな笑みを向け、真葛は折しも女中が運んできた茶を一礼して取り上げた。

「五条の書肆とは、佐野屋のことでございますね。もしや常懿さまは近々、何か書物を刊行なさるのですか」

「ええ。まだまだ先になりましょうが、父の記した『九鍼要経』や『大極論』を補足する鍼術書を出すつもりでおります。先日、草稿をひと揃い持ち込んだのですが、あの店の主は頑固でございますなあ。ぱらぱらと目を通した挙句、もう少し内容のある書物やないとうちでは出せまへん、とあっさりと突き返されてしまいました」

さようでございましたか、と相槌を打った真葛を、常懿は何かに思い至ったような顔つきでまじまじと見つめた。ああと大きな息をついて、ぽんと一つ、膝を打った。

「気が付きましたぞ。真葛どのが我が家にお越しになられたのは、兄ゆえでございますな」

思わず眼を見開いた真葛をなだめるかのように、常懿はひらひらと片手を振った。

「ああ、言い訳は結構でございます。こう見えてもわたしは、癇性《かんしょう》なあの兄と長い付き合いでしてな。兄がいつどういったことで思い悩むかぐらい、他人《ひと》さまよりはよく知っておるつもりです」

その口ぶりは恬淡《てんたん》として、気を悪くした気配はまったく感じられない。むしろこの事態を面白がっているような笑みが、常懿の口元にゆったりと浮かんでいた。

「実を申せばこの数日、見覚えのある老爺が、時折、我が家の前をうろついておりまして。あれは確か、祖父の代より御薗家に仕えておる家令だと考えておったところです」

真葛は常懿に気付かれぬよう、こっそり溜息をついた。常言は匡に不安を打ち明けるのみならず、屋敷の老僕にそんなことまで命じていたのか。これでは常懿が自分の訪問を怪しむのも当然である。

こうなっては下手な隠し事はできない。

「仰る通りでございます。大変失礼いたしました」

と真葛は素直に頭を下げた。

「包み隠さず打ち明けますと、常言さまは見知らぬお婆さまがご自宅に売りに来た書物の行方を案じておられます。そのお婆さまはそれを『大同類聚方』の真品と申しておられたそうなのですが」

その途端、常懿は突然、はははと野太い笑い声を立てた。よほどおかしくてならぬのだろう。両手で腹を抱え、天井を仰いで笑い転げる常懿を、真葛は呆気《あっけ》に取られて見つめた。そんな真葛に向かい、「い、いや。これは失礼」と断り、常懿はまだ笑いの余韻を残しながら、懸命に息を整えた。

「なにを案じているかと思えば、よりにもよってその話でございましたか。ということは兄は、あの婆さまが持ち込んだ木箱の中身を見ておらぬのでございますな。いや、確かに先立って我が家にも、その老婆はやって来ましたがな」

真っ赤な偽物でございましたよ、と常懿は真葛の返事を待たず、ひと息に言った。

「やれやれ、兄もまったく情けない。わたしをやっかみ、陰口を叩くのみだけであればともかく、本物かどうかも確かめぬまま怪しげな物売りに振り回されるのでございますからなあ」

常懿は盆《ぼん》の窪《くぼ》をがしがしと片手で掻《か》きながら、足を胡坐《あぐら》に組み替えた。

「偽物とは、それは間違いないのでございますか」

「ええ、確かですとも。なにせわたしが自らこの部屋に通し、持ち込まれた書籍を改めましたから」

常懿によれば、老婆が売りに来たのは全百巻の巻子本。なるほど錦の装丁や雲母《うんも》を散らした表紙は美しく、「典薬寮」の印璽《いんじ》が麗々しく全面に捺されていたものの、紙や墨は真新しく、どう考えても記されて五十年を下るとは思えなかったという。

「持ち込まれた巻子の中身をざっと改めましたが、記されている内容は、近年偽書と呼ばれるに至った伝本とまったく同じ。いったい何を以ってあれを真本と言い立てるのか、こちらが問いつめてやりたいほどでございました。ただその手蹟だけはひどく達者で、和歌懐紙でも記せばさぞ映えようと感じましたが」

巻子を次々と開く常懿の表情から、おおよそを察したのだろう。老婆は常懿がすべてを読み終えるのを待たずに巻子を木箱に突っ込み、後も見ずに屋敷を飛び出して行ったという。

「その折、広縁に置いておった盆栽をひっかけ、せっかく丹精した松の鉢を損なわれてしまいました。その上、兄から要らぬ疑いをかけられるとは、迷惑極まりない話ですな」

話し疲れたのか、常懿は軽く両手を打ち鳴らして女中を呼んだ。自分にも茶を運ぶよう命じてから、胡坐の膝を大きく揺すった。

「兄に伝えてくだされ。いかにわたしを嫌《きろ》うておられるからと言って、一事が万事、こちらの去就を気に病んでおられると、本当にいずれ体を損のうてしまいますぞ、と」

「……それは確かに、お言葉通りかもしれません」

「真葛どのがこうしてお運びになられたとなれば、おおかた兄は藤林家に泣きつきでもしたのでしょう。匡どのとやら申されましたか。真葛どのの義兄上にも、わたしが詫びていたとお伝えください」

自分たちが知らないだけで、常懿はこれまでも兄の嫉視《しっし》に振り回されてきたのかもしれない、と真葛は思った。

医師の勤めは、人の病を癒すこと。とはいえあまりに患者に思い入れ、その容態に一喜一憂することは、医者の本分ではない。冷静に病者の様子を見極めねば、医師は判断を狂わせてしまうためだ。

常言は鍼医としての腕は優れているが、その気性が細やかゆえに、余人であれば看過するであろう些事に目を奪われる。それが弟との関係においても発揮され、常言は苦しむ必要のない雑事にまで目を尖《とが》らせているのだろう。

もしかしたら常懿は、世人が噂するほどには兄を嫌っていないのかもしれない。ただ繊細で癇の立ちやすい兄と自らの鍼術への自負の板ばさみの末、兄と疎遠になってしまっただけなのではないか。

(同じ事象であろうとも、少し見る方角を変えてみれば、まったく別の姿が浮かび上がるものでございますなあ)

とはいえ常言にしても常懿にしても、一度すれ違った人の心を解きほぐすのは、難病を癒すのと同じぐらい難しい。それが血縁であれば、なおさらだ。

「それにしても、そのお婆さまとは何者だったのでしょう」

真葛の呟《つぶや》きに、常懿はさして関心なさげな口振りで「さあ」と応じた。

「父にしても祖父にしても、我が家は代々の書き物好き。わたしや兄が幼い頃から、家には大勢の書肆が出入りしておりました。案外、そういった店が落魄《らくはく》し、あの家であればどんな本も高く買うてくれると思うて訪《こ》ねてきたのかもしれませんな」

今から十六年前に起きた天明八年（一七八八）の大火は、洛中のほとんどを灰燼《かいじん》に変えると共に、京都の激しい人口流出を招いた。その余波は十数年を経てもなお収まらず、近年の京では商家の没落が急増。かろうじて廃業を免れた店も、あるいは家財道具を売り払って裏路地に店を移し、あるいは奉公人たちに暇を与えてかろうじて商いを続けている。

多くの版木を所蔵し、それを刷り増すことで収入を得る書肆は、大火で打撃を受けた商いの一つ。なるほど常懿の推測もあながち的外れではないように、真葛は感じた。

「わたくしはお父上の常斌先生には可愛がっていただきましたが、更にそのご先代さまにはお目にかかれませんでした」

「わたしや兄とて、それは同様です。鍼医にしては珍しく、耳順《じじゅん》（六十歳）に至る前に亡くなったそうですからな。父によれば、漢詩に和歌、管絃に絵と、とにかく諸芸に秀で、医師とは思えぬほど洒落《しゃれ》っけのあった御仁とか。兄もかようなお人を見習って下されば、少しは気楽に暮らせましょうに」

このとき、門の方角が不意に騒がしくなった。先ほど真葛たちを案内した老爺がばたばたと回廊を駆けてきたかと思うと、常懿の名を呼びながら広縁に膝をついた。

「大変でございます。千草家のご隠居さまが、また腰痛を起こさはったとか。急ぎ来てくれとの仰せでございますが、どういたしましょう」

「なに、それはいかん」

円座を蹴飛ばして立ち上がった常懿に、真葛はあわてて両手をつかえた。

「では、常懿さま。わたくしはこれにて失礼いたします。不躾《ぶしつけ》な真似をしましたこと、何卒《なにとぞ》お許しくださいﾞ」

常懿はすでに壁際の机に駆け寄り、往診用と思《おぼ》しき鍼道具を手に取っている。もはやこちらを顧みもせぬその背に再度低頭すると、真葛は吉左をうながして常懿邸を辞した。

常懿を迎えに来た家令なのか、門前には空駕籠《からかご》が一丁据えられ、実直そうな小男が狼狽《ろうばい》した面持《おもも》ちで足踏みをしている。そういえば先ほど常言は、弟に奪われた患家として公家・羽林家の名門である千草家の名を挙げていた。

彼らの亡き祖父の親友ともなれば、千草清佐は相当の高齢。出入りの鍼医を常言から変更したのは、別に常懿のそそのかしによるものではなく、公家屋敷と目と鼻の先に屋敷を構える常懿であれば、往診を命じやすいと考えてに違いない。真葛は烏丸通を下りながら、大きな息をついた。

真葛が見聞きしたすべてを打ち明けたとて、常言はすぐにはそれを信じまい。弟が自分を案じている点に関しては、なおさらだ。幼い頃から血のつながらぬ者たちの間に育ってきた真葛は、血縁という存在がよく分からない。他人であれば案外素直に言葉を交わし得る事柄も、なまじ親族となるとこじれがちなのだろうか。

真葛は吉左を顧み、「亀甲屋に立ち寄る前に、五条まで足を延ばしましょうか」と声をかけた。

本当は巻子を御薗家に持ち込んだ女を見つけ、常言に直に対面させたいところだが、さすがにそれは難しかろう。ならば佐野屋の主を常言に引き合わせ、真本『大同類聚方』刊行の事実なぞないと告げてもらった方が話が早そうだ。さすがの常言も、兄弟の争いに無関係な書肆の主の言葉であれば、素直に耳を傾けよう。

まだ年明けから間がないだけに、往来のそこここでは人々が寒風に首をすくめながら年賀を交わし合っている。

そういえば常懿とは異なり、常言は真葛を見ても節句の挨拶すら口にしなかった。自らの焦燥や嘆きに精一杯で、時候に気を配る暇すらなかったのだと思い至り、真葛がうら寂しい気持ちで襟元を掻き合わせたとき、往来の先で喚《わめ》き声が響いた。あれはちょうど佐野屋の辺りだと思う間もあらばこそ、「痛たッ、なにをするんやッ」という怒声が続く。一瞬遅れて佐野屋の暖簾が内側からはね上げられ、小柄な影がまっすぐこちちに突進してきた。

その後を追って、足袋裸足《たびはだし》で佐野屋の門口を飛び出してきた女が、

「つ――捕まえて、捕まえておくれやす。人殺し、人殺しどす」

と両手を振り回しながら、喚いた。佐野屋の一人娘である、お竹《たけ》であった。

だが往来の人々はその悲鳴にぎょっと足を留めても、疾駆する人影を追おうとはしない。ぐんぐんと近づいて来るその人物が、白髪を振り乱した老婆だと真葛が気づいた刹那《せつな》、吉左が「あ、危のうございます」と叫んで、真葛の前に飛び出してきた。

「どいてください、吉左」

「あきまへん。御身になにかあったら、わしは信太夫さまになんとお詫びしたらええんどす」

二人がもみ合うのを他所《よそ》に、老婆は手近な路地に駆け込んだ。佐野屋から飛び出してきた奉公人たちがその後を追ったものの、途中で見失ったのか、ほどなくそれぞれ首を振りながら五条大路へと戻って来た。

「大丈夫や。わしは怪我《けが》一つ負っていいしまへん。お竹も番頭はんも、大ごとにするんやない。皆さまもお騒がせして、申し訳ありまへん」

見れば佐野屋の門口には主とおぼしき中年男が立ち、往来の人々にぺこぺこと頭を下げている。そのかたわらに不安そうに寄り添っていたお竹が、真葛の姿にあっと声を上げた。

「これは元岡さま――」

間近で眺めれば、父娘の髪はざんばらに乱れ、取っ組み合った後の如く襟が寛いでいる。ともに怪我を負っている様子はないため、人殺しという先ほどの叫びはお婆を捕まえる方便だったのだろう。だがそれにしたところで、あの老婆が佐野屋に狼藉《ろうぜき》を働いたことは間違いなさそうであった。

「いったい、どうなさったのです」

「それが……いえ、とにかくお入りください」

お竹に勧められるまま、佐野屋の店内に踏みこめば、よく磨かれた上がり框《かまち》には無数の巻子が解かれたまま散乱し、足の踏み場もない。空の木箱が底を見せて土間に転がり、古びた蓋の桟が敷居際にまで飛んでいた。

「これは、野分《のわき》でも通り過ぎたみたいどすなあ」

吉左の驚きの声に、佐野屋の主が「お恥ずかしい限りでございます」と額の汗を拳で拭った。土で汚れた足の裏を慌ただしく払うと、上がり框の巻子をかき分け、自ら円座を運んできた。

「先ほど逃げて行ったあのお婆さまが、先祖伝来の貴重な書物を刊行してくれへんかと、巻子を山ほど持ち込んで来はったんどす。そやけどいざ拝見すれば、装丁こそ豪華どすけど、どこからどう見ても真っ赤な偽物でございましてなあ」

と、巻子の散らばった床をうんざりした顔で見廻した。

「そやさかい、うちではお扱いできしまへんと申し上げたら、それが気に入らんかったんでございましょう。いきなりわしやお竹に巻子を投げつけるわ、箱をひっくり返して喚き立てるわ……えらい暴れようをしはりましてなあ」

わしも長年この商いをさせていただきますけどあないなお客は初めてどす、と嘆く父親を、お竹が遠慮がちに遮った。

「元岡さま、よろしければ奥にお上がりください。せっかくお越しくださったのに、ご覧のような有様《ありさま》では、ろくにお茶も差し上げられませんさかい」

と真葛をうながした。

それに礼を述べながら、真葛は足元に転がった巻子を取り上げた。その題簽にはど

こかで見覚えのある美しい字で、「大同類聚方　第三十七巻」と記されている。これは、と呟いた真葛の手元を覗き込み、

「それが本物やったら、一大事でしたんやけど」

とお竹は苦笑した。しかしすぐに、険しく唇を引き結んだ真葛の横顔を見やり、どないしはりました、と首をひねった。

真葛は巻子を握りしめ、佐野屋父娘を交互に見比べた。教えてください、と問う声が、自ずと硬くなった。

「お竹どのも佐野屋どのも、先ほどのお婆さまには、これまで見覚えはありませんか」

まさか似た時期に同じような風貌《ふうぼう》の老婆が、そろって『大同類聚方』を手に現れるとは思いがたい。先ほどの老婆は恐らく、御薗家の兄弟の元にやってきたのと同じ人物。ただ常懿が推測した通り、あの老婆が廃業した書肆であれば、二人は顔を見おぼえているはずだ。だが父娘は怪訝《けげん》そうに顔を見合わせてから、「いいえ、お目にかかるのは初めてやと思います」とそろって首を振った。

「そやけど考えてみれば、奇妙どすなあ」

お竹は言いながら、子を産んで以来、いささかふくよかになった顎《あご》に片手を当てた。

「こないな本を真本やと言うて持ち込むお人がいはったら、書肆仲間（組合）ですぐに噂になるはずどす。そないな話を聞いたことがないところを見るに、あの婆さまは京の書肆の中でも一番にうちを訪ねてきはったんどすやろ。ただ、うちはご覧の通り商いも小さく、店の構えも狭おすのになあ」

「それは——確かにおっしゃる通りですね」

京の医師や学者に、五条の佐野屋の名を知らぬ者はいない。それだけに真葛は老婆が真本と信じる『大同類聚方』をこの店に持ち込んだことになんの疑念も抱かなかったが、当人が書肆の関係者ではないとすれば、いったい誰が彼女に佐野屋の存在を教えたのだろう。

真葛は手元の巻子の緒を手早く解《と》いた。主が運んできた円座を取り払い、上がり框の隅でそれを開けば、いささか濃すぎる墨で様々な薬の処方が記されている。

常懿は先ほど、持ち込まれた巻子の字を整っていると評したが、確かに連ねられた手蹟はなにかの教本かと疑うほどの達筆である。とはいえ生真面目な医書を記すには、こんな字の方が相応《ふさわ》しいのだろうと考えた瞬間、初音から示された四巻の巻子が脳裏をよぎった。流麗な題簽の文字が重なり、真葛は、「まさか」と呟いて、その場にはね立った。

すぐに再度その場に膝をついて、板の間に広げた巻子を手早く巻く。懸命に息を整えてから、店の主を顧みた。

「佐野屋どの、大変不躾ではございますが、この巻子を一本、しばしわたくしにお貸しいただけませんか。明日までには必ずお返ししますゆえ」

「それは構しまへん。さっきのお婆が引き取りに来るとは思えしまへんし、一本と言わず何でしたら百本全部お持ちいただいても」

佐野屋は気圧《けお》された面持ちで目をしばたたいた。

「いえ、一本で結構です。では、しばしお借りいたします」

真葛は袖に巻子をくるみこんだ。そのまま下駄の歯を鳴らして佐野屋を飛び出せば、「ま、待っとくれやす、真葛さま。いったいどこに行かはりますのや」と叫びながら、吉左が後を追いかけて来た。

「ああ、驚いた。いきなりどないしはりました。佐野屋の旦那さまも目を丸くしてはりましたで」

「それは申し訳ありません。ですが吉左、わたくしはこれよりもう一度、公家町に行きたいと思います。ただ吉左は義姉さまから、定次郎への見舞いの品を預かって来たでしょう。わたくしの供は結構ですから、くれぐれも定次郎によろしく伝えてください」

一度言い出したら聞かない真葛の気性を、吉左はよく承知している。戸惑いを顔に浮かべ、「へえ、それはわかりましたけど――」と小腰をかがめた。これだけは言っておかねばと覚悟した様子で、おずおずと言葉を続けた。

「ただ、真葛さま。もしかしてまた御薗常懿さまのもとにお越しやすんどすか」

その声には独り身の真葛を、単身、男性の屋敷に出かけさせることへの不安が滲《にじ》んでいる。いいえ、と真葛は首を横に振った。

「常懿さまのお宅ではありません。千草家さまにうかがうつもりです」

「それはまたどういう次第どす」

驚愕《きょうがく》の声を上げてから、ここが往来の真ん中と思い出したのだろう。吉左ははっと四囲を見回して、両手で己の口を押さえた。真葛にぐいと顔を寄せ、「わかりました。どうぞお気をつけとくれやす」と、これ以上余計なことは問うまいと決めた表情でうなずいた。

「そやけど、わし一人だけで見舞ったかて、定次郎はんはこれっぽっちも喜ばはらへんと思います。わしは亀甲屋でお待ちしてますさかい、千草家さままでの御用が終わらはったら、立ち寄っておくんなはれ」

吉左が亀甲屋で長居すれば、店の者はさぞ気を遣うだろう。とはいえ長年出入りを許している薬種屋への見舞いに荒子頭一人では、確かに扱いが粗略に過ぎるかもしれない。

「では、遅くなるかもしれませんが、後で亀甲屋に回ります。定次郎にもその旨をよろしく伝えて下さい」

烏丸二条の辻で吉左と別れると、真葛は巻子をぐいと胸に抱え、小走りに公家町に向かった。目についた屋敷の門番に尋ねて向かった千草邸は、禁裏の東。多くの羽林家が屋敷を構える一角に位置していた。

開け放たれたままの門から覗きこめば、先ほど常懿邸に寄越されていた駕籠が玄関先に据えられている。その傍らに見覚えのある老僕の姿を見止め、「ごめん下さい」と真葛は声を投げた。

「ただいまこちらにお運びの御薗家さまの門弟でございます。折り入って常懿さまにお話があり、罷《まか》り越しました」

「御薗家さまの――」

老僕もまた、真葛の顔を覚えていたのだろう。少々お待ちくださいと言い置いて屋敷の奥に駆け込むと、すぐに下駄をつっかけて駆け戻って来た。

「離れにお通しするようにと、御薗さまが仰せです。どうぞこちらに」

導かれるまま回り込んだ庭はよく手入れされ、びっしりと実をつけた千両が重たげに枝をたわめている。人の気配に誘われ、鯉が冷たい水底から浮かんできたのだろう。ちゃぽんと間の抜けた音がして、池の底に泥が渦を巻いた。

元は茶室だったのを改めたらしく、離れに至る路地の途中には中門が建てられている。そのかたわらには、腕をまくり上げた常懿が戸惑い顔でたたずんでいた。

患者に灸を施し、その間に病間を抜け出して来たと見え、常懿が身動きするにつれて艾《もぐさ》の匂いが辺りに淡く漂った。

「何と。誰かと思えば、真葛どのでしたか。いったいどうなさったのです」

「往診先まで押しかけ、申し訳ありません。ですがこちらのご隠居さまに、是非お尋ねしたいことが出来《しゅったい》したのです。常懿さま、ご仲介の労を取っていただけないでしょうか」

「ご隠居さまに、でございますか」

困惑を顔に浮かべた常懿に、真葛は大きくうなずいた。

「はい。ですがそれは決して、わたくしの用ではございません。あえて申せば、常懿さまと兄上さまに関わる事柄でございます」

真葛は佐野屋から運んできた巻子を、常懿に向かって差し出した。その途端、常懿は不審げに顔をしかめた。

「先だって、老婆が我が家に売りに来た『大同類聚方』の一巻でございますな。真葛どの、これをどこで手に入れられました」

「仔細を申しますと、いささか長くなります。ただ、わたくしはこの書物には、こちらのご隠居さまが関わっておられるのではと考えるのです」

なんですと、と常懿は声を上ずらせた。考え込むように、一瞬、宙に眼差《まなざ》しを据えたが、すぐに「ついて来られよ」と身を翻した。

その後を追って中門をくぐれば、広い縁側を有した書院造の茶室の真ん中で、一人の老爺がうつ伏せになっている。豊かな白髪とは裏腹にその体軀《たいく》は肉が乏しく、枕を抱いた腕なぞはまるで枯れ木そっくりであった。

庭先から姿を現した真葛と常懿に、老爺はひどく億劫そうに顔を上げた。高い鼻梁《びりょう》が青白いその肌に薄い影を刻んでいた。

「はてな。こなた（自分）には、とんと見慣れぬ女子《おなご》であらっしゃる。常懿どののお弟子でございますかな」

「いいえ、我が門ではなく、父の弟子であった御仁です」

「ほう、常斌どのの」

その公家言葉から察するに、この老爺が千草家の隠居である千草清佐だろう。背中に灸を据えられたまま興味深げに眼を細めた彼に、真葛は深々と低頭した。

「突然お邪魔し、まことに失礼いたします。御禁裏典医・藤林匡の義妹、元岡真葛と申します。お尋ねしたきことがあり、不躾ながら罷り越しました」

「こない若い女子はんがこなたに用とは、長生きしていると嬉しいこともあるものやなあ」

清佐の軽口には知らぬ顔で、真葛は巻子を静かに縁側に置いた。うつ伏せたままの彼にもよく見えるよう、その天に軽く手を添え、「この巻子、ご隠居さまがお写しになったものではありませんか」とひと息に問うた。

その途端、清佐は背の艾が転がり落ちるほどの激しさで、ぷいとそっぽを向いた。

「――こなたは知らん話や」

と急に口調を尖らせた。

あわてて下駄を脱いだ常懿が、褥《しとね》の間から艾の塊を拾い上げる。清佐はそれには目もくれず、顎で中門の果てを指した。

「ご典医の妹だか、常斌どのの弟子だか知らへんけど、そもじ（そなた）みたいな礼儀知らずとは話なんぞしとうはない。さっさと出て行きなはれ」

「礼儀を欠いたことは、幾重《いくえ》にもお詫びいたします。ですがこの『大同類聚方』のおかげで、常懿さまと常言さまの間にひどい行き違いが起きているのです」

清佐の眉の端が、ぴくりと跳ね上がった。真葛はそれに力を得た思いで、「お教えください」と縁側に一歩歩み寄った。

「実は十日前、この『大同類聚方』全百巻を木箱に詰め込んだお婆さまが、御薗常言さまと常懿どのの屋敷を訪ねて来られたのです。どちらのお宅でも相手にされなかったのに焦《じ》れたのでしょう。そのお婆さまは先ほど、佐野屋なる五条の書肆を訪れ、やはりそこでもけんもほろろに扱われたのに怒ってか、店の主親娘に狼藉を働いて逃げて行かれました」

なんと、という声は、手元の火箱に灸を片付けていた常懿のものだ。その彼にちらりと目をやってから、真葛は再度、巻子の天を持ち上げた。

「わたくしは先ほど鷹ヶ峰で、ご隠居さまが筆写なされた『大極論』を眼に致しました。聞けばその書籍は先代・常斌さまが、お父君と昵懇《じっこん》であったあなたさまに書写をご依頼なさったとか」

宮中に能書は数多いのに、なぜ常斌はよりにもよって年上の千草家の隠居に書写を頼んだのか。もしや常斌——いや御薗家と千草清佐の間には、以前から何らかの縁があったのではないか。

「御薗家さまには少し前から、『大同類聚方』の真本が所蔵されているとの伝承があったそうでございます。もしやその真本とは、常尹さまがご隠居さまと企んだ悪戯《いたずら》が誤った形で噂されるに至ったのではありませんか」

清佐はしばらくの間、口をへの字に引き結んでいた。しかしやがて小袖をもろ肌脱ぎにしたまま身を起こし、「——悪戯などやない」と太い息混じりに言い放った。

「あれは常尹はんからお茂与《もよ》はんへの寿《ことほ》ぎの品やった。そやさかいこなたもその思いに応えようと、頼まれるままに『大同類聚方』の書写を引き受けたんや。それがどこからどうねじ曲がったのか、御薗家に真本が蔵されているとの噂に変わってしもうたけどな」

「茂与、茂与どのとはいったいどなたでございます」

真葛の問いかけに、隠居は褥の裾に坐る常懿に目をやった。細い腕を胸の前でおもむろに組み、「常尹はんが五十を越えてから、女子衆に手をつけて孕《はら》ませはった娘や」と告げた。

「そやけどこの事は、常尹はんの奥方も一人息子の常斌はんもご存じやったんや。そやさかい常尹はんは孕んだ女子を腹の子ごと出入りの筆屋に嫁がせ、随分な物代《ものしろ》までつけてやらはったんや」

顔も知らぬ祖父の色事に、常懿はぽかんと口を開けている。真葛にはその驚きの表情が、不思議に常言そっくりに見えた。

千草清佐は御薗常尹より三十歳も年下。だが親子ほど年が隔たっているにもかかわらず、常尹は清佐の書を愛し、清佐もまた常尹の年を感じさせぬ快活さを慕っていたという。

そんな常尹が清佐を呼び出し、『大同類聚方』全百巻の筆写を頼んだのは、今から五十年余りも昔。ちらちらと小雪の舞う、ひどく寒い日だったという。

「手をつけた女子衆が孕んでしもうたという話は、その少し前に常尹はん当人から聞いてたんや。そやけどこなたの書いた『大同類聚方』をその子への寿ぎの品にしたいと言われたときには、さすがに驚いたわなあ」

当時の清佐は、まだ二十歳《はたち》そこそこ。すでに禁裏屈指の能書の名声を恣《ほしいまま》にしており、揮毫を乞う者は引きも切らなかった。それだけに全百巻もの膨大な書籍を写す煩雑さに、清佐は一瞬、躊躇《ためらい》を覚えた。

だが常尹は清佐の前に両手をつき、「こなたの生涯唯一の頼みや。どうか聞いてくれへんか」と頭を下げたのであった。

「そもじも常懿はんも知らんやろうけど、常尹はんはどんなときも周囲が困るほどに真《ま》っ直《す》ぐなお人やった。そやさかい自分の子として育てられへんとしても、生まれてくる子に出来る限りをしてやりたいと思わはったんやろなあ」

当時、『大同類聚方』は遍《あまね》く医師が参考とすべき書物と見なされていた。このため常尹はその百巻本を与えることで、我が子に自らの思いを伝えるつもりだったのだろう。宮廷屈指の能書家の書写本ともなれば、将来、何事か起きた際、それを売り払えば当座の銭はまかなえるはずとも踏んでいたのかもしれない。

年上の友の願いを無礙《むげ》にもできず、清佐は結局、半年がかりで百巻本を完成させた。常尹はそれをひどく喜び、生まれた子が女児であったこと、お茂与と名付け、母親ともども松原橋近くの筆屋で幸せに暮らしていることを包み隠さず打ち明けた。

「ところが常尹はんはそれからわずか数年で、ぽっくり亡《の》うなってしまわはった。葬儀の席でそれとなく目を配っていたんやけど、お茂与はんらしきお子は見つけられへんかったわい」

常尹の没後も、清佐の心には百巻本とお茂与の存在が引っ掛かってならなかった。常尹の跡を継いだ常斌は生真面目な質で、表立っての兄妹の名乗りこそしないものの、お茂与の引き取られた筆屋を親しく御薗家に出入りさせ、その暮しに気を配っていた。そして年頃となったお茂与もまた、自分の出自を薄々感じ取っていたのだろう。義父である筆屋の主を手伝う傍ら、御薗家に筆を納めに来る折もあったという。

「そやけど、その矢先に起きたのが、洛中を焼き尽くした天明八年のあの大火や。なにせお茂与はんが引き取られた筆屋は、火元の団栗図子《どんぐりのずし》とは目と鼻の先。案の定、店は丸焼けとなり、お茂与はんたちの消息もそのまま分からへんくなってしもうたんやけど――」

清佐の声が、不意にくぐもった。皺に覆われた目をしばたたき、

「生きてはったんやなあ。それもご禁裏までが丸焼けになってしもうたあの大火の中でも、わしの記した百巻本をしっかり持ち出してはったとは。お茂与はんは常尹はんの思いをしっかり抱いて、今まで生きてきはったというわけや」

と、一人ごちるように呟いた。

お茂与はおそらく、実父の顔を一度も見たことはなかっただろう。だが母親や育ての父親からの言葉や、なにより清佐の手になる『大同類聚方』の存在が、お茂与の心に確かなる父親の姿を結ばせたというわけか。

「ただそれほど大切な書物を私や兄のもとに売りに来られたとなると、今はよほど暮

しに困窮してらっしゃるわけでしょうか」

常懿が遠慮がちに口を挟む。清佐はぐすんと鼻をすすってから、「そういうことであらっしゃろうなあ」と肩を落とした。

「それとお茂与はんはもしかしたら、叔母にあたる自分のことをそもじらが父御から聞いているのでは、と期待してあらっしゃったのかもしれへんな」

ただ本を売りたいだけであれば、まっさきに書肆を訪えばよい。何にもさきがけて常言・常懿の屋敷に巻子を持ち込んだのがその証拠では、と清佐は付け加えた。

「『大同類聚方』偽書説は少しでも医学に興味のあるお人やったら、小耳にはさんでいるはずや。それにもかかわらず自分の巻子を真本と言い立てたんは、常尹はんのくれはった巻子に込められた思いだけは本物やと、そもじたちに伝えたかったんやろ」

それにしても、と続けながら、清佐はやれやれと首を横に振った。

「まったく、常斌はんも常斌はんや。いくら父親の色事が恥ずかしかったとはいえ、自分に腹違いの妹がいることぐらい、息子たちに教えておけばよかったものを」

それは違うのではないか、と真葛は思った。常斌はただ不仲な息子たちの間に、いらぬ騒動の種を撒きたくなかったのではないか。

常言は父に、常懿は祖父によく似ている。お茂与の存在を告げれば、おそらく常言は祖父に対して嫌悪を抱き、常懿はそれを面白がる。そしてその結果、叔母の処遇を巡ってまた諍《いさか》いを起こしただろう。

常斌は息子たちがいがみ合うことを何より避けたいと思えばこそ、お茂与とやらの存在をひた隠しにしたのに違いない。ましてや天明の大火でお茂与が行方不明になったのであれば、なおさらだ。

清佐の言葉に、常懿は唇を引き結んでうな垂れている。その横顔に言葉をかけたいと考えながら、

（人が人を思うとは、実に難しいものでございますなあ——）

と真葛は嘆息した。

常斌は息子たちの仲を取り持とうと思い、常懿に別家を許したのだろう。だが結果、常言はそれゆえに弟を嫌い、弟もまた兄への反発を露わにせざるをえなくなった。

だがそんな憎しみも諍いも、元は血縁の情愛から始まったもの。そう、それでも彼ら三人の間には、間違いなく血のつながった者同士の情愛が漂っている。その事実を、真葛はうらやましいと思った。

それにしても、佐野屋にとっては無価値な書籍でも、お茂与にとっては自分と父親をつなぐたった一つの縁。だとすればお茂与はいつか再び、佐野屋に巻子を取りに現

れるかもしれない。そんな推測を口にした真葛に、清佐は深く首肯《しゅこう》した。

「そうやな。主に怪我までさせたとなれば、すぐには無理かもしれへんけど、一日二日と日が経って、少し頭が冷えれば、必ずや巻子を取り返しに来はるやろ。そうでなければ、これまでの数十年、大切に百巻本を持ってはった意味がないからなあ」

「そ、それはまことですか」

常懿が声を筒抜かせ、次の瞬間、こうしてはいられぬという顔で立ち上がった。褥の裾に広げていた鍼箱を大急ぎで片付け、「ご無礼申します、ご隠居さま」と沓脱《くつぬぎ》の下駄を突っかけた。

「おおい、待て待て、常懿どの。いったいどこに行くつもりじゃ」

「決まっております。兄の元でございます」

こちらを振り返りもせず応える常懿の声に、けたたましい下駄の音が重なった。

「なんじゃと。そもじ、兄君とは不仲ではなかったのか」

「それゆえでございます。わたしと兄上がこれ以上諍いを続けては、この先、叔母上が見つかった際、養って差し上げることができぬではないですか」

「なに、養うやと」

「さようでございます」

次第に小さくなる常懿の喚きに、真葛は清佐と顔を見合わせた。互いの顔に小さな笑みが浮かんでいるのを見止め、ふふっと申し合わせたように笑い声を上げた。

「やれやれ、常懿どのはどこまでも真っ直ぐな御仁や。あれでは兄君もたまるまい」

「はい、ご隠居さまの仰る通りです。ですがそれだからこそ、ああやって常言さまに歩み寄れるのでございましょう」

自らの不安の裡《うち》に閉じこもり続けている常言は、突然の常懿の訪れにさぞ驚き、狼狽《うろた》えるだろう。さりながら生来真面目な彼は、身近な常懿に感情をむき出しにする一方で、迂遠な者に対しては居住まいを正さずにはいられぬはず。ならばこれまで名前すら教えられてこなかった叔母の存在を告げられれば、必ずや彼女に手を差し伸べるべく、弟の言葉に耳を傾けるのではあるまいか。

常尹が娘のために拵《こしら》えた『大同類聚方』から始まった諍いが、長年不仲であった二人を再び結びつける。だとすれば常尹は娘のみならず、孫たちにも自らの思いをつなげたのかもしれない。

「ああ、やれやれ。それにしてもまだ鍼の一本も打ってもらっておらぬのに、鍼医どのに帰られてしまうとはのう」

そうぼやきながら小袖を着込んだ清佐が、「痛たたた」と腰を押さえる。真葛は下駄を脱ぎ捨てて広間に上がり込み、急いでその身体《からだ》を支えた。

「痛まれるのは、腰の真ん中でございますか。それとも両脇ですか」

「両脇、尻の二寸ほど上じゃ。もう十年も続いておる痛みでのう。月に一、二度はこうして激しく痛むゆえ、まったく書き物もままならぬわい」

「もしよろしければ、煎じ薬をお作りいたしましょうか。鍼の如く、すぐに痛みを取るものではありませんが、再び常懿さまがお越しになられるまで、少しは楽にお過ごしいただけるかと存じます」

「おお、それは助かるわい。ぜひよろしく頼むぞ」

鶴そっくりに痩せた清佐の体軀から察するに、その腰痛は骨と骨のきしみによるもの。ならば効き目の強い八味地黄丸《はちみじおうがん》や苓姜朮甘湯《りょうきょうじゅつかんとう》よりも、効能の優しい疎経活血湯《そけいかっけつとう》の方がいいだろう。

「では、二条薬種街までひと駆けして、入り用な薬を求めて参ります。恐れ入りますが、しばしお待ちください」

なかなか亀甲屋に姿を見せぬ自分に、吉左はさぞ焦れていよう。そんなところに必要な生薬だけを集めて再び店を飛び出せば、またどれほど呆《あき》れることか。

（定次郎の見舞いは、やはり日を改めねばなりませんなあ――）

いや、こうなれば、ついでに定次郎の風邪に効く生薬を見繕《みつくろ》い、疎経活血湯と併せて調薬するとしよう。

(半月も長引く風邪となれば、肺の腑もさぞ痛めつけられておりましょう。ならば麻黄はあえて加えず、竹茹温胆湯《ちくじょうんたんとう》か柴胡桂枝湯《さいこけいしとう》を作りましょうか)

病はその病態に合わせて薬を調えられるが、人の心に効く薬は存在しない。しかしだからこそ人の世はかくも温かく、時に思いがけぬ縁が結ばれるのだ。

池端を小走りに急ぐ真葛の足音に驚いたのだろう。二羽の雀が、千両の梢をかすめて、薄い雲のたなびく空へと飛んで行く。それが連れ立って佐野屋に赴く常言・常懿兄弟の後ろ背の如く思われ、真葛は見る見る小さくなる影を足を止めて見送った。

藍の襷

志川節子

志川節子（しがわ・せつこ）

1971年島根県生まれ。早稲田大学第一文学部卒業。2003年「七転び」で第83回オール讀物新人賞を受賞。シリーズに「芽吹長屋仕合せ帖」、主な著書に『春はそこまで 風待ち小路の人々』『煌』『かんばん娘 居酒屋ともえ繁盛記』『博覧男爵』など。

一

「おきよちゃん、ありがと。つけ揚げをもらったおかげで、夕餉《ゆうげ》はご馳走だ」

沙奈《さな》が母屋《おもや》を出たところで礼をいうと、

「ご馳走なんて。魚が獲れすぎて、こしらえただけなのに」

おきよがわずかに肩をすくめた。

おきよが提《さ》げている竹籠《たけかご》に、沙奈は家の畑で採れた唐芋二本を押し込む。

「これは、ほんの気持ち」

「かえって気を遣わせたみたいだね」

おきよがすまなさそうな顔になった。ふたりは同い年の十七歳だ。

つけ揚げは、魚のすり身を油で揚げたもので、ここ大隅国曽於郡福山郷《おおすみのくにそおぐんふくやまごう》でも古くから食されている。もっとも、元来は祭りや祝い事などで供される食べ物で、沙奈のような農家では滅多に口に入ることはない。同じ集落に生まれ育ったおきよが漁師の家に嫁いだので、こうして時折、沙奈もありつけるのだ。

ふたりの前には、どっかりと構える桜島《さくらじま》と、穏やかに横たわる錦江湾《きんこうわん》の景色が開けていた。このあたりは遠い昔に大きな火山の爆発があった地域で、湾のぐるりはまるで大釜の縁のように大地がえぐれている。沙奈たちが立つ場所は、大釜の縁に沿った狭い平地だが、背後には、噴火で降り積もった灰からなる台地が間近に迫っていた。

西へ傾き始めたお天道さまが、磨いた鏡のごとく海を輝かせている。湾の内を行き交う船の白い帆が、光の中に浮かんでいた。

沙奈は、胸いっぱいに息を吸い込む。

「春の満ちる匂いがする」

「春の、満ちる……？」

おきよが首をかしげる。

「三日前までは、潮の香りにつんと尖《とが》ったところがあった。今日は少しだけ和らいで、まろやかになってる」

「へえ、そうかな」

沙奈の真似をして、おきよも息を吸っている。

「ね。海風に湿気が交じって、もったりしてるでしょ」

「うーん。私には、何とも」

しきりに首をひねるおきよに、沙奈は苦笑した。

「春の彼岸が近くなると、海からの風がふっと変わる日があるの。また、この時季がめぐってきたって、そう思うんだ」

「この時季……。ああ、色酢の仕込みが始まるのね」

柴垣に囲まれた五十坪ほどの敷地には、母屋のほかに小屋がふたつ建っている。ひとつは薪《まき》小屋、いまひとつは色酢の仕込み小屋だ。庭先には、色酢を仕込んだ三斗甕《さんとがめ》が百ばかり、ずらりと並ぶ。

「甕の向こうに、桜島と錦江湾がある。この景色を見ると、何だかほっとするの」

沙奈の気持ちがわかるというふうに、おきよもうなずく。

すると、おきよの背中で寝息を立てていた赤ん坊が、にわかに泣き出した。

「おお、よしよし。お前には退屈だったかえ」

おきよが肩越しに、我が子の安吉《やすきち》へ声を掛ける。額と眉に皺《しわ》を寄せ、安吉は身体《からだ》まるごとで声を張り上げている。

しばらくあやされて、安吉が泣き止《や》んだ。沙奈が小指を差し出すと、小さな手が伸びてきて、ぎゅっと摑《つか》む。歯のない口で、にかっと笑う。

「赤ん坊って、あっという間に大きくなるのね。前に会ったときはやっと首が坐ったくらいで、あやしてもきょとんとしてたのに」

感心した口ぶりの沙奈に、

「沙奈ちゃんも弟さんの子守りをして、そのくらい心得てるでしょう」

「それはそうだけど、弟と友だちの赤ん坊は、まるで別だわ」

「このごろは人見知りがきつくて、どこへ連れていっても泣いてばかり。沙奈ちゃんに笑いかけるのは、別嬪《べっぴん》さんだからだ。やっぱり、男の子だね」

おきよがあきれたようにいって、

「沙奈ちゃんも、じきだよ。器量のよか薩摩《さつま》おごじょだもの。縁談なんて、当人が知らないうちにまとまる。周りに任せておけばいい」

同い年なのに何歩も先をいくおきよが、沙奈にはまぶしく映る。

背中の安吉を揺すって、おきよが沙奈を見た。

「ここだけの話、沙奈ちゃんには、心に決めた人でもいるのかえ」

「そんな人、いないわ」

沙奈はいったん言葉を切ると、

「うちはおっ母《か》さんの身体が弱いし、弟はまだ十だ。祖父《じ》さまと祖母《ば》さまもいるし、みんなをおいて嫁にいくなんて」

家は祖父と祖母、母、弟と沙奈の五人家族である。もともと癪持《しゃくも》ちだった母は、七年前に沙奈の父が流行病《はやりやまい》で他界すると、寝込むことが増えた。

軒先でのやりとりが、部屋で床についている母に聞こえてはいないかと、沙奈は戸口を振り返った。うす暗い土間は、時が止まったように静まっている。

祖父母と弟は、家からいくらか離れた場所にある畑へ出ていた。沙奈も畑にいたのだが、おきよが訪ねてきたので家に戻ったのだ。

「そうか……。そうよね」

足許《あしもと》に目を落としたおきよが、顔を上げる。

「じつをいうと、つけ揚げは実家《さと》で食べてもらうつもりだったの。そうしたら、基次《もとじ》郎《ろう》兄さんに、沙奈ちゃんとこへ届けてこいといわれて」

「あら。基次郎さん、帰ってきてるの」

基次郎は、おきよの次兄である。子供時分はとにかく身軽ですばしっこく、木登りの不得手な沙奈はさんざんからかわれたものだ。

いつの頃からか、浦町《うらまち》にある廻船問屋《かいせんどんや》に住み込み、錦江湾の内を往来する船の水主《かこ》となった。おきよの家は長兄の代になっているが、基次郎は二十二になったいまも独り身だ。

「基次郎兄さんは、たまたま実家に顔を出してたのよ。船で甘いものが手に入ったらしくてね。実家はそれで十分だから、沙奈ちゃんのおっ母さんに滋養のつくものをって」

沙奈はいま一度、家を振り返る。

「お礼に唐芋が二本きりじゃ足りないわね。待ってて、もう少し持ってくる」

「そうじゃないんだってば、沙奈ちゃん」

存外にきつい声音《こわね》に、沙奈は土間へ向かいかけた足を止めた。

「ええと、その、あのね」

帯の前で手を揉《も》み合わせ、おきよが口ごもっている。

「どうしたの、おきよちゃん」

「あの、だから……。ああもう、こういうときは何ていえばいいのか」

ひとりでもごもごやっているおきよに、沙奈は首をひねった。

二

「そろそろ色酢の仕込みに掛かるかの」

三尺四方の囲炉裏《いろり》が切られた板間で、祖父・喜作《きさく》が切り出したのは、春の彼岸からおよそ十日後であった。

色酢の仕込みは春と秋、一年に二回である。

唐芋ご飯の朝餉《あさげ》を終え、沙奈は祖母・ふきと土間の流しへ器を下げていた。

「まさどん、どうじゃろ。仕込みには、まさどんのこしらえる麴《こうじ》が欠かせんが」

喜作が首をめぐらせると、膳を壁際に寄せていた沙奈の母・まさが振り返った。

「仰《おっしゃ》る通り、よい頃合いかと……」

と、にわかに声が途切れ、まさがみぞおちを押さえて前屈みになる。

「おっ母さん、どうした」

軒先で畑に出る支度をしていた弟・孝太《こうた》が、案じ顔で戸口をのぞき込む。沙奈はあわてて框《かまち》を上がり、母の背中をさすった。

「たいしたことなか」

まさが苦痛に歪《ゆが》んだ顔を上げる。

「私の身体は、ご案じなく。いま取り掛からないと、時季を逃します」

「しかし、その調子では、案じぬわけにもいかんじゃろ」

「沙奈に任せてみてはどうでしょう」

まさが、かたわらの沙奈に目を向ける。

「夫を亡くしたのち、しばらく私ひとりで麹を受け持ってきましたが、昨年からは沙奈も小屋へ入るようになりました。二度の仕込みを通して、おおよその手順は見覚えたのではないかと」

「ふむ。母屋にいるまさどんの指図を仰ぎ、沙奈が小屋で仕込みにあたるのか。まあ、それなら……」

喜作が節くれ立った指先で頰を搔《か》いて、

「どうじゃ、沙奈」

「わたし、やれるだけのことはやってみます」

己れに何ができるか心許ないが、母に負担を強《し》いてはいけないと沙奈は思った。

やがて、板間の隣部屋に敷いた蒲団へまさが横になると、沙奈は野良着に着替えて家を出た。

庭先へ並べられた三斗甕の肌に朝の光が反射して、きらきらと輝いている。

仕込んだ甕を半年から三年ほど寝かせると、ほんのりと褐色に色づいた酢ができる。長く寝かせるほど、色は深みを増す。色酢と呼ばれる所以《ゆえん》だ。

福山に色酢づくりが伝わったのは、嘉永元年のいまから約三十年前といわれている。初めのうち、手掛ける問屋は一軒だったが、昨今は十軒ほどに増えた。沙奈の家でも、喜作が浦町にある問屋「東雲屋《しののめや》」から色酢のこしらえ方を指南してもらい、仕込むようになった。

平地の少ない土地とはいえ、福山は鹿児島の御城下と都 城《みやこのじょう》、高岡《たかおか》を結ぶ薩摩街道日向筋《ひゅうがすじ》の要衝である。湊《みなと》には船が出入りし、人と物が行き交う賑《にぎ》やかな町でもあった。

日向筋は、湊に面した浦町の繁華な通りを抜けると、すぐに山側へ入っていく。そこからはきつい上り坂の連続であった。

沙奈の家の畑は、この坂道を少しばかり上ったところにある。山肌へ貼りついているような段々畑に辿《たど》り着くと、喜作が麦の育ち具合を見て回り、孝太が畝《うね》の草引きをしていた。

下の畑にいるふきは、唐芋の苗床にしゃがんでいる。

「祖母さま、苗の育ち具合は」

「まずまず、いい塩梅《あんばい》だな」

沙奈に声を掛けられ、ふきが顔を上げる。

唐芋は上方や江戸では薩摩芋と呼ばれており、火山灰まじりの痩せた土地でもよく育つ。苗を畑に本植えするのはいま少し先で、秋の終わりには丸々と太った芋を収穫できる。

掘り上げた唐芋は、畑の隅に深く掘った穴へ蓄えておき、少しずつ取り出して日々の糧《かて》とする。唐芋と粟《あわ》、わずかな米を混ぜて炊いた唐芋ご飯が、沙奈たちの主食だった。白い米ばかりのご飯なんて、夢のまた夢だ。

畑では唐芋や麦のほか、菜種や大豆、粟、蕎麦なども作っているが、定められた年貢を納めるのは厳しかった。父を亡くし、寝たり起きたりの母を抱えている沙奈の家で、五人が食べていくのは容易ではない。

年貢の不足を補うのが、家でこしらえている色酢なのだ。

ふだんは日が暮れるまで畑にいるのだが、その日は祖父母にうながされ、沙奈は孝太を連れて夕七ツには家に帰った。

三

裏の戸を開《あ》け閉《た》てする音が聞こえたのか、奥の障子がゆっくりと開いた。

「沙奈、帰ったのかえ」

寝巻姿の母が、敷居際に膝をついている。

「おっ母さん、横になっていないと」

沙奈は框《かまち》を上がって母の側《そば》へいく。

「横になっているだけだと、落ち着かなくて」

呟《つぶや》いた母が、沙奈を見る。

「床から指図を出すとはいえ、麹造りを取り仕切るのはお前だ。私を頼る気持ちは、すっぱり断ち切ること」

「え」

「去年の仕込みを、ぼんやり眺めてたわけじゃないだろう」

母はそういって、かたわらに置かれた柳 行李《やなぎごうり》を手許に引き寄せる。蓋《ふた》を開け、一本の襷《たすき》を取り出した。藍色の布で仕立てられた、どうということのないものだ。

「お前にゆずろう」

「おっ母さんの襷……」

「私の前は、お前のお父《と》っつぁんが使ってた。お父っつぁんは、麹を仕込むとき、これで襷掛けをしてたんだ」

襷を受け取った沙奈は、その場で両肩へ掛け渡した。なんとなく、背すじの伸びる思いがする。

さっそく下準備に取り掛かる。今宵のうちにしておくのは、米を洗って水に浸すことだった。

「米は九升だよ。量るのを間違えないように」

母の声を耳にしながら土間へ下りると、沙奈は壁際に積まれた米俵の前に立った。俵のひとつを開けて、つごう九升分の米を枡《ます》で量る。いつのまにか弟の孝太も横にいて、手桶《ておけ》にたまっていく米を見つめている。

「姉さん、これは玄米だよな。糠《ぬか》を取れば、白いおまんまになるんだろ」

「それはそうだけど、わたしたちの口には入らない」

「なんで」

「この米は、色酢の材。東雲屋さんがまとめて仕入れて、色酢をこしらえる家々に貸し付けてくださってる。つまり、ここにある米は、借金が目に見える姿に化けてるだけのこと」

「ふうん」

わかったようなわからないような顔で、孝太は首をかしげている。

「ほら、米を洗いにいくよ」

家の裏手には、岩肌から清水が湧き出ている一画があり、集落の幾軒かで共同の水汲《く》み場にしていた。

夕餉の支度をするにはわずかに早いのか、水汲み場には誰もいない。

沙奈が米の入った手桶を下ろすと、孝太が別の桶に水を汲んでくる。もみ殻などのごみを取り除きながら、米を洗った。

「米をこぼさないようにね。ひと粒だって、無駄にできないんだから」

沙奈の言葉に、孝太も注意深く手を動かしている。手に触れる水はひんやりとしているのに、ふたりの額には汗が滲《にじ》んできた。

家に戻った沙奈は、洗った米を母屋ではなく仕込み小屋へ運んだ。孝太が新たに汲んできた水を、米がしっかりと浸《つ》かるように注ぎ入れる。

今日のところは、ここまでだ。

母屋に帰ると、すかさず母が沙奈に声をよこした。

「俵の米を十粒ばかり、持ってきてくれるかい」

沙奈は水に濡《ぬ》れた手を手拭いで拭くと、母にいわれた通りにした。

「この米を、どのくらい水に浸けたらいいと思う」

米粒をつまんで丹念に眺めたまさが、沙奈に訊《たず》ねる。

「いま、暮れ六ツだから、明朝五ツまでかしら。去年の春と秋も、そうだったし」

沙奈が応えると、まさが浅い息をついた。

「いいかい、米ってのは、年ごとにまるで出来が違うんだ。どれだけ陽を浴びたか、夜は冷え込んだか、雨風に当たったか、虫がつかなかったか。ひと粒の米には、そういう、いろんな関わり合いが詰まってるんだよ」

諭すような口調で、まさが言葉を続ける。

「うちは田を持たないが、日ごろから気を配っておかないと。米粒の大きさや硬さで、水の吸い加減に差が生じる。この米は、ぷりっと膨らんで、幾らか水気を持ってる。朝五ツまで浸すのは長すぎだ。一刻ほど短く見積もっておきなさい」

「は、はい」

まさの目に病人とは思えぬ生気が宿っているのを見て、さすがはおっ母さんだ、と沙奈は舌を巻いた。かつて郷内一の麹名人と呼ばれていた父から、母はその技を引き継いだのである。

「女に麹造りを任せるなど、喜作さんのとこはどうかしている」と蔑《さげす》む声があるのを、沙奈は心得ている。女は男より一段低い生き物だという了簡で、洗濯の盥《たらい》や干し竿まで区別している家が、集落の中にも少なからずある。

味噌や醤油を仕込むときには、女房に麹造りはむろん、一から十まで仕切らせて平気なのに、色酢のことになると横槍を入れてくるなんて、どうかしているのはそっちではないかと、沙奈はひそかに思っている。

じっさい、村で色酢を仕込んでいる家で、女が麹造りを受け持っているのは沙奈の家だけだ。祖父や亡父は、男も女も己れの役回りをまっとうすればそれでよいという考えだった。

裏で物音がしている。祖父たちが畑から帰ってきたようだ。

沙奈は土間をのぞいた。

「祖父さま、お帰りなさい。今しがた、米を水に浸けたところです」

「あいわかった」

ひと息入れる間もなく、喜作が外へ出ていった。

沙奈の家では、春と秋にそれぞれ十八甕ずつ仕込んでいる。もちろん、それだけの量をいっぺんにこなせるわけではなくて、幾度かに分けて作業する。ちなみに、米九升からできた麴で、甕三つ分の色酢が仕込める寸法だ。

さらにいうと、麴と一緒に仕込む米は、甕三つ分で一斗八升が入り用となる。そちらの作業は喜作の受け持ちだが、腰痛を抱えていることもあり、なかなか難儀であった。

そうしたわけで、男手を幾つか貸してもらえるよう、喜作は近隣へ結《ゆい》を頼みに行ったのだ。

その晩、沙奈は目が冴《さ》えてほとんど眠れなかった。まだ暗いうちに床から出て着替えていると、隣に寝ているまさが寝返りを打った。

「沙奈、起きるのかえ」

「ちょっと早いけど、仕込み小屋に行こうかと」

藍の襷を背中に掛け渡しながら、母も寝付けなかったのだろうと沙奈は察する。まさの向こうでは、ふきが軽い鼾《いびき》をかいていた。

「それじゃ、行ってきます」

「米粒を潰してみて、さらりと砕けるのが目安だよ」

母屋を出た沙奈は、仕込み小屋の出入口を開けた。中は六畳ほどの広さである。壁際に竈《かまど》が築かれており、掛かっている大釜は母屋で使っているものの何倍もあった。土間には大きな作業台が置いてあり、麴蓋や晒《さら》し布、笊《ざる》といった道具が載せられている。土間の奥には一畳くらいの板間が設けられていた。

ここは、色酢の仕込み用に建てられた小屋だ。麴も、この小屋でこしらえる。母屋でも作業できなくはないのだが、麴というのは相当の気むずかし屋で、暑さや寒さ、湿気などによっては臍《へそ》を曲げてしまうことがある。畑の泥がついた作物や、傷んだ食べ物が近くにあっても、調子が出なかったりする。

そのへんをうまく加減するのに、別棟になった小屋が適しているのだった。家族でも麴を造る者よりほかは立ち入りを控えているし、道具も前もって大釜で煮たり天日に当てたりして、清浄を保っている。

沙奈は水に浸かっている米粒をひと粒つまみ、指の腹に力を加える。硬かった粒がさらりと砕けるようになったのは、母が見込んだ通り、明け六ツであった。

母屋に戻ると、囲炉裏端に朝餉の支度ができていた。

「おっ母さん、水を吸った米を、笊に上げてきました」

板間に出てきたまさが、微笑《ほほえ》みで応じる。

膳の前に坐る孝太が、口を開いた。

「こっから先は、小屋で姉さんひとりの作業だな。おらは手伝えねえが、よい麴ができますようにと、お天道さまに手を合わせるよ」

「わたしが畑に出られないぶん、孝太にはしっかり働いてもらわないと」

「おう、任せとけ」

孝太が胸を叩いてみせる。

「ほう、頼もしいものじゃ」

喜作が目を細め、囲炉裏端に笑い声が響く。

ただ、まさの顔色が幾分すぐれないのが、沙奈には少しばかり気掛かりだった。

四

朝餉がすむと、祖父母と弟は畑へ出ていった。

「水切りが終わったら、米を蒸す。蒸し上がりの頃合いは、ひねりもちをつくって見極めること。まとまらなかったり粘らないのは、蒸しが足りないせいだ」

床に戻ったまさが、枕許に膝をつく沙奈へ、小屋での作業を口頭で伝授する。ひと言も聞き洩《も》らすまいと、沙奈は全身を耳にした。

「次に、蒸した米を人肌まで冷ます」

「台の上で、山にしては崩し、山にしては崩すのでしょう」

　昨年の仕込みを思い出しながら、相槌《あいづち》を打つ。

「冷めたら、種麴をまぶす。蒸し米ぜんたいに行き渡らせるんだよ。それから」

　まさが短く息を吐いた。

「やっぱり、私も小屋に入ろうかしら」

「おっ母さんは、横になってないと」

「だけど」

「教わった通り、きちんとやりますから」

　沙奈が肩のあたりに手を添えると、まさが小さくうなずいた。

　仕込み小屋に入った沙奈は、大釜の掛かっている竈に火を熾《おこ》した。大釜には甑《こしき》が載っており、水切りした米を蒸していく。

　やがて、蒸し上がった米の匂いが小屋に満ちた。

　作業台に広げておいた晒し布に、蒸し米を移す。湯気の上がる米を、甑から小分けにして取り出すのだが、熱いのと重いのとで、これがけっこう骨が折れるのだ。

「次の段取りを、常に頭に浮かべておきなさい」

「蒸し米がべたついていると、よい麹にはならないよ」

母がいっていたことを頭でなぞりながら、沙奈は身体を動かす。

蒸し米が人肌まで冷めると、あらかじめ買っておいた種麹を、米ひと粒ひと粒の表面にまんべんなくまぶされるよう振りまいた。

種麹が混ざったら、米をまとめて晒し布に包む。

仕込み小屋に入ってから、ここまでおよそ二刻。

ふうっ。

沙奈は深い息を吐いた。

ここからは、蒸し米ではなくて麹米だ。しばらくは時をかけて寝かせるので、ひと息つくことができる。

母屋では、母が首尾を案じているに違いない。竈の火が消えているのをたしかめて、沙奈は小屋を出た。

「おっ母さん、種麹を振って、布で包んできました」

履き物を脱ぐのももどかしく、土間から声を飛ばす。

だが、返ってくる声がない。框を上がり、障子を引いた沙奈が目にしたのは、身体をふたつに折ってうずくまるまさの姿であった。

「しゃ、癪が……」

顔をしかめ、まさはみぞおちを押さえている。

「待ってて、いつもの薬を」

沙奈は板間へ引き返し、柱に掛かっている布袋を手にした。中には、小分けになった薬包が幾つも入っている。費《かか》りの高い医者に診てもらうことのできない沙奈の家では、年に一度このあたりを回ってくる越中の薬売りから、薬を分けてもらっていた。癪の薬を取り出した沙奈は、土間の水甕から湯呑みに水を汲み、盆に載せて奥の間へ運んだ。

黒い丸薬を飲んで少しすると、母の痛みは幾らか引いたようだった。

「麴造りは、どうなってる」

沙奈に支えられながら床へ横たわると、弱々しい声で訊ねてよこす。滞りなく進んでいると沙奈が応えるのを聞いて、かすかに微笑んだ。

案じることはないと母はいったが、沙奈は畑へ祖母を呼びに行った。

「すみません、祖母さま。畑の忙しい時季なのに」

詫びを口にするまさに、ふきが手を横に振る。

「家にいても、できることはあるさね」

ふきが土間で縄を綯《な》い始めると、まさは沙奈を呼んで告げた。

「小屋に戻りなさい」

沙奈はかぶりを振る。

「夕方まで、麴米を寝かせておくだけでしょう。それまでは、ここにいる」

「麴米は、赤子と同じ。片時も目を離せないんだ。寒ければ蒲団を掛けてやり、暑いようなら晒し布を開いて熱を下げてやらないと」

「でも」

いっこうに顔色のよくならない母が、沙奈は心配でならない。

「幾度いえばわかるの。小屋に戻りなさい。麴は、色酢造りの土台。しくじったら、我が家は食べていけなくなるんだよ」

まさの声が尖った。

「沙奈。まさどんには、この祖母さまがついとる。何かあれば、すぐに呼ぶ。お前は、小屋へお戻り」

ふきに声を掛けられて、沙奈はしぶしぶ腰を上げた。

じっさいのところ、昨年の春と秋も、麴米を布に包んだ後は小屋に詰めきりで作業に当たったのだった。

それに、いま蒸した米は、春造りの量ぜんたいからみた六分の一でしかない。あと五度、同じ手間を繰り返すのだ。使ったばかりの大釜や甑も、手入れをしておかなければいけなかった。

小屋に戻った沙奈は、晒し布を開いてかすかな香りを嗅ぎ取り、麹米が心地よいと思える温《ぬく》もりを保つことに心を砕いた。合間をみて、道具の手入れもする。

暮れ方になり、出入口の板戸を引くと、竹皮に包まれた握り飯が、盆に載せられて軒先に置かれていた。おそらく孝太が運んできたのだろう。声を掛けずに下がったということは、母の癪も治まったとみえる。

ほっとして、沙奈は唐芋入りの握り飯を頬張った。

夜になると、麹米を包んでいる晒し布の上から莚《むしろ》を一枚、掛けてやった。手を動かしながら、沙奈は唄を口ずさむ。

「花は霧島《きりしま》　煙草《たばこ》は国分《こくぶ》　燃えて上がるは　おはらハァ　桜島」

薩摩地方に伝わる、おはら節だ。昨年の仕込みのとき、まさが唄っていた。これを聞かせると、麹米がご機嫌になるという。母は父から教わったそうだ。

唄っていると、本当に人間の赤子が晒し布に包まれて、すやすやと眠っているような気がしてくる。

一夜明けると、麹米はぐんぐん育っていく。沙奈もおおわらわで世話をした。晒し布に包まれた麹米を、ひと粒ずつばらけるようにほぐし、九枚の麹蓋に盛っていく。

米を蒸したときと同様に、母の声が聞こえるようだ。

「この段にさしかかった麹米は、自分で熱を持つようになる。でも、あんまり熱が上がると、参っちまう」

「麹蓋を積み上げたり、広げたりして、心地のいい寝床をととのえてあげないと」

「小屋の中には、熱がこもるところと、そうでないところがある。よく見極めて、麹蓋を置くように」

麹蓋の位置を入れ替え、おはら節を唄っていると、時が経つのも忘れた。軒先に置かれた握り飯を口にするときだけ、ひと息つくことができる。

翌朝、沙奈が目覚めると、小屋は芳しい香りでいっぱいになっていた。起き上がって、麹蓋をのぞいてみる。

表面が白くもふもふと盛り上がって、両手ですくって崩すと、ふかしたての栗のような香りが沙奈の顔を包み込む。麹が出来上がったのだ。

小屋を出ると、我知らず小走りになった。

「おっ母さん。うまくいった。首尾は上々だ」

声とともに土間に入ると、框にいた祖母が顔を両手で覆っていた。祖母はゆっくりと顔を上げると、赤くうるんだ目で沙奈を見つめた。

五

五月に入ると、福山郷でも田植えが始まった。

沙奈の集落では、近隣の五軒ばかりが結を組んでおこなう。男衆が苗床から苗を田へ運び、女子衆が植えつけを担っている。勾配のきつい土地で、集落ぜんたいの田もさほど広くはなく、十五人ほどが組になって働けば、五日間ほどですむ。

沙奈の家からは、喜作と沙奈、孝太が出ることになった。家では田を持っていないが、色酢造りの折に人手を借りたぶん、田植えの時季にお返しをするのだ。

頬をなでる風は心地よいが、代掻《しろか》きのすんだ田に入ると、水のつめたさがつま先から染み入ってくる。

「さあ、今年もよろしゅう頼みますよ」

集落の長老の音頭《おんど》取りで、横一列に並ぶ女子衆が中腰になる。紺の単衣《ひとえ》に襷掛け、白手拭いを被《かぶ》り、菅笠《すげがさ》をつけている。いずれも赤い襷だが、沙奈だけは藍の襷を掛けていた。

皆で田植え唄を口ずさみながら、苗を植えていく。

二枚ほどの田に苗を植え終わると、いったん畔《あぜ》に上がって休みをとった。

向こうの畔では、福山郷の支配を任された役人の地頭が、周辺の田を見回っている。

頭上にある陽の光は夏の盛りを思わせる力強さで、田の水には真っ青な空が映っている。山の緑は、日ごとに濃さを増していた。

だが、沙奈にはどこか遠い国の風景のように感じられた。

母が亡くなって、およそふた月になる。

麹は生き物だ。仕込み小屋に入ったら、つきっきりで世話に当たらなくてはならない。沙奈の気を散らさぬよう、己れの容体が悪くなっても知らせないでくれと、母は床の中で祖母に頼み込んだそうだ。

結句、沙奈は母の死に目に会えなかった。形ばかりの弔いをすませ、色酢の仕込みが続けられた。

だが、このふた月をどうすごしたのか、沙奈はあまり憶えていない。目の前のことを、やみくもにこなしてきただけだ。

日なたにいても、田の水で冷えた身体はなかなか温まらなかった。

「沙奈ちゃん、疲れただろう」

振り向くと、基次郎が立っていた。錦江湾の内を行き来する船で水主をしているだけあって、肌は陽に灼《や》け、身体つきも逞《たくま》しい。ふだんは奉公先の廻船問屋で寝起きしているが、田植えの時季には暇をもらって家に戻ってくる。

苗床から苗を運んできた基次郎は、肩に担いでいた天秤棒を下におろした。男くさい顔貌《がんぼう》が、沙奈を案じるようにのぞき込んでいる。

「このくらいで疲れたなんていったら、罰が当たるわ」

沙奈は肩をすくめた。

「なんだか、笑顔が少ねえ気がしてな。まささんのこともあって辛えだろうが、あんまり無理すんな」

「基次郎さん……」

「それで、その……。これでも食って、力出せ」

基次郎が野良着のふところから紙の包みを取り出し、沙奈の手に押し付けた。

「え、あの」

沙奈が顔を上げたときには、天秤棒を担いで畔を歩き始めている。

田では、女たちが沙奈を呼んでいた。

「いま、参ります」

沙奈は着物の袂《たもと》に包みを入れ、田に入っていく。

昼になると、女子衆は田から上がり、男衆も集まってきた。畔の広くなっている場所に腰を下ろして、各々の家でこしらえてきた飯を食べる。

沙奈は、木立の根方へ置かれた土瓶《どびん》を手にして、一同の湯呑みに茶を注《つ》いで回った。

「おけいちゃんの祝言は、いつなんだい」

女子衆の誰かから声が上がった。

「ええと、来月です」

おずおずと、おけいが応える。おけいは、沙奈やおきよと同い年で、小さい頃はほかの子たちも一緒によく遊んだものだ。

この一、二年で、皆ばたばたと嫁にゆき、沙奈が昔から知っている娘はおけいひとりになっていたが、祝言を挙げることが決まったらしい。

おけいの隣にいる母親が、わずかに首をかしげる。

「そういえば、基次郎さんも、そろそろ身を固める頃合いだろう」

「まあ、いずれは」

唐突に話の穂先を向けられて、基次郎が戸惑い気味に応じる。

「誰か、いい人はいないのかい」

「え、いや、いい人なんて」

ぼんのくぼへ手をやった基次郎に、おけいが冷やかすような目を向けた。

「さっき見ましたよ。沙奈ちゃんに、何か渡してたでしょう」

「さ、さあ。何のことだか」

基次郎がしどろもどろになっていると、

「基次郎、このごろはどのあたりを行き来しているのかえ」

握り飯を食べ終えて茶を飲んでいた喜作が、苦笑しながら口を開いた。

基次郎が、助かったという顔になる。

「そうですね、福山湊と御城下のあいだはむろんだが、指宿《いぶすき》にもちょくちょく向かうかな」

「ふうん、指宿に」

「大きな廻船問屋がありましてね。とにかく、薩摩じゅうから、いろんな品が指宿に集まってくるんでさ」

「ほう、薩摩じゅうの……」

「御城下では、次の殿さまがどなたになるか、耳にすることはあるかね」

喜作が話しているのを、集落の長老がさえぎった。

薩摩藩を治める島津家において、当代の藩主、斉興公《なりおきこう》はそろそろ還暦をお迎えになるが、ふたりいる子息のうちどちらを次期藩主とするかで藩内が揉めているようだと、庶民のあいだではもっぱらの噂になっていた。

「さあ、そういった話はとんと……。誰が殿さまになろうが、水主ふぜいには関わりがねえと申しますか」

基次郎が口をすぼめて、

「御城下といえば、先だって薬売りをひとり、船に乗せましたよ。昨年までとは違う人でね。野間の関所の手前で腹痛を起こしたとかで、同行の衆に後れをとったと、頭を掻いていたが……。加治木《かじき》、国分と回って福山に入るそうで、そのうちにこのあたりも訪ねてくるかと」

基次郎がそういったのをしおに、長老が手を叩いた。

「昼休みはここまでじゃ」

一同は腰を上げて、田へ向かう。

日が暮れるまで、その日の田植えは続けられた。

家に戻って足をすすいでいる沙奈に、喜作が声を掛けてくる。

「基次郎に、何かもらったのか」

「あ、すっかり忘れてた」

沙奈は袂に手を入れ、紙の包みを取り出す。中に入っていたのは、糸寒天だ。

「およそ船荷の主あたりから、何かの駄賃にもろうたのじゃろうが……。基次郎が沙奈に気があるというのも、あながち外れてはおらんかもしれんな」

「もう、祖父さままで、そんなことを」

沙奈は肩をすくめたが、喜作は腕組みをして糸寒天を見つめている。

六

田植えがすんでひと月もすると、梅雨が明ける。

庭先へずらりと並べられた三斗甕に、粘りを帯びた陽射しが、くまなく降り注いでいた。春造りの色酢も、甕の中で着々と育っている。

沙奈は毎日、甕を見て回った。

三斗甕の中に、混ぜ麴、蒸し米、水の順に入れたところへまた別の麴を振り、甕の口を紙で覆って蓋を被せるのが、仕込みのざっとした手順である。沙奈には仕組みが難しくてよくわからないが、まず、酒ができる。日当たりのよい場所に置かれた甕には、まず、酒ができる。

「繰り返し仕込みに用いる甕には、目に見えぬ小さな生き物が住み着いとって、麴や米に働きかけることで酒になる。連中が気持ちよく働けるよう、お膳立てしてやるのが人の仕事じゃ」

だそうで、甕に耳を当てると、ぱちぱちとかすかな音がした。

仕込みのとき水の表面に振った麴は、糸を伸ばして麴どうしが結びつき、その下にある酒を守る蓋となる。

少々ややこしいが、甕にはもともと蓋が載っているから、振り麴はいわば中蓋といった役どころだ。この中蓋は、酒ができるとしぜんと液体に落ちて沈み、するとふたたび小さな連中の出番となって、こんどは酒から酢へと変わっていく。

強い陽射しの下では、立っているだけで汗が滲む。沙奈は手前にある甕の肌に手を当て、温もりを確かめてから蓋を取った。口をのぞくと、すでに振り麴の中蓋は下に沈み、液体の表面には白くて薄い膜が張っている。小さな連中が盛んに働いている証しだ。

鼻を近づけると、つんと酸っぱい、けれど快い香りが立ちのぼってくる。

甕は苗代川《なえしろがわ》の窯で焼かれた薩摩焼だが、それぞれの厚みなどにはわずかな差がある。同じ敷地に並べても、陽の当たりようは甕ごとに異なるし、色酢の育ち具合も違う。不快な匂いはないか、色味はどうか、白い膜よりほかのものが浮いていないか。そんなことを気遣いながら、手にした竹の棒を甕に挿し、液体をかき混ぜる。いつしか、甕のひとつひとつが、顔つきの異なる子どものように思えてくるのだった。

竹の棒を引き上げて甕に蓋を被せていると、母屋から人が出てくるのが見えた。東雲屋の番頭である。

ふだんは喜作も甕を見回るのだが、今日は昼すぎに番頭が訪ねてきたので、沙奈がひとりで庭に出ているのだ。

腰をかがめた沙奈に、番頭は会釈をしてみせ、門口へと歩いていった。おそらく、品納めとか、秋造りに向けた段取りなどを話していたのだろう。

番頭の姿が見えなくなったあとも門口をなんとなく眺めていると、ほどなく、ひとりの男が入ってきた。着物の裾を端折《はしょ》って股引《ももひき》、脚絆《きゃはん》という出《い》で立《た》ちで、大きな風呂敷包みを背負っている。

男が沙奈に気づいて、庭を回り込んでくる。見覚えのない顔に、沙奈は我知らず身構えた。

「毎度お世話になっております。越中から参りました薬売りでございます」

男はそういって、頭を低くした。齢《とし》は二十五、六といったところ、目許が涼やかで、口は軽く引き結ばれている。

「ああ、売薬さん……」

沙奈は、田植えの折に基次郎が話していたのを思い出した。昨年までの薬売りは初老の男で、若い男が訪ねてきたのは意外だった。

庭先に連なった甕を、男が物珍しそうに眺めている。

「この甕には、何が入っているのですか」

「色酢を仕込んでおります」

「ほう、酢を。門口を入ったとき、甘酸っぱいような、何やら良い香りがしたのです。正体は、これだったか」

「甕の蓋を開けていたので……」

応じながら、沙奈の肩から力が抜けていく。会ったばかりなのに、気がつくとこちらの用心が解けているような、親しみやすさが男にはある。

「それにしても、壮観だ」

感心したように、男が首をめぐらせる。

「甕は、つごう百ほど。こちらの列は今年の春、あちらの列は昨年の秋に仕込んだものです。奥にあるのは、三年ばかり寝かせたもので……」

がたっと母屋の戸が開いて、鋭い声が飛んできたのは、そのときだった。

「沙奈、誰と話しておる」

囲炉裏の切られた板間に上がると、男は風呂敷包みを下ろして手をついた。

「改めまして、越中から参りました薬売り、玄左《げんざ》と申します。次郎右衛門《じろうえもん》さんが受け持っていた界隈を、手前が引き継ぎましてございます。引き続き、ご愛顧を賜りますようお頼み申し上げます」

玄左の向かいに坐る喜作は、むすりとしている。

沙奈は玄左に茶を出して、柱に掛かった布袋を下ろす。

「どうぞお確かめください」

布袋が前に置かれると、玄左が軽く頭を下げ、かたわらの風呂敷包みを開く。中には五段ほどの柳行李が積み重ねてあった。行李から分厚い帳面を取り出すと、玄左は布袋の口を広げた。

「頭痛と腹下しの薬が一包ずつ、それから、癪の薬が十包……。お使いになったぶんを補い、古くなった薬を新しいものとお取り替えいたします」

矢立の筆を手にした玄左が、布袋から取り出した薬包を数えては、帳面にこまごまと書き付けていく。

「お前さんとこの薬は、もういらん。これまでの薬代を受け取ったら、布袋ごと持って帰ってくれ」

やにわに、喜作がふところから財布を取り出した。

いつになくとげとげしい口調に、沙奈はびっくりして祖父を見る。

玄左が眉をひそめ、帳面をぱらぱらとめくる。

「こちらは、喜作さん、ふきさん、まささん、沙奈さん、孝太さんの五人がおいでになりますね。まささんが癪を患っておられるとありますが」

「まさは死んだ」

吐き捨てるように、喜作がいった。

「癪がひどうなって薬を飲ませたが、効かんかった。役に立たんものを売りよって、何が越中の薬売りじゃ」

「祖父さま、いいすぎだ」

思わず、沙奈は口を挟む。

「おっ母さんの腹には出来物があって、お医者に診せても治らんかったじゃろうと、長老さまは仰ったじゃないの」

「沙奈……」

「祖母さまも、いってたでしょ。薬で痛みを散らすことができてよかったって」

「そうかもしれんが……」

着物の膝を、喜作がぎゅっと摑む。

帳面を脇へ置いて、玄左が居住まいを正した。

「まささんがお亡くなりになりましたこと、心よりお悔み申し上げます。お気持ちは察しますが、薬は置かせていただけませんか。置いてあることを、日ごろは忘れていただいて構いません。いざというときに、少しでもお役に立ちたいのです」

ひたむきな眼差《まなざ》しに、沙奈は胸を打たれた。

中身の入れ替えがすんだ薬袋を柱に掛け直すと、沙奈は祖父を板間に残し、玄左を見送りに出た。

「すみません。ふだんはあんなこと、口にする人ではないのに」

頭を下げる沙奈を、玄左が身振りで制した。

「お気になさらず。手前どものような商いには、少なからずある話です」

わずかに微笑んで、

「喜作さんがああ仰るのもあって、布袋にはひとまず入用になりそうな薬包しか揃っていません。しばらくは福山郷に逗留《とうりゅう》しておりますし、何かあればお申し付けください」

浦町にある宿屋「小田屋《おだや》」の名を告げて、玄左は通りへ出ていった。

その夜、水汲み場で洗い物をした沙奈が家に戻ってくると、

「沙奈、ちょいとこっちへ」

囲炉裏端にいる喜作が、手招きしてよこした。

框に上がった沙奈を前に、喜作はじっと考え込んでいたが、やがておもむろに口を開いた。

「昼間に、東雲屋の番頭さんがお見えになったじゃろう」

「はい。お帰りになるときに、頭を下げておきました」

「じつは、東雲屋のご隠居さまがお前を妾に抱えたいと、そう申されているのじゃ」

沙奈は思わず、喜作の顔を見返した。

七

「まあ、そんな話が……」

沙奈の話を聞いて、おきよが眉をひそめる。おきよの嫁ぎ先の、夫婦が居室にしている四畳半であった。

家の畑で採れたらっきょうを漬けたので、沙奈が届けにきたのだ。

「東雲屋のご隠居さまって、おいくつなの」

おきよが訊ねる。かたわらには安吉が坐り、「ああ」とか「うう」と声を出して手を叩いている。少し見ないあいだにまた大きくなって、赤ん坊なりに顔立ちもしっかりしてきた。

部屋の外では、蟬《せみ》がさかんに鳴いている。

「六十七ですって」

「喜作さんより年嵩《としかさ》じゃないの。こういっては何だけど、年寄りの身の回りの世話を押しつけられるようなものよ。もちろん、断るんでしょ」

「それが、容易ではなさそうで……。うちの色酢の仕込み小屋、あれが建ったのがいまから十年前。その時分、色酢を仕込む量がぐっと増えて、母屋の土間で作業していたのではとても追いつかなくなったそうでね。でも、普請代が出せなくて、東雲屋さんからお金を借りたの。わたしは子どもだったから、知らなかったけど……」

手許に目を落として、沙奈は言葉を続ける。

「小屋が建ったときはお父っつぁんも健在で、五、六年すれば借金もきれいにできるだろうと算段していたみたい。でも、そうはいかなくて、まだ半分も返せてないと……。わたしが妾奉公に出れば、残りは棒引きになるという話なの」

「なんてこと。沙奈ちゃんは若いのよ。ご隠居さまなんかより、もっとふさわしい人がいるはず。たとえば」

基次郎兄さんとか、とおきよはいったのだが、安吉が発した高い声にさえぎられ、沙奈には聞き取れない。

「沙奈ちゃん、前にも訊いたけど、思いを寄せている人はいないの」

「そんな人、わたしには」

どういうわけか玄左の顔が脳裡《のうり》に浮かんで、沙奈はそうした自分にうろたえた。

一度、深く呼吸する。

「わたし、いずれは祖父さまが見つけてくれた人のところへ嫁に行くものと、漠然と考えていたの。ただ、それはそれとして、誰かのことを心から慕ってみたいというか、そんなふうにも思っていて……」

「沙奈ちゃん……」

「うちのお父っつぁんとおっ母さんは、村の祭りで知り合って、思い思われて結ばれたの。お父っつぁんには先立たれたけど、子を二人も授かった自分は果報者だと、おっ母さんは事あるごとに口にしてた。ほんの幾ばくかでも仕合せな思い出があれば、人は前を向くことができるんだって。わたし、おっ母さんに教わったのよ」

母があの世へ旅立ち、しばらくは何も考えられなかったが、このごろやっとそんなふうに思えるようになっていた。

「東雲屋さんには、いつまでに返事をするの」

おきよが浮かない顔で訊ねる。

「秋造りの仕込みが終わる頃には……。いずれにせよ、おきよちゃんに話を聞いてもらえてよかった」

そう応じて、沙奈は腰を上げた。

照りつける陽射しの下を家に戻り、鍬《くわ》を担いで坂道を登っていくと、畑の様子がいつもと明らかに違っていた。ふきと孝太が腰をかがめて、何かをのぞき込んでいる。

「どうしたの」

駆け寄った沙奈を、ふきが困惑した顔で振り返った。

「祖父さまが、いきなりひっくり返っちまって……」

青々と繁る唐芋の葉の上に、喜作が仰向けに倒れていた。顔から血の気が引き、青ざめた唇から浅い呼吸が洩れている。

「祖父さま、祖父さま」

孝太が呼び掛けるが、喜作は苦しそうに顔をしかめたままだ。

沙奈は鍬を肩から下ろし、喜作のかたわらに膝をつく。

「祖父さま、しっかりして。わたしの声が聞こえますか」

瞼《まぶた》がぴくりと動き、ゆっくりと持ち上がる。

「ち、ちっとばかり、あ、暑さに当たっただけじゃ」

弱々しい声が返ってきた。

「孝太、祖父さまの身体を支えて木陰へ。祖母さまは、竹筒の水を飲ませてあげて。わたしは水を汲んできます」

沙奈が水汲み場から桶を抱えて戻ってくると、ふきと孝太が腰に提げている手拭いを取って水に浸し、喜作の襟許《えりもと》をはだけさせて首すじや腋《わき》の下に当てた。

幾度か手拭いを取り替えるうちに、喜作の呼吸が少しずつ落ち着いてきた。虚《うつ》ろだった目も、こちらが声を掛けるとしっかり見返すようになった。

「もう平気じゃ。仕事に戻るぞ」

「祖父さま、まだ顔色が」

「平気じゃというに」

沙奈の手を払いのけ、喜作が身体を起こそうとする。しかし、幾らも力が入らないようで、すぐに地面へ引き戻されてしまう。

「お前さん、無理したらいかん。家へ帰って、横になったほうがええ」

ふきが諭すようにいい、孝太もうなずいている。

「祖母さま。わたし、ちょっと浦町まで行ってくる」

沙奈はあることを思いつき、いっさんに駆けだした。

小田屋は、錦江湾沿いを往来する商人や旅人を泊める、ごく簡素な宿屋であった。

「あ、あの、ここに薬売りの玄左さんという人がおられますか。薬のことで、お訊きしたいことが……」

帳場格子の内に坐る番頭は、息を切らしている沙奈に驚いた顔をしたが、折よく部屋にいた玄左を呼んできてくれた。

玄左は框に立つと、

「どなたかと思えば、たしか喜作さんのところの……」

「すみませんが、家まできてもらえませんか。祖父さまが、畑で倒れたんです」

「なに、喜作さんが」

「この暑さで、ちょっと気を失ったみたいで、でも、いまは受け応えもしっかりしてます。だけど、顔色がよくなくて……。おっ母さんみたいになったらどうしようって、わたし……」

玄左の顔を見た途端に気が弛《ゆる》んで、沙奈は自分でも何をいっているのかわからなくなった。

売薬の荷を部屋から取ってきた玄左と、宿屋を飛び出す。玄左は前に足を運びながら、喜作の呼吸の様子や汗のかき方、引き攣《つ》りはないかなどと沙奈に訊ねた。

家に着くと、喜作が板間に寝かされていた。付き添っているふきが、手拭いを額に載せてやっている。

名を名乗るのもそこそこに、玄左が框を上がる。喜作の手首に指先を添え、脈を取り始めた。

沙奈の目には依然として、喜作の顔色が青く映る。

下瞼を裏返したり、舌を診たりしている玄左に、喜作がいった。

「色酢を水で薄めて飲んだし、薬はいらん。余計なことはせんでくれ」

「またそんなことを」

横から口を入れる沙奈を目で制して、玄左が喜作に向き直る。

「仰る通り、本草学《ほんぞうがく》では酢を薬として扱いますし、理にかなっていると思います。しかし、明日、畑に出られるかとなると、色酢だけでは少々心許ないかと」

「どういうことだ」

「めまいや頭痛のほかに、息苦しさなどもおありなのではないですか。薬を飲んで眠れば、ひと晩でよくなりますよ」

「む、む」

玄左は携えてきた荷から幾つか薬包を取り出すと、煎じて飲ませるようにと沙奈に手渡した。

さっそく、沙奈が囲炉裏端に膝を折る。

半刻ほどのち、玄左を見送りに出た沙奈は、深々と頭を下げた。

「ありがとうございます。薬を飲んだら、たいそうらくになったようで……」

「やはり、軽い暑気あたりでしょう。水に浸した手拭いで、身体を冷やしたのはお手柄でした」

「あの、なんだかお医者さまみたいですね。前の売薬さんは、脈を診たりなさいませんでしたもの」

「ほんの少しですが、医術を学びましたので」

いいさして、玄左が表情を曇らせる。

「じつのところ、喜作さんは心臓が弱っているようです。顔色がすぐれぬのも、どちらかといえばそれゆえかと」

「えっ」

「あくまでも、年相応ということです。そう案じなさいませんように」

沙奈の不安を治めるように、玄左は両手で押さえる仕草をしてみせた。

「宿屋に道具がありますので、心臓の薬を調合して、明日また参ります」

八

七月の半ばをすぎ、日中は暑くても、朝晩には涼しい風が吹くようになった。

あとひと月もすると、色酢は秋造りの仕込みに入る。

沙奈が庭に莚《むしろ》を広げ、仕込み用の笊や麴蓋などを天日に干していると、門口からおきよが入ってきた。

「先だっての話が、その後どうなったかと気になって」

親に孫の顔を見せにきたそうで、安吉はおきよの母と昼寝をしているという。

沙奈は手にしていた笊を莚の上に置く。

「返事は、まだ……。どうにも気が進まなくて」

「喜作さんは、何と」

「お前の思うようにすればいい、と。でも、わたしが妾奉公に出れば、借金を案じなくてすむのは確かなことだし……」

「心のやさしい祖父さまだものね」

「家を出ていけとはっきりいわれたら、踏ん切りがつくのかもしれないけど……」

沙奈は浅く息をつくと、

「そういえば、おきよちゃんの家にも、新しい売薬さんは訪ねてきたかえ」

気を取り直すように、話を変えた。

ひと月ほど前に畑で倒れた喜作は、すっかり調子を取り戻した。沙奈はあとで知ったのだが、当人は半年も前から息苦しさをたびたび感じていたらしい。玄左が調合してくれた心臓の薬のおかげで、顔色もよくなっている。

先日、お礼に何かできないかと思案した沙奈は、茶箪笥《ちゃだんす》にしまっておいた糸寒天でところてんをこしらえ、色酢をかけて出したのだった。

「まあ。それじゃ、基次郎兄さんが沙奈ちゃんに渡した糸寒天を、その売薬さんに食べさせたの？」

黙って話を聞いていたおきよが、そういって沙奈を見た。目に咎《とが》めるような色がある。

「蓄えてあった唐芋が底をついて、ほかにお礼になるものがなかったの。玄左さんは、祖父さまの調子が戻るまで、三日おきに訪ねてきてくれてね。毎度、脈も診てくださって……。なのに、飲んだ薬のお代だけでいいと仰るんだもの」

「当たり前よ。売薬さんはお医者じゃないんだから」

あきれ顔になったおきよに、沙奈は肩をすくめた。

「錦江湾ではテングサが採れるのか、と訊かれたわ。日向筋の茶屋でも、ところてんを食べたんですって」

「テングサが採れるのは、甑《こしき》の島々でしょう。船で福山湊に運ばれてくると、基次郎兄さんから聞いたことがあるもの。茶屋のところてんも、そのテングサからこしらえてるのよ」

　茶屋は、日向筋の急な坂をずっと登った先にあり、往来する者たちには格好の休み処となっていた。そこで出されるところてんが、ちょっとした名物である。

「おきよちゃんは知ってるかしら。福山湊に入ってくるテングサは、馬の背に積み替えられて、日向筋を運ばれていく。幾つか山を越えると大掛かりな会所があって、糸寒天が作られてるんですって」

　ふたりきりしかいない庭を見回して、おきよが声を潜める。

「沙奈ちゃん、そんな話、いったいどこで」

「いつだったか、夜中にたまたま目が覚めて、祖父さまと祖母さまが話しているのを耳にしたの。糸寒天をこしらえるには、まずテングサを釜で煮溶かすそうなんだけど、そのときに酢が要るのよ。十年ほど前に福山郷で色酢を仕込む量が増えたのも、会所で糸寒天をこしらえるようになったからだと……」

「へえ」

「玄左さんも、いまのおきよちゃんみたいに目を丸くしてた」

「ちょっと、だめよ。他国の人にそんな話をしては」

　おきよが声を尖らせる。

薩摩藩では、他国の商人が領内で商売することを、原則として認めていない。福山郷でも、浦町の通りには商家が軒を連ねているが、この地で代々続く老舗《しにせ》か、御城下や指宿などに本店を持つ商家の出店かのいずれかで、他国に足掛かりを持つ店は見当たらない。

ただし、越中の薬売りに限っては、領内での商いが許されていた。

「おきよちゃんのいいたいことは、わたしにもわかる。玄左さんだって、心得ているわ。薩摩藩領で見聞きしたことを他国では口外しないと、あらかじめ御城下のお役人に念書を取られているそうだもの」

「それなら、まあ、いいけれど……」

おきよには内緒だが、このところの沙奈は、村にある神社の境内《けいだい》で玄左と会うようになっている。

村から村へと渡り歩く薬売りたちは、人影まばらな往来を使うこともしょっちゅうで、かつては薬を目当てにした追剝《おいは》ぎに遭った例もあるという。

玄左は用心のために道中差しを腰に手挟んでおり、毎晩、神社の境内で、木の枝を手に素振りの稽古を欠かさないのだった。

夕餉のあと、水汲み場で洗い物をすませると、沙奈は家の戸口の脇に桶を置いて、神社まで駆けていく。ほんのひととき立ち話をして、家に戻るのも駆け足だ。糸寒天をこしらえる会所の話をしたのも、そのときであった。

おきよが、胸の前で指を折っている。

「玄左さんて、いつまで福山郷にいるのかえ」

薬売りが薩摩藩で商いができるのは、三月《みつき》限りと定められていた。

「来月の半ばくらいかと」

そういって、沙奈はうつむく。帰国の途につく前に、ほかの薬売りたちと御城下の世話役のところへ挨拶にいくと聞いているから、福山郷を出立するのはいま少し早まるかもしれない。

にわかに、おきよが神妙な顔つきになった。

「沙奈ちゃん、もしかして、玄左さんのこと……」

「わからない。でも、玄左さんのことを思うだけで、ここが苦しくてたまらないの」

沙奈は襟許を両手で押さえる。

「そんな……。どんなに慕っていても、玄左さんは添うことのできる相手ではないんだよ」

「ねえ、おきよちゃん。わたし、どうしたらいいの」

おきよは気遣わしそうに、沙奈の顔を見返すきりだ。

九

月が替わり、七日ほどがすぎた。沙奈の家では、秋造りの色酢の仕込みが始まっている。

「……沙奈、おい、沙奈」

幾度か呼ばれて、沙奈は顔を上げた。膝の前には、食べ終えた朝餉の膳が置かれている。

「すみません。ええと、何でしたっけ」

「今日から、仕込み小屋での作業に入るのじゃろう。ぼんやりしていると、しくじるぞ」

喜作が苦い顔をしている。

「仕込みの手順を、頭の中でさらっていたのよ」

とっさに応じたが、沙奈は別のことを考えていた。

この十日ほど、玄左の顔を見ていない。

これまでも、ないことではなかった。近隣の村なら福山から日帰りできるが、山を越えた先の得意先を回るようなときは、手前の村に一、二泊しなくてはならない。だが、そういう場合は前もって言い置いてくれていたし、黙っていなくなるのは初めてだった。

越中へ帰るにはまだ日があるはずだし、どうしたのだろう。もしや、追剝ぎに遭って、怪我でもしたのでは。

宿屋を訪ねてみようと幾度か浦町へ足を向けかけたが、齢頃の娘がそんなことをしては何をいわれるものかわかったものではない、とそのたびに思い直した。

昨夜は、仕込みの前段となる米の下ごしらえをしたあと、神社へ行ってみたが、境内では秋の虫が鳴き立てているきりだった。

もう会えないかもしれない。そう思ったとき、己れの気持ちをまるで伝えていないことに、沙奈は気づいたのである。

喜作たちが畑へ出ていくと、沙奈は藍の襷を掛けて仕込み小屋に入った。

水を吸った米を甑に移し、竈で蒸す。蒸し上がった米は、作業台の上で人肌まで冷ます。ほどよく冷めたら、種麴をまぶして晒し布に包み込む。

区切りがつくたびに襷へ手を添え、手順に間違いはないかと母に訊ねかけた。

作業が立て込んでいるときは没入するのだが、しばらく間をおく段になると、玄左のことが脳裡をよぎる。

「麹米は、赤子と同じ。片時も目を離せないんだ」

どこからか母の声が聞こえて、沙奈は麹米の世話に意識を傾けた。

日が暮れると、いつものように竹皮に包まれた握り飯が、小屋の軒先に置かれていた。

ひとくち頬張ると、きりきりしていた心持ちが、ふっと弛《ゆる》む。

いまなら、ちょっとくらい小屋を抜けても、差し障りはないのではないか。

沙奈は小屋を出ると、足音を立てないようにして表へ回った。門口を出ると、上弦の月が照らす坂道を駆け下っていく。

神社の境内には、銀杏《いちょう》の大樹がそびえている。枝葉のあいだから差し込む月の光に、木の棒を無心に振り下ろす玄左の姿が浮かび上がっていた。

まるで幻を見ている気がして、沙奈は鳥居の手前に立ち尽くす。

「そこにいるのは、何者だ」

ふいに玄左の動きが止まる。心なしか、ひやりとするような声だった。

「あの、熱心に素振りをなさっているので、声を掛けそびれて……」

襷をはずして、沙奈は鳥居をくぐった。

「や、沙奈さんか」

玄左がそういって、身体の前に構えた棒を下ろす。

「十日もお見えにならず、案じておりました」

「薬売りの仲間が、少しばかり具合を悪くしましてね。宿に文が届いて、助っ人に行っていたのです。なにぶん、急な話で」

近づいてみると、玄左は頰のあたりが瘦せたようだった。

「わたし、麴の仕込みをしているんです」

沙奈が何をいいたいのか図りかねるというふうに、玄左が目をまたたく。

「麴につきっきりになるので、二、三日はここに来ることができません」

「ああ」

得心したようにうなずき、玄左が思案顔になる。

「そろそろ、福山を発ちます。お目に掛かれるのは、今日限りかもしれないな」

「………」

「新参の薬売りは、前任の者からの引き継ぎ証を持っていてもなかなか信用してもらえません。ですが、手前の調合した薬のことを喜作さんが集落で話してくだすったおかげで、すんなりと受け入れてもらえました。礼を申します」

玄左が頭を下げる。

何があろうと動じない、ふだんは頼もしくさえある佇まいが、いまの沙奈にはもどかしかった。

わたしが妾奉公をするといったら、この人はどんな顔をするだろう。

秋造りの仕込みが終わる頃には、東雲屋に返事をしなくてはならない。どのみち逃れることはできないと、頭のどこかでわかっている。

だが、それでも。

「玄左さん」

己れの声がかすれていた。

「わたし、わたし……」

入り組んだ思いが嵐のように巻き起こって、沙奈は言葉に詰まった。

わけもなく涙があふれてくる。沙奈は黙って、玄左の胸に額を押し当てた。

「あのところてんは、じつに美味《うま》かったな」

からりとした響きが、額の骨を震わせた。

ふたりの影を、月の光が地面に映し出していた。沙奈の肩にまわしかけた手を、逡巡《しゅんじゅん》したのちに玄左が引っ込める。

目の端にそれを捉えると、波立っていた心が鎮まっていった。沙奈は玄左の胸から額を離した。

「沙奈さんの色酢は、いつ出来るのですか」

常と変わらず、玄左が涼やかに微笑んでいる。

「春に仕込んだものは年の瀬に、秋に仕込むものは来年の夏頃に」

目尻に滲んだ涙を、指先で拭う。

「次に会うときは、沙奈さんの仕込んだ色酢で、ところてんを食したいものです」

「ええ。お待ちしています」

沙奈は精一杯の笑顔でうなずいた。

いつしか空には雲が出て、月を覆っている。暗い夜道を、沙奈は一歩ずつ踏みしめるようにして家に帰った。

仕込み小屋に入ると、わずかに蒸し暑く感じられた。

坂道を上ってきたゆえだろう。沙奈はたいして気にすることもなく、板間へ横たわる。ひどく疲れていた。

異変に気づいたのは、翌朝である。

襷掛けをした沙奈が、麹米を包んだ晒し布を開くと、さらりとしているはずの麹米が、幾粒か布に付いているではないか。麹米の山に手を入れると、べたべたしている。これまでにないことだった。

すぐさま小屋を出て、母屋から祖父を呼んでくる。

麹米を掬《すく》い取って仔細に眺め、喜作はしばらく考え込んだ。

「昨晩は少しばかり蒸し暑かったが、しかるべき手当てはしたのじゃろうな」

すぐには返事ができない。

表のほうが騒がしくなったのは、そのときだった。

十

「誰ぞ、家の者はおるか」

緊迫した声が、門口で上がった。喜作と沙奈が小屋を出ると、四人ばかりの男たちが庭に入ってきている。

ひとりは田植えの折にも見かけた地頭で、あとの三人は黒の羽織に袴を着け、地頭よりも一段上の身なりをしている。腰に両刀を帯びているのを見ると、御城下からきた武士のようだった。

上役と思われる武士が、大股で近づいてくる。

「この家の者か」

「へ、へえ」

喜作が首を上下に動かす。

武士が声を低めた。

「ここに、玄左と申す薬売りが来ておらぬか」

「い、いいえ」

鋭い目が沙奈に向いた。

「その娘と親しくしていると聞いておる。かくまうと、ろくなことはないぞ」

恐ろしさに身がすくんで、沙奈は声が出せない。喜作の袖にしがみつき、首を横に振った。

「念のため、中を確かめさせてもらう」

武士が首をめぐらせ、後ろに控えた配下のふたりに短く指図を与える。

「はッ」

ふたりは二手に分かれると、母屋と仕込み小屋の前に回り込んだ。

「玄左、おらぬかッ」

「隠れずに出てこいッ」

それぞれに戸を引き開け、中へ入っていく。色酢の甕が連なる庭に、荒々しく動き回る男たちの足音が響いた。

「お、お侍さま。な、何がございましたので……」

恐る恐る訊ねる喜作を、母屋のほうを見ていた武士が振り向く。

「あの者は、間者《かんじゃ》だったのだ」

「か、間者……」

「薬売りに化けて、持ち場でもない都城あたりまで足を延ばしておった。寒天の会所がどうとか、土地の者に訊ね回っていたのだ」

どくんと、沙奈の心臓が脈打った。

武士が言葉を続ける。

「昨年までこの界隈を廻っていた薬売りが、野間の関所の近くに葬られておった。亡《なき》骸《がら》が見つかったのが、五日ほど前。玄左には下手人の嫌疑が掛かっておる」

やがて、配下のふたりが庭へ出てきた。

「どうやら、ここにはおらぬかと」

それを聞いて、上役の武士が喜作に向き直る。

「そのほうに二、三、訊ねたいことがある」

「へえ。恐れ入りますが、孫娘の心持ちがすぐれませぬようで……。家に下がらせても、よろしゅうございますか」

武士が沙奈を一瞥《いちべつ》する。

「よかろう」

沙奈は小屋の軒先を離れ、母屋へ歩いていった。地面が、ぐらぐらと揺れているようだった。

裏の戸に手を掛けると、物陰からそっと呼び掛ける声がある。

「沙奈ちゃん」

おきよであった。後ろには基次郎の顔もある。どちらの表情もこわばっている。

沙奈は周囲に目を配ると、武士たちに気づかれぬよう、おきよたちを家に入れた。

土間に立った途端、おきよが顔を歪ませる。

「ごめんなさい。玄左さんがここにいるかもしれないとお侍にいったのは、私なの」

「おきよちゃん、どうして」

高くなる声を押し殺す。

「沙奈ちゃんが、どこか遠くへ行ってしまいそうで、恐ろしくなって……」

おきよが言葉を詰まらせ、基次郎が後を引き取る。

「すまねえ。おきよのせいで、こんなことに。明け方、船で福山に戻ってきたおれのところにおきよが訪ねてきて、話を聞いたんだ。沙奈ちゃんのことが心配になって、ここに……。それで、その、薬売りは」

「ここにはいません。玄左さんは、もう、村を出ているかと。でも、わたし」

基次郎が、手を前に押し出した。

「それ以上は口にするな。沙奈ちゃんは、お侍に何か訊かれても、まるきり知らないと応えるんだ。あとはおれと喜作さんに任せろ」

そういうと、基次郎が裏の戸をそっと引き、外へ出ていった。

身体じゅうの力が抜け、沙奈はその場にへたり込んだ。

※　　※　　※

四年の月日が流れ、ふたたび秋がめぐってきた。

麴の仕込みが一段落ついて、沙奈が小屋を出ると、三歳になった千春《ちはる》が甕の陰から姿を現した。

「おっ母ちゃん」

駆け寄ってくる千春を、沙奈が抱き上げる。

「千春は何をしていたの」

「色酢の匂い、くんくんしてた。おっ母ちゃんと、いっしょ」

ふふっと沙奈が笑うと、小さな手が海を指差す。

「お父っちゃん、来る？　お父っちゃん、来ない？」

「今日あたり、指宿から帰ってくるかもしれないね」

薬売りの玄左が姿を消した半年後、沙奈は基次郎の女房になった。もっとも、基次郎が沙奈の家に婿入《むこい》りしたので、沙奈はこれまで通り色酢造りに携わっている。錦江湾の内を行き来する船で水主をしている基次郎は、福山湊に船が入ると、この家に帰ってくる。

「おっ母ちゃん、下りる」

沙奈がいわれた通りにしてやると、千春は色酢の甕に手を当て始めた。どうにも母の真似をしたいらしい。

沙奈は肩から襷をはずし、手に取ってしみじみと眺める。四年前の秋に仕込みを一度だけしくじったときのことが、脳裡によみがえった。

あの時分は、肚《はら》を括《くく》りきれていなかったのだ。母がこの藍の襷をどんな思いで娘に託したのか、己れの仕込んだ色酢が出荷されるようになったいまなら、少しはわかる気がする。

沙奈の家に藩の役人が立ち入ったのち、東雲屋では世間体《せけんてい》を憚《はばか》ったとみえ、妾奉公の話はしぜんに立ち消えとなった。

借金の残りは、己れのこしらえる色酢で返していくよりない。

四年のあいだに、御城下ではひと騒動あったようだ。世間でもっぱら噂されていたお世継ぎ問題にも決着がついたらしく、新たな藩主の座には斉彬公《なりあきらこう》がお就きになった。

斉彬公といえば、基次郎が御城下でこんな話を聞いたそうだ。早期の襲封を望んでいた斉彬公は、配下の者を間者として領内に潜り込ませ、藩の秘事を暴いて父君を藩政から退かせたという。

真偽のほどがいかなるものか、沙奈には知る由もない。

福山郷を回る薬売りは、翌年から別の男になり、玄左は二度と顔を見せなかった。だが、沙奈には、己れの仕込んだ色酢を食しに、いつの日かまた目の前に現れそうな気がするのだ。

「おっ母ちゃん。お父っちゃんのお船は、どれ」

いつのまにか、千春が横に立っている。

「そうね、どのお船かしら」

青く輝く海に、沙奈は目を細めた。

掌中ノ天

奥山景布子

奥山景布子（おくやま・きょうこ）

1966年愛知県生まれ。名古屋大学大学院文学研究科博士課程修了、文学博士。2007年「平家蟹異聞」で第87回オール讀物新人賞を受賞。18年『葵の残葉』で第37回新田次郎文学賞、第8回本屋が選ぶ時代小説大賞を受賞。主な著作に「寄席品川清洲亭」シリーズ、『秀吉の能楽師』『圓朝』『やわ肌くらべ』など。

一

〽伊勢《いせ》は津《つ》で持つ
津は伊勢で持つ
尾張名古屋《おわりなごや》は城で持つ
お伊勢よいとこ
菜の花つづき
唄もなつかし
伊勢音頭

「いらっしゃいまぁし。一休み、なさいませんか」

「甘ぁいあんこの載ったお餅もございまぁす。ちょっとお寄りになりませんか」

伊勢神宮の鳥居前、おはらい町の通りには、赤い前掛けを締めた娘たちが、今日も大勢の旅人に声を掛けている。

「絵、描かせてぇな。おりんさん」

「いやですよ」

「そう言わんと。この葛飾北桑《かつしかほくそう》が絵にすれば、菊屋《きくや》のお客がたちまち何倍にも」

「けっこうです」

「わしが北斎《ほくさい》先生の弟子やったいうの、ほんまのこっちゃで。北斎先生はな、尾張名古屋にお住まいだった頃、西本願寺さんで大きな達磨《だるま》の絵を描かはった。わしはまだこんなちっちゃい時分にそれを」

「おじさん。あのね」

茶屋、菊屋の看板娘、おりんは北桑に向かって面倒くさそうに言った。

「おじさんがどんなにえらい絵描きさんでも、私は絵に描かれるのはお断り。もう何度も言うてるでしょ」

「おや、また北桑さんかい」

兄嫁のお篠《しの》の声がした。

「器量よしはいいね。ちやほやされて。ごちゃごちゃ言うとらんで、描いてもろうたらいいじゃない。さっさと誰かの目にとまって、お嫁に行けばいいわ」

——お義姉《ねえ》さんたら。

どうもお篠は近頃、おりんへの当たりがきつい。

「ほら、お篠さんもこう言うてはるし」

「お断りです」

他の茶屋の娘たちが描かれて評判になったのも知っている。でもおりんには今、誰とも知れぬ男たちの目なんぞに、絵姿をさらされたくない理由があった。

「お義姉さん、ここの掃除は私がしますから、中のことをお願いします。さ、北桑さん、どいて。ここはお客さまの通り道だから」

追い立てるように店の前を掃き清めながら、おりんは道行く旅人の中に、ある男の姿を探していた。

——信吾《しんご》さん。

和菓子屋の赤福《あかふく》で働く職人見習いの信吾は、だいたいいつも朝と夕刻に、この道を通る。

――今日は、遅いな。

「姉さん、お代、置くよ」

「はーい」

客の相手をしつつも、目はつい、通りを向く。

「おりんさん」

待ちわびた声がした。

「信吾さん。今日は遅かったのね。忙しかったの？」

そう言うと、信吾は少し困ったような顔をした。

「ああ。ちょっと親方と話をしていて……実はね。本当は、もっと前から言おうと思っていたんだけど」

何だろう。もしかして。

「伊勢を出て、京で修業することになって」

「え……」

思い描いていたのとはまるで違う台詞《せりふ》に、おりんは戸惑った。

「親父《おやじ》の意向でね」

そんな。

「もともと、伊勢へ来たのも、親父と赤福の主人との縁からなんだけど」

そういえば、おりんは信吾の親元について、聞いた覚えがない。

「信吾さんの家って」

「あれ、言ってなかったかな。うちは熱田《あつた》の宮で、きよめ茶屋っていう茶屋をやっているんだ」

そんな大事なことを、なんで今まで言ってくれなかったのか。もう二年近く、毎日のように朝夕、顔を合わせているのに。

毎日こうして、待っていたのに。

「修業って、どれくらい？」

「そうだね。ここにも二年置いてもらったから、多分、同じくらいか、もうちょっと長く、かもしれないな」

二年、いや、三年？

そんなに長く会えなくなるなんて、つい今の今まで、思ってもみなかった。それどころか、そろそろ所帯を持とうと言ってくれるのではないかと、心の奥でずっと待っていたのに。

「おりんさん。私が一人前の職人になって京から帰ってくるまで、待っていてもらえるだろうか」

ああ、でもこれは……。

「おりんさんが待っていてくれることを励みに、京で修業する。必ず、迎えに来るよ」

そう。欲しかったのはその言葉だ。

おりんはうなずいた。

「待っています」

しかしその晩、話を聞いたおりんの母は、首を横に振った。

「そんな話、あてになるもんかね。熱田のきよめ茶屋と言えば、人を何人も使っている大きな店だっていうじゃないか。同じ門前の茶屋でも、うちみたいな小体《こてい》な店とは格が違いすぎる」

母のおすみは、早くに亭主を亡くし、菊屋を切り盛りしながら、女手一つでおりんと兄の大吉《だいきち》を育ててきた人である。去年、世話する人があって、大吉がお篠と夫婦《めおと》になると、今度はおりんの嫁ぎ先探しに躍起になっていた。

「釣り合わぬは不縁のもとと言うんだよ。それに、男なんて気が変わりやすいもんだ。

京なんぞへ行っているうちに、きっとおまえのことなぞ忘れてしまう。だいたい、本気で嫁にする気があるなら、なぜ京へ行く前に、もっとちゃんと話をしていかないんだい」

そう言われれば、確かにそんな気もする。親元が熱田だってことも含めて、どうも信吾は、大事なことを話してくれるのが遅い。

「まあ、男なんて照れくさくて存外そんなものかもしれないよ。信吾さんなら私も知ってる、穏やかでいい人だ。おりんが気に入ってるなら、待つのもいいじゃないか」

「馬鹿なことお言いでない。まったくおまえは。妹を甘やかしてばかりいないで、そんな雲か霞のようなのじゃない、もっとあてになる縁談でも探しておくれ」

兄の言葉は、あっさり母に退けられた。

――あてになる縁談。

なんだか、嫌な響きだ。

夢ばかり、寝返りばかりの夜が明けると、どんよりと曇り空の朝になった。

信吾は通らない。あさってには出立《しゅったつ》すると言っていたから、今頃支度に追われているはずだ。

ふうっと思わず大きなため息がこぼれた。

「なんだ、今日はずいぶんつまらなそうだね」

時々見かける職人の親方風の男が、おりんの手に、茶代といっしょにころんとしたものを一つ置いた。

「これ、あげよう。大事にすると、きっと良いことがあるよ」

手のひらに置かれていたのは、栗《くり》だった。

——こんな季節に、栗？

参道のそこここには梅が咲き誇り、早咲きの桜の便りも聞かれそうな頃だ。

ふっくらと丸い茶色の一粒。いったいどうして、ここに栗なんだろう。

不思議に思ってよくよく見ると、つやつやと濃い茶色の、上の方に二つ、下の方に一つ、小さい穴が開いている。

「あ！」

手の上で栗が傾くと、下の穴から小さな小さな虫がちょろっと出て、すぐ引っ込んだ。

——これって……。

本物の栗じゃない！

ころんとした手に優しい塊《かたまり》は、たぶん木だ。虫も含めて、人の手で拵《こしら》えた作り物である。

「あの……」

ふと気づいて顔を上げると、男の姿はもう消えていて、代わりに旅人らしい別の男客が話しかけてきた。

「あれ、姉さん、良い物持っているね」

「ご存じなんですか」

「おやおや、伊勢のおはらい町の娘さんが、これを知らないでどうするね」

旅人はおりんの手の上の栗を指さして言った。

「この上にある二つの穴。これは紐を通す穴なんだ。この栗は根付《ねつけ》だよ」

「根付」

根付なら知っている。たばこ入れや印籠《いんろう》を帯に挟むとき、落ちて仕舞わないように結び付けている、留め具だ。

「象牙《ぞうげ》、漆《うるし》、陶器……根付もいろいろあるんだがね。この黄楊《つげ》の木でできたのは、伊勢の名品なんだ」

旅人はそう言うと、たばこ入れを取り出して、カエルの根付を見せてくれた。

「私のお気に入りはこれさ。ところで、この栗、いったいどうしたの？」

「さっき、お客さんにいただいたんです」

「もらった、だって？　これを？」

旅人の顔色が変わった。

「細工も良いし、こんな凝った虫のからくりなんかも仕込んである。これはかなり値打ちのあるものだよ。私なら二分出しても良い。江戸へ持って行ったりすれば、きっともっと高くても間違いなく売れる」

「二分!?」

二分と言えば一両の半分だ。

――そんな高価なもの。

返さなくちゃ。


翌日の早朝、おりんはいつもより早く起きて、家をそっと抜けだし、京へ出立する信吾を見送った。

「体に気をつけて」

「うん。おりんさんもね」

これ以上何か言うと、涙が止まらなくなりそうだ。

早立ちの旅人の中に、信吾の姿が紛れて見えなくなるまで、おりんは立ち尽くした。嗚咽《おえつ》がこぼれそうになるのをこらえようと胸に手を当てると、懐に入れた栗の丸みが伝わってきた。

改めて手に握り直すと、なめらかな感触が心地よい。温《ぬく》もりさえ感じられる。

――だいじょうぶ。

私は、待っていられる。

きっと、また会える。

掌《てのひら》の温もりがじわじわと体に伝わっていく。激しかった胸の内の波が、少しずつ、少しずつ、揺れを静めていくようだ。

――行ってらっしゃい。

おりんはそれからずっと、栗の根付をくれた人がまた店を訪れるのを待ったが、あの職人の親方風の男は、なかなか姿を見せなかった。

男を捜すのと同時に、おりんは以来、男性客たちが帯から下げているものに目をやるようになっていた。

「お客さん方。その印籠に付いているのは？」

「ああ、この根付かい。気に入ったからね、伊勢参りの自分土産《みやげ》に買ったんだ」

二人連れの客は、一人が猿、一人が鼠《ねずみ》の根付を持っていた。どちらも愛嬌《あいきょう》のある顔をしている。

「どうして猿と鼠？」

「十二支さ。こいつは申年《さる》で、おれは子年《ね》なんだ」

――そうか。

お守りみたいなものでもあるんだ。

気をつけて見ていると、ちょっと身なりの良い男性客は、ほとんどが何かしら根付を持っていた。十二支の他に、梟《ふくろう》や招き猫、河豚《ふぐ》などもあった。

「お客さん、それは？　お地蔵さま？」

あるときは、羽振りの良さそうな恰幅《かっぷく》の良い商人の腰に、細工の細かそうな白っぽい根付が下がっているのを見つけた。

「あれ、姉さんは根付が好きなのかい？　じゃあ、ほれ。これは象牙、上等だよ」

そう言いながらにやにやと笑いを浮かべた商人は、印籠を帯から抜き、根付をおりんの目の前に近づけると、くるりと裏返して見せた。

「きゃあ」

「へへ。良いだろう」

ぱっと見には地蔵なのだが、裏返すとその衣の下から、地蔵の体には不釣り合いに大きい男根がはみ出ているのが見えるという、悪趣味な細工のものだった。

――いやあだ。

こんなのもあるんだ。

おりんが顔をしかめると、客はいっそううれしそうに、口を片端だけ上げて卑《いや》しい笑みを見せた。何か勝手な勘違いでもされたのか、手を取られそうになったので、思わず体を引いてにらみつけてしまった。

「なんだ。おぼこか。つまらんな……」

当てが外れたとでも思ったのか、男はごまかすように高笑いし、銭を盆の上に投げるように置いた。

「ほれ、茶代だ」

「ど、どうも」

どうにかその客を見送って店の中へ入ると、「おりんちゃん」と声がした。

「近頃ずいぶん男客に媚《こ》びて、楽しそうだねぇ」

「お義姉さん」

「根付なんて口実にして、お客にきゃあきゃあと。お女郎衆の真似《まね》ごとかい」

「そんな……」

「あーあ。これだから器量よしの娘はいやだ。いつでも自分が男からちやほやされていないと気が済まないんだからねぇ」

「そんなんじゃありません」

言い争っていると、おすみのぴりっとした声が響いてきた。

「おりん。義姉さんに口答えかい」

「おっ母《か》さん」

「そんな暇があるなら他に……おりん！」

――あ！

前の通りを、あの栗の根付の職人によく似た人影が通っていく。

「あの」

「あん？　呼んだかい？」

慌《あわ》てて駆け出して追いついてみると、別人だった。

「ごめんなさい、人違いでした」

二

「こんなの作れるのは、正直《まさなお》さんだろう」

「正直さん？」

　母に小言を、義姉《あね》に嫌みを言われながら、それでも栗の作り手を捜すうち、なじみの客の一人が、おりんに手がかりをくれた。

「彫り物をする職人は何人かいるが、これは間違いない、正直さんのだと思うよ」

「あの、どこに住んでいるか、分かりますか」

「確か、猿田彦《さるたひこ》さまの近くじゃなかったかなぁ」

　聞いてすぐ、おりんは飛び出していった。猿田彦社なら、すぐ近くである。

　――どこだろう？

　旅の参詣人《さんけいにん》の多い中を、できるだけ土地の者を探しては尋ね、ようやくそれらしい場所へたどり着いた。

「庭先に小さな枝がいっぱい刺さっている家だから、すぐ分かるよ」

　教えてくれたとおりの家があった。庭の木戸が開いていたので、家の戸口の前まで行って、声をかけた。

「あの、ごめんください」

返事はない。

――お留守かな。

しばらく佇《たたず》んでいると、奥の方からかすかに、何かを削るような音が聞こえてくるのが分かった。

庭伝いに回り込んでもう一度「ごめんください」と声をかけてみた。

「いるよ。入っといで」

「あ、あの」

「あれ、なんだ、お客さんかい。ちょっと待っておくれよ」

入り口の引き戸が開いて、男の顔が見えた。

――間違いない。

「おや。茶店の娘さんじゃないか。よくここが分かったね。まあお入り」

正直はにこにこと招き入れてくれた。紺地の木綿《もめん》の半纏《はんてん》には、細かい木くずがびっしりと付いている。

「あの、これをお返しに」

おりんはずっと握っていた掌を、そっと開いた。

「おやおや。栗、嫌いかい？　虫がいやだったかな」

掌の汗のせいか、栗の肌に、艶《つや》が増して見える。

「い、いいえ、そうじゃないんです。これ、気軽にいただいて良いようなものじゃないって」

「なんだ。気にしなくて良いんだ、そんなこと。それより、気に入ったかい？」

「はい。とっても」

「そうか。じゃあ、返さなくていいよ」

そうだ。本当は、返したくて来たんじゃない。

自分でも改めて、それに気がついていた。

「あの、こういうの、どうやって作るんですか。見せてください」

「え……」

正直はおりんの顔をじっと見た。

「見て、どうするね？」

「え……」

どう、と言われても。

「とにかく、見てみたいんです。だめですか」

しばらく思案していた正直だったが、やがて「じゃあ、仕事場、来るかい？」と廊下の奥を指さした。

ついて行くと、突き当たりに十畳余はありそうな、広い板の間があった。

「親方、その子は？」

一隅に座り込んで小さな刃物を動かしていた若い男が、頭だけ動かしてこっちを向いた。

「なんか、作ってるとこ、見たいんだとさ」

「ふん。見世物じゃないぞ」

「まあ、そうツンケンするもんじゃない」

厚みのある材木が積まれて、頑丈すぎる文机《ふづくえ》のような形になっているところに、正直は案内してくれた。脇にはいくつも小ぶりな籠《かご》が置いてある。

籠の一つには、径は二寸足らずくらいの、小さな切り株のような丸く短い柱がごろごろと入っていた。また別の籠には、猪口《ちょこ》や碗《わん》がいくつも入っている。

「わしの作業台だ……。その栗も、もとの姿はこれさ」

正直は小さな切り株を一つ、籠から取り出した。

「これが？」

木だ、ということは分かっていたが、こう改めてもとの木の姿を見せられると、いったいこれがどうしたらこの栗の姿になるのか、おりんはまったく見当がつかない。

「そう。朝熊山《あさまやま》の黄楊《つげ》だよ。黄楊の中でも目がしっかり詰まって硬いから、細工に向いているんだ。同じ黄楊でも余所《よそ》のものでは、なかなかこうはいかない」

朝熊山。神宮の北東に広がる山地だ。神宮とともに、人々の信仰を集める山でもあり、おりんにとっても、朝に夕に姿を拝む、親しみ深いお山。あの山に、そんな木があるなんて。

知らなかった。自分の住んでいるところなのに。

「あいにく今作っているのは栗じゃないんだが」

「これ……筍《たけのこ》？」

「そう。でもただの筍じゃない。分かるかい」

――あ！　女の子。

「かぐや姫」

竹の皮に守られた、あどけない顔。

「これから根元を彫るよ」

正直は細い刃物で、筍の根元にあるぶつぶつとした突起を彫り出して見せた。木肌が少しずつ、確かに筍に変わっていく。

——すごい。

その日からおりんは、店を抜け出しては、正直の仕事場をのぞきに行くようになった。

「また来たのか。何がそう面白いんだ。邪魔だ」

「そう邪険に言うんじゃない。いいよ、お入り」

若い男は胡散臭《うさんくさ》そうにおりんを睨《にら》んだが、正直は来るなとは言わず、楽しそうに迎えてくれる。

「見てるだけじゃ面白くなかろう。やってみるかい？」

「いいんですか？」

おりんが勢いこんで言うと、若い男のむっとした声が飛んできた。

「師匠。小娘の遊び場じゃないですよ」

「うるさいな。弥市《やいち》は自分のことだけしてればいい。ええと、おまえさん、名前、聞いてなかったな」

「りんと言います」

「じゃあおりんさん。もちろん、はじめから栗は無理だよ。こういう刃物、持ったことは？」

正直が鋸《のこぎり》と鑿《のみ》、それから印刀《いんとう》を指さした。

「ありません……」

「はは、正直でいい。手を切らないようにな。前掛け、持っているかい？」

「はい」

いつも茶店で使っている前掛けを袂《たもと》から出した。

「よし。まずこれを、この形に近づける」

――ええ？

示されたのは、小さな切り株と、丸い玉だった。

――これを、玉に？

おりんは切り株を手に取ってまじまじと眺めた。

「まずこうするんだ。木口に○《まる》を描くんだよ」

正直は置いてあった細い筆に墨を含ませ、木の断面にきれいな○を描いた。

「この○を描くのもなかなか一苦労なんだ。ぶん回しを使えば○はたやすく描けるが、真ん中に刃物の穴が開いてしまうだろう？　それでは使い物にならないからね。そうだな、何か、その木口の大きさに近い器があるといいな」

別の籠に入っていた碗や猪口が一つ一つ出され、木口に当てられた。

「ああ、これがいいんじゃないかな。この糸底」

正直は立てた切り株の上に、碗を一つ載せた。

「まずはこれを頼りに、○を描くと良い」

なんとか、木口に○が描けた。

「じゃあ、その差し渡しを測って、丈の方を切って整えるんだ。それから……」

鋸、鑿。

すべてはじめて使う道具だったが、どうにか、切り株が、でこぼこした円柱に変わった。削り立ての木肌の感触が、手に心地よい。

——面白い。

気づけば、あっという間に一時ほど経《た》っていたようだ。指先も手首も二の腕も痛くてだるい。気をつけていたつもりだったが、指先には小さな傷がいくつもできていた。

「まあそのくらいでおやめなさい」

「え、でも……」

まだやりたい。ここから、どうやって丸くするのか。

「あんまり続けてやると、怪我のもとだ。手も痛いだろう？　またその気になったら、いつでもおいで」

外へ出ると、すでに日が傾きかけていた。

茶店へ戻ると、お篠がぷりぷり怒っている。

「どこへ行ってたの！」

「ごめんなさい」

慌てて店の手伝いを始めたが、おりんはもう上の空だった。

あの次は、どうするの？

どうやって丸くするの？

どうすれば栗になるの？

カエルや鼠も作れるの？

〝ぱりーん〟

気を取られていたせいだろう、湯飲みをひっくり返して割ってしまった。

「しょうがないね。ぼんやりして」

おすみやお篠からは何度も怒られたが、おりんには何かすべて、遠くから聞こえてくる音のようにしか思えなかった。

夜、布団に横になると、手や腕だけでなく、背中や脇腹も痛くなってきた。

──そういえば。

今日、あんまり、信吾さんを思い出さずに済んだ。

本当に、京から帰ってきてくれるかしら。

私のことなど忘れてしまうのではないかしら。

他の人に心を移してしまうのではないかしら。

伊勢を離れると聞いてから、こんなことがずっと頭から離れず、夜もなかなか寝付かれなかったのがまるで嘘のようだ。

その晩、おりんはことんと眠りに落ちていった。


翌日から、おりんはいっそう頻繁に正直の元に通うようになった。

円柱から玉に。まず、木口の○に十字を引き、それを側面にも伸ばして縦線を引く。丸太を縦に四つ割りするような線ができる。

それを真横から見ると、さっき引いた縦線が両端と真ん中に、三本見える。今度はその真ん中を測り取って、横線を一本、三本の縦線をまっすぐ割るようにぐるりと引く。木の側面に、田の字ができる。

　この線を頼りに、今度は田の字の角からじっくりじっくり、印刀で削り取って、球・に近づけていく。

　三日ほどで上半分がどうにかでこぼこながら丸くなり、さらに二日ほど削ると、全体が丸い玉――とはとても言えぬが、いちおう丸いもの――に変わった。

　――できた！

　円柱が玉に。こんなことが、私にもできるなんて。

　おりんはでこぼこした玉を何度も何度も掌の上で転がした。

「これがまあすべて細工の基本なんだが……しかしおりんさん。おまえさん、こんなにしょっちゅうここへ来ていて、だいじょうぶなのかい？」

「え、ええ……」

　それはおりんもさすがに気になっていた。実は毎晩母や義姉に怒られていて、今日も二人の目を盗んで飛び出してきたのだ。

「あの、おじさん、じゃない。……師匠。私を弟子にしてもらえませんか」

「何言ってんだ。女の根付職人なんて、聞いたことがない」

　正直が返事をする前に、弥市が大声を上げた。

「一人前になるのに、どれくらいかかるか知っているのか。遊び半分じゃ、売れる物を作る本物の職人にはなれないんだぞ」

――遊び半分じゃない。

「師匠。お願いします。私、本気です」

「そうだなぁ。どうしてもというなら、親御さんの許しをもらっておいで」

「おっ母さん、お願いします。根付彫り、やりたいの」

「何を馬鹿なことを。女がそんな職人になんて、聞いたことがない」

「そうよ。さっさとお嫁に行きなさい。この間のお話、今ならまだ間に合うわ」

実は先日から縁談が一つ持ち込まれていたのだが、おりんはずっと突っぱね続けていたのだ。

「どうしてこんなわがままに育ったのかねぇ」

深々とため息を吐《つ》く母を取りなしてくれたのは、大吉だった。

「田畑を耕すのだって機織《はたお》りだって女が立派にやっている。彫り物をやる女がいたって良いじゃないか」

「おまえさんは本当に妹に甘いんだから」

「おりんの言うことには、何だって耳を貸すんだね」

「おっ母さんもお篠も、同じ女なのに、なぜそう頭ごなしにおりんに否《いな》やを言うんだ。だいたい、おっ母さんだって、女手一つで店もやり、子どもも育ててきたんじゃないか。女だってやってやれないことはないって、いつも自分がそう言ってただろう」

「それはそうだけど」

押し問答の末、おりんは当分、正直のところへ通っても良いことになった。

「じゃあ、もっときれいな玉を作ってごらん。ここを」

正直が示したのは、板の間に作ってある、勾配のついた細長い溝だった。

今のところ、おりんの玉はごとごとと少し転がるものの、あとは溝から跳ねて飛び出してしまう。

「この溝をおしまいまで上手に転がるくらいの玉ができたら、仕上げに表面を磨くんだ」

「磨く？」

「そう。鮫皮《さめがわ》や木賊《とくさ》を使う。しかしその前に、印刀だけでしっかり凸凹《でこぼこ》を取って滑らかにすること。磨くのは、最後の最後だけだよ」

兄弟子の弥市は住み込みだった。おりんは朝来ると、弥市を手伝って飯を炊き、三人でいっしょに朝飯を食べる。それからしばらく、じっと黄楊に刃物を当て続ける。とはいえ、ずっと刃物を使っているわけではなく、庭続きの畑に植えられている菊花や茄子《なす》、キュウリなどの世話をしたりすることも多い。

「草花でも虫でも、自然の形を日頃からよく見ておくことだ。本気で彫り物を志すならばね」

正直の口癖である。

まずは丸い玉作りを目指しながら、他にも学ぶことは尽きなかった。

はじめのうち、正直はおりんに、自分の切り出した切り株を削らせていたが、やがて、切ってある枝に鋸を当てることも教えた。

刃物を研《と》ぐことや、刃物の柄を自分で工夫することも、おりんはだんだんに覚えていった。腕力の弱さを補うため、柄を長くして、腕だけでなく、肩の支えも使って鑿を使う工夫にも思い至った。

——腕力じゃない。

どうやったら、自分の力を無駄なく刃物に伝えることができるか。自分の体をよく知って、どう使うか。

「ちょっと出かけてくる。留守を頼むよ」

正直がそう言って出かけた、ある日のことだった。

「おりん、おまえ、師匠に叱られたことないだろう」

いつもはおりんのことなど、まるでいないかのように振る舞っている弥市が、珍しく話しかけてきた。

「叱られたこと？」

「ああ。厳しい言い方、されないだろう」

弥市は自分の細工台の前に座ったままなので、顔は見えない。が、ふんと鼻で笑われている気配があって、おりんは嫌な気がした。

「え？　そういえば」

確かに、声を荒らげられたりしたことはない。

「なぜだと思う」

「なぜって……」

「本当の弟子だと思われてないからだ」

「え？」

「お嬢の気まぐれだと思っているからさ。どうせ女だ、一生の仕事にするわけじゃない。物にならなくたって、嫁にいけばいいもんな」

――そんな。

そんなことって、あるだろうか。

もちろん、一生嫁に行かないと決めたわけではない。信吾のことはずっと心にある。黄楊や刃物と向かい合っている時だけは、信吾のことを忘れていられるというのが、おりんの本音のところではあった。

でもだからって、「お嬢の気まぐれ」なんて言われるのは心外だ。教えられたことはすべて、真剣にやっている。

「おう、今帰ったぞ。知り合いから、鬼灯《ほおずき》の苗、もらってきた」

腕一杯に藁苞《わらづと》を抱え、上機嫌で戻ってきた正直は、おりんの手元の玉を見ると、

「それ、転がしてみな」と言った。

ころころころ……。

おりんにとって、十個目の玉。

「よし、できたな。次はいよいよ栗をやるか」

正直のところへ通い始めて、三月《みつき》が経っていた。

三

「あっ……」

　ほんの一瞬、手元が狂った。思わず口から小さな悲鳴が上がる。

　――削りすぎた……。

　せっかく栗の形になりかけていたのに。これでは先の部分が細くなりすぎ、作り上げないうちに欠けてしまうだろう。

　――やり直しだ。

　栗を作り始めて、そろそろ一年半。おりんの作業場にある籠には、正直から良しと言われた栗が九つ、別の籠には、物にならなかった無数の破片たちが小山を作っていた。

　かまぼこ型に切った木から、下の緩やかな丸みを粗く削り出し、先のとんがりの位置を決める。

「イガに入っている栗はたいてい三つだ。そのうちのどの栗なのか、よく考えて。かと言って、本物をそのまま写し取るだけでは良い彫り物にはならないよ」

この「本物をそのまま写し取るだけでは」というのが、まだおりんには理解できない。というより、本物そっくりに彫り上げるだけでも、まだ精一杯だった。

「節だ……。もう」

今度はため息だ。

何日もかけてだんだん形にしていくうち、ないと思っていた節が現れることがある。外に枝が出ていたところは慎重に避けて木取りをするのだが、それでも隠れていた節に出会ってしまう。枝になろうとしていた、芽のようなものらしい。

明らかにそこだけ、木地の目、密度が違うので、節に出会ってしまったら、今のおりんの腕では、その材で彫り上げるのは諦めるしかない。

「生き物相手だ、そんなこともあるさ。腕が上がってくれれば、節を生かす造作もできるようになる」

正直は、相変わらずおりんに向かって厳しい姿勢を見せることはない。常に穏やかに、筋道立った物言いで話してくれる。

……本当の弟子だと。

弥市の言葉は、ずっと胸に刺さっていた。事実、弥市はたまに、正直から怒鳴りつけられていることがある。傍《はた》で見ていると、それはたいてい、根付の彫りそのもののことではなく、道具の手入れや片付け、訪ねてくる人へのあいさつといった、身の回りについての事が多かった。

家に戻ると、大吉が「これ、預かったよ」と手紙を渡してくれた。

信吾からである。修業の身で飛脚《ひきゃく》を使うなんて贅沢はできないからだろう、伊勢参りをするという人を見つけては、時折、便りを託してくる。

「あら？」

こたびの便りには、紙包みが付いていた。

「元気か。やっと生地を扱わせてもらえるようになった……」

京の菓子屋では、下働きばかりで、なかなか餡《あん》や皮といった菓子そのものに触らせてもらえないと、前に届いた便りには書いてあったが、いくらか変わってきたらしい。

「……たいへんだけど、だんだん面白さも分かってきた気がする」

伝わってくる修業の様子を興味深く読んだおりんだったが、読み終わると、心持ちにほんの少し寂しさが滲《にじ》んだ。

――私のことは。

自分も根付師に弟子入りしたと、前に送った便りに書いたのに、そのことには何も触れられていない。

おりんが何をしているか、どんな日々をどんな思いで過ごしているか。信吾には気にならないのだろうか。

修業中の信吾に、そこまで期待するのは間違いなのだろうか。

――私だって。

修業中と言えば、おりんだって修業中の身だ。

手紙の端に、書き添えられた一文があった。

「京ではやっている物をおくります。信吾」

――貝?

丁寧に油紙に包まれていたのは、つやつやした蛤《はまぐり》の殻に詰められた紅だった。

――紅。

紅、白粉《おしろい》。

そういえば、根付作りを始めてから、紅も白粉も縁遠い日々が続いている。

京の女は別格だと、茶店で男客が話しているのを聞いたことがある。

こんな紅を付けた娘たちを、信吾は毎日見ているのだろうか。

胸にざわっとしたものが押し寄せる。

翌朝、おりんはほんのちょっとだけ、貝から紅を取り、唇に差してみた。

ほんのちょっとだったのに、鏡の中の顔は、いつもより明るく見える。

――怒られるかな。

おっかなびっくり、そのまま正直のところへ行ってみた。

「おお。おはよう」

正直はおりんの顔を見て笑った。いつもの笑顔だ。

――気づいていない？

まあ、そんなものかもしれない。いつものように井戸へ行って水を汲み、台所に立つ。

「おはようございます」

「おはよう」

いつもどおりぶっきらぼうな返事をした弥市が、おりんの顔を見るなり大声を上げた。

「てめえ！　紅なんぞ付けて仕事場に来やがって！　出てけこのアマ！」

弥市はひしゃくを振りかざすと、ばしゃっと乱暴に水瓶《みずがめ》に差し入れ、おりんに浴びせかけた。

「こら。よさないか」

「だって師匠、こいつ」

「分かった分かった。とにかく、よせ。飯が炊けないじゃないか」

黙ったままの気まずい朝飯の後、正直はおりんだけを連れて畑へ出た。

「済まなかったな」

「いえ。私もいけなかったんです。紅なんて」

「いいや、わしは全然構わないと思うよ。白粉は細工に落ちたりするからいけないが、そのくらいの紅で、おまえさんの気持ちが明るくなって、木や刃物と気持ちよく向き合えるならまあいいさ。ただね」

正直は菊の根元の雑草を取りながら言った。

「弥市はね。何かというとおまえさんに焼き餅を焼いてる。それはまあ、分かってやってくれ」

「焼き餅？」

「あいつのことだから、何にも言わないだろうが」

白い菊が揺れた。

「あいつ、どうも物心つかないうちに親に捨てられたらしいんだ」

「捨てられた……」

「拾う神があるにはあったんだが、それが選《よ》りに選って、掏摸《すり》の頭目だった」

「掏摸……」

「本人も訳が分からないうちに、人の懐中を狙う手伝いをさせられていたようだ。わしの印籠を狙った時に、捕まってな」

正直の印籠には、瓢簞《ひょうたん》の根付がついている。

「何の気まぐれだか、あいつを引き取って弟子にしようって言い出して。その頃まだ元気だったかみさんが、なんだが」

そんないきさつがあったとは。

「まあ、わしも若い頃は、いろいろ、思うようにならないこともあって、世を拗《す》ねていたこともあったからね。かみさんとは子ども時分から顔見知りだったから、何か、昔のわしを思い出したのかもしれん」

世を拗ねた師匠の姿なんて、おりんにはまるで思いも付かない。

「ともかく、掏摸なんかやらされていたなら、手先が器用だろう、仕込んでみようか、ってことになってな。まあ確かに、腕は良い」

弥市の作る根付は、もう立派に売り物になっている。龍や虎など、勇ましい獣の細工が得意らしい。

「ただ、そんな生い立ちだからなのか、妙に気難しい奴でなあ。特に、かみさんが死んじまってからは、人見知りが激しくなって」

なんとなく、これまでの自分に対する弥市の態度の訳が分かった気がした。

「あいつから見ると、おまえさんは何でも持っていて、とても恵まれて見えるんだろうよ。そのあたりは、堪忍してやっておくれ」

恵まれて、か。

そうかもしれない。

「分かりました。……師匠」

「なんだい？」

「一つ、聞いていいですか」

おりんは、ずっと疑問に思っていたことを初めて口に出した。

「あのとき、どうして私に、栗の根付を？」

今となっては、値《あたい》でなく、かけられた手間と思いで、その価値を知っている品だ。

「ああ……」

正直は曖昧《あいまい》に笑った。

「栗がね。おまえさんの所へ行きたいって」

「栗が？」

「ま、それは冗談だが……さて、なんだか、決まりが悪いな」

遠くを見るような、寂しげな顔。初めて見る。

「実は、ずいぶん前にあの茶店でおまえさんを見かけて。ああお千代《ちよ》が、娘が生きていたらきっとこんなだったかと、ふっと思ってしまったんだ」

「……娘さん」

「まだ十にもなる前に、流行病《はやりやまい》で逝《い》かせてしまった。細工が好きで、特に虫のいる栗がお気に入りでね。よく仕事場に入ってきたものだ。ただその頃、わしは彫った品がやっと思うように売れるようになったばかりで。忙しかったものだから、つい邪険にして」

女房と娘、両方に先立たれたということか。

――知らなかった。

「刃物が危ないって、つい怒鳴って追い払ったりね。思うように細工ができないのを、おまえが目を離してお千代を仕事場へ入れるから気が散る、なんてかみさんに向かって当たり散らしたり……だめな親父だ」

穏やかな笑みの奥に、そんな後悔と寂しさが秘められていたとは。

「ま、そんなのは、わしの勝手な思い込みだ。今のは聞かなかったことにしておくれ」

それから数日して、おりんの十個目の栗が、ようやくできあがりを迎えた。

印刀で気の遠くなるほど彫り上げ、どうにか欠けや傷なく形になったものを丁寧に磨き、茶色の顔料を塗り、底の模様を入れ、夜叉五倍子《やしゃぶし》を煮出した液で仕上げる。途中、様子を見ながらゆっくり乾かすなど、気長に、穏やかな気持ちで臨まないと、絶対にできない工程だった。

「できたな。これからはおまえさんも、売り物になるように作ると良い」

売り物になるように。

職人として、やっと立ったことになる。

「もちろん、売れるかどうかは、腕次第、品次第だよ。わしが請け合えることではない」

「はい」

「それから、明日、このまま天気が良いようだったら、山へ入る」

「山へ？」

「木を取りにね。だから、明日はそのつもりでしっかり身ごしらえをしておいで。首や顔も覆えるように。弥市、おまえも一緒だぞ。いいな」

翌日は快晴だった。頰被《ほおかぶ》りに手甲脚絆《てっこうきゃはん》で身を包み、布を巻いた鋸を背中にくくりつけて、男二人についていく。

登り口からしばらくは、金剛證寺《こんごうしょうじ》を目指して御山参りをする人たちと同道だった。しかし途中まで来ると、正直はあたりに人気《ひとけ》が途切れたのを慎重に見定めて横道に逸《そ》れ、あとは藪《やぶ》を分けるようにしながら、獣道とも言えるかどうか分からぬ筋を進んだ。途中には尾根伝いの道もあり、眼下に見える谷は深い。

おりんは正直と弥市の背中を見失わぬよう、ついて行くのに必死だった。

「いいかい。ここへの入り口は、決して誰にも教えてはいけない。それから、絶対に一人で来てはいけない。いいね」

弥市はもう慣れているのだろう、どんどんと先に行ってしまう。

遅れ始めたおりんを待って、正直が湧き水のあるところで歩みを止めた。

「一休みするか」

水を口に含んでふと地面を見ると、栗のイガがいくつか落ちている。おりんはそれを拾い、入っている栗を出して地面に並べると、いつも持っている根付の栗を、その間に挟んでみた。

——あれ？

そうか。丸みに艶《つや》……。

根付の栗の方が、本物のどれよりも丸みも艶もあるように思える。自然のものの方が、案外鋭い線を持っていたりする。また艶は、長年人に使われて「熟れて」出るもので、根付の値打ちの一つとも言われる。

本物をそのまま写し取るだけでは、良い彫り物にはならない——もしかして、こういうことだろうか。

「そういえばお千代がよくそうやって遊んでたな。本物の栗と根付の栗を交ぜて、さあどれが根付でしょう、ってな。自分は絶対に分かるんだって、よく言ってたが……」

正直がぼそっと呟いた。

「さ、弥市が怒り出すといかん。行くぞ」

「はい」

栗の中から、迷わず根付をつまむと、おりんもすぐに、正直の後を歩き出した。

しばらく歩くと、こちらを見向きもせずに、木を一枝一枝、ためつすがめつしている弥市の姿が見えた。

「よし。ここからいただこうか」

正直から黄楊の木を示されると、おりんは背筋が伸びる思いがした。

枝の太さ、葉の付き方を見ながら、何本かを丁寧に切る。

「枝だけ見てはいけない。根元からどう生えている木なのか。お天道さまと木はどう向き合っているのか。よく見ておくんだ。そのうち、木を殖《ふ》やすことも覚えなくてはいけないからね」

——そうか。

庭先の枝がいつしか入れ替わっているのは、正直がこつこつと挿し木で殖やしては、山へ戻しているからなのだ。

帰りの降り道で、おりんの膝はがくがくと震えだした。山歩きは、思い描いていたより足に響いているらしい。登りよりずっと慎重に足を運ばないと、道を踏み外してしまいそうだ。

「あっ」

足下ばかり見ていて、枝が頭の高さに伸びていることに、気づくのが遅れた。

——落ちる。

足下がざっと崩れ、体が斜めにずり下がっていく。総毛だつ思いで慌てて右手で木の枝をつかむと、空いた左手が、がしっと大きな手で掴まれた。

——弥市さん。

なんとか体勢を立て直し、引っ張り上げられて、事なきを得た。

「ありがとう」

「これだから。女なんて足手まといだ」

ぷいっと先に行ってしまった弥市の背を拝むようにしながら、ひたすら歩く。

「これは、このあとどうすれば」

仕事場へ持ち帰ってきた枝を、正直が藁《わら》でくるみ、日陰に吊した。

「最低でも三年、できれば五年くらいは乾かさないと、細工には使えないんだよ。ゆっくり様子をみてやらないとな」

四

——やっぱり。なぜ？

おりんの作った栗、それに近頃作れるようになった木の子が、正直と弥市の彫り物といっしょに、おはらい町の土産物屋で扱ってもらえるようになって、しばらく経った。

栗はちょくちょく売れるのに、木の子はさっぱりで、おりんは首を傾《かし》げていた。

自分の目だから不確かなのかもしれないが、栗に比べて木の子の細工が劣るという気はしない。それどころか、笠の裏の一つ一つの線などは、栗よりずっと緻密《ちみつ》にできている。

がっかりしながら家へ帰ると、お篠の声が聞こえた。

「やっぱり女が彫り物の職人なんて、おかしいんじゃないかねぇ」

「そうねぇ。ちょこちょこっと売れたところで、生計の途《みち》が立つってわけじゃなかろうし。どこかで諦めさせせないと」

「うちの人が甘いからいけないんだ。こうなったらせめて、前に京へ行ったっていう人がもらってくれれば良いけれど」

「そんなの、当てになるもんかね」

おりんが帰ってきたのに気づいているのかいないのか、母と義姉は、ぶつぶつ、ずっと文句を言っている。

「ただいま」

二人が黙る。おりんも黙って、そそくさと湯屋へ行く支度をした。仕事場を出るときできるだけ払ってくるものの、どうしても髪や首筋など、木の細かい粉に塗《まみ》れてしまう。

──いいな、弥市さん。

私も住み込みだったらいいのに。

翌日仕事場へ行くと、正直から「おりん、ちょっとこっちへおいで」と言われた。いつになく厳しい声である。

──私の、木の子。

正直は盆に白い紙を敷き、その上におりんの作った木の子をずらりと並べた。店から引き取ってきたらしい。

「おまえ、これ、どういう了見で彫っている?」

「え?」

何を問われているのだろう。

「なぜ売れないか、考えてみたことがあるかい」

「それは……」

考えている。でも、分からないのだ。

「じゃあ、別のことを聞こう。根付は丸く作る。そう教えたね。それはなぜだい」

基本は丸み。獣を彫る時でも、足や角《つの》を突き出させない形に仕上げる。

「帯や着物に引っかけて、傷《いた》めないように」

「もちろんそうだ。でも、それだけかい？」

なんだろう。師匠は何を自分に考えさせようとしているのか。

細工の腕そのものは、上がっている自信があった。細かな線を彫るために、印刀だけでなく、他の小さな刃物をいろいろ試したり、畳針を自分で研《と》いでみたり、工夫もしていた。

その甲斐あってか、並んだ木の子の笠、表はつやつや茶色に光り、裏は極細の線が白く浮き出て、本物と一緒に置いてみたいほどである。

「よくできてるように見える。だがこの木の子、わしには技を誇っているように見えるんだよ」

「技を？」

言われた意味がとっさに分からない。

「その分、なんだか冷たく見えるんだ」

――冷たく、見える？

「春画仕立ての根付を、わしが断っているのは知っているね」

男女の絡む姿や、女陰、男根などを他の器物にあしらって彫ったような根付もある。

ただ、そういう依頼は、どれだけ大金を積まれても正直は受けない。

「別にわしだって、聖人君子じゃない。そういう細工をしてみたら面白かろうと心惹かれることもあるよ。もし、江戸や大坂に住んでいたら、引き受けるかもしれない。

でもね、ここは伊勢だ。そうして、わしらの作る根付は、伊勢参りの土産なんだ」

伊勢参りの土産。おりんは改めて口の中で繰り返した。

「古市にはたくさん女郎屋があって、賑《にぎ》わっているね。なぜだか分かるかい」

男客たちは伊勢参りのあと古市へ寄ることを「精進落とし」と言っている。

「神宮のあたりはそれだけ、きれいな場所だってことだ。何せ、お天道さまの本拠地だからね。そんなところの土産は、清々しくて暖かいものの方が、良いと思わないかい？」

清々しくて、暖かいもの。

そういえば、正直の彫る物で、もっともよく売れるのはカエルだ。店に品を納める前、一度仕事場の神棚の前に並べて、「みなさん無事カエルように」と祈るのが、正直の習慣だった。

おりんは、まだ弟子になる前、正直の栗を手にした時のことを思い出した。

――そうか。

――丸みは、温み。

自分の木の子が売れない理由が、おりんは朧気《おぼろげ》ながら分かった気がした。

「弥市も聞きなさい。物を作っているとね。ついつい、自分が自分が、って思ってしまう。技が上がればひけらかしたくもなる。ただそういう邪念は、できあがった物に入ってしまうんだ」

弥市が天を仰ぐような仕草をしている。

「わしらは職人だ。良い物を作るために技を磨く。それは当たり前だけど、技は己を誇るために使っちゃいけない。物を持つ人の身になって考えることだ。よく言ってる、本物をそっくりに写し取るだけではだめだって言うのも、そういうことなんだ」

正直が右手で自分の頭をとんとんと叩いた。

「なんだか説教臭くなってしまったなぁ。歳を取るってのは、いやなもんだ」

いつもの、にこにこした顔が戻ってきた。

「ま、自分にもなかなかできないことを、おまえたちに言っているんだと思っておいておくれ。わしだってよく、〝どうだ〟って気持ちになってるから」

五

「どうでしょう、正直さん、腕を振るってもらえませんか」

「ご献上の品ですか」

その日、土産物店の主人が連れてきたのは、桑名《くわな》で米問屋を営む大店《おおだな》、永楽屋《えいらくや》の番頭だった。

――すごい。

お茶を出したおりんは、持ち込まれてきたたいへんな話に胸をわくわくさせながら、耳をそばだてていた。

しばらく前、桑名藩主、久松松平《ひさまつまつだいら》家のお姫様が江戸から国許へお入りになったらしい。その際、永楽屋がいくつか献上した品物のうち、正直の作った兎《うさぎ》の根付を、お姫様がたいそう気に入ってくださったのだという。

「来年二月の半ばには、お殿様もこちらへおいでになる。その時にぜひ、何か根付を差し上げたいのです」

「なるほど……。それは名誉なことです。そのお殿様は、おいくつぐらいの方ですか」

「お若い方だそうですよ。もともとは、美濃国高須《みののくにたかす》松平家のお生まれで。姫のお婿様になられて、桑名のご当主の座に就かれたのが三年前ですが、その頃まだ、ご元服間もなかったと聞いています。今もおそらく、二十歳前くらいではないでしょうか」

「ほう、それは」

「ただ、そのお若い身ながら、今の上様の信頼がたいそうお厚いそうで。来年上様が江戸から京へ行かれる際には、京で警固《けいご》をするよう、ご命令をお受けになっていると か」

正直は深くうなずきながら、お若いお殿様のお身の上について、興味深そうに聞いている。

「それで、彫る物については、こちらに任せるとおっしゃるのですね」

「そうです。何でも良い、正直さんの腕を尽くしていただきたい」

「そうですか。そう言っていただければ、職人冥利《みょうり》に尽きる」

——きっと、もう何か。

どんなものを彫るか、正直の頭の中は忙《せわ》しくなっているに違いない。

「師匠、何を彫るつもりですか」

客が帰って行くと、弥市が真っ先に口を開いた。気持ちはおりんと同じだったらしい。

「そうさな。まあ、まだ、おまえたちにも内緒だよ」

それから数日、正直は毎日、矢立を持って一人で出かけていくようになった。造作の参考になるものを探しに行っているのだろう。

——すごいな。

こういうときは、邪魔してはいけない。おりんは静かにその背を見送って、自分の手元を見つめる。近頃では、茄子をいくつも彫っていた。

「なす、成す、為す……」

秋の庭でたくさん収穫できた茄子。今は漬物として蓄えられている。ころんとした丸み。へたも、できるだけ尖らせず、愛嬌のある姿に。

こつり、こつり、木を削る音だけが響く。印刀に当たる手応えを確かめながら、少しずつ少しずつ、彫り出していく。

「弥市ちゃん、おりんちゃん！　たいへんだ」

悲鳴のような声が二人の手を止めた。

「正直さんが」

ほどなく、ご近所の人たちに担がれて帰ってきた正直は、顔を歪《ゆが》めて布団に横たわってしまった。

「これは、いったい……」

「正直さん、子どもを助けようとして」

「子どもを？」

「木につながれていた馬の周りに、子どもたちが集まっていたらしいんだが……どうも馬が暴れだして」

逃げ遅れた子どもをかばって地面に伏した拍子に、腰を痛めたらしい。

「は、は。歳は取りたくないもんだ」

苦しそうな声がした。

「師匠、だめですよ、しゃべっちゃ」

数日経つと、正直はどうにかゆっくりとなら歩けるようになったが、医者からは「当分刃物を持たないように」と言われてしまった。

「刃物を持つと、どうしても体全体に力がかかるから、治りが遅くなる。長く仕事がしたかったら、三ヶ月は我慢なさい」

「そう……か」

やむを得ず、頼まれていた仕事はすべて、断るか日延べかになったのだが、再び姿を見せた永楽屋の番頭は、意外なことを言った。

「正直さん。ここにいる二人のお弟子の彫り物も見せてもらった。もちろんおまえさんには及ばないが、こたびの話をまったくなしにするのは惜しいと、うちの主人は言ってる」

「そう言われましても」

「どうだろう。二人に何かご献上の品を彫らせてみては」

傍で聞いていたおりんは、「そんなの無理です」とつい口を挟んで、正直に「黙ってなさい」とたしなめられてしまった。

「無理は承知だ。だが、こんな機会はそう滅多にあるものではない。ただ献上するというのではなく、〝若い弟子が腕を競いますから、どうぞ御前比べを〟、と願ってみてはと思うんだがね」

「御前比べ……ですか」

優劣をお殿様に付けてもらおうというのだ。おりんは首を何度も横に振った。

――無理。

そんなの、やる前から分かっている。弥市に勝てるはずがない。それに。

己の腕を誇るのはだめだと、師匠は言ったじゃないか。腕を競うなんて、そんなの許すはずがない。

しかし、正直は「そんなお許しが得られるのなら、ぜひ」と言った。

「そうか。それはありがたい。早速桑名へ戻って、お願いしてみよう」

――師匠。


――どうしよう。

与えられた時は二ヶ月ほどだ。その短い間で、今おりんにできる細工。

――競うんじゃない。

繰り返し、自分に言い聞かせる。

負けは分かっている。それでもやれと師匠が言うのは、きっと意味があるのだ。

丸み、温み。

持つ人の身になって、精一杯が尽くせるかどうか。

桑名のお殿様。京では、上様の警固を任されることになっているお方。

「あの、師匠は何を彫るつもりだったんですか」

「おりん。そんなこと聞いて、わしが教えると思うかい」

正直が笑った。確かに、そのとおりだ。

弥市の方は既に考えをまとめたのか、材を選びにかかっているようだ。

ご養子に入って、ご当主になって。そうして、お若いのに、重要なおつとめを任されているお方。

上様の信頼の厚いお大名。きっと、文武に優れたお殿様なのだろう。お国入りと言っても、下々の者が故郷へ帰るのとはまったく違う心持ちでいらっしゃるに違いない。ましてや、新たなつとめが待ち構えている。気持ちを張り詰めておいでになるだろう。

——どうかしら。

おりんは紙に絵を描いてみた。

でもこれ、外側は何度かやったことがあるからともかく、内側の細工、私にできるかしら。それに、内側は、どんな景色にすれば良いだろう……。

年の暮れも正月もなく、忙しく頭と手を動かす日々が始まった。

まずは材選びだ。おりんはしっかり乾いて細工が可能になっている木の木口を片っ端からのぞき込み、できるだけ、年輪の中心が木の中心から大きくずれているものを選び出した。ずれていればいるほど、仕上がりに浮き上がる模様がきれいに出る。

また、内側に細工をすることを考えれば、これまでやったことのあるものより、厚みを多めに取っておかなくてはならない。

——穴はここ、かな。

厚みのある分、穴を開けるのも難しくなる。しかし、どんなに形が良かろうと、紐を通す穴のないものは、根付ではない。

穴を開ける位置を決め、蝶番《ちょうつがい》を示す線を引く。彫り進めるのはここからだ。

万一、節に出会ってしまったときの用心に、型取りから粗彫り、外側の形ができあがるまで、二つのものを同じように進めてみた。

——ああ、冬って嫌い。

日暮れの早いこの時季、あっという間に手元が暗くなる。時を惜しんで、おりんと弥市の作業は続いた。

——弥市さんは……。

兄弟子は何を彫っているのか。ふと気にかかるが、向こうも必死で手を動かしているのが見えると、そんな邪念は吹き飛んでいく。

なんとか、外側が形になってきた。幸い、節は現れず、二つとも、柔らかい丸い形になっている。

夜叉液を塗ろうとして、筆を持つ手が震える。

――落ち着け、私。

太い筆にたっぷりと含ませてさっと付けたら、すぐに布で拭く。

おはらい町は、初詣客《はつもうで》でごった返す頃になっていたが、おりんの目にはそんな景色はもうまるで見えていなかった。

さて、ここから先は。

内側の細工は、どちらか一個で徹底しよう。

何度も手に持ってみて、掌に添う感触を確かめてみる。

――こっち、かな。

より滑らかで、優しい線の現れた方を選び、いよいよ内側の細工を考える。ここから先は、今までに一度もやったことのない手順になる。

――どうすれば。

明日からの手順を考え考え戻ってきたおりんを、家の前で待っていたのは、思いがけぬ人だった。

「おりんさん!」

名を呼ばれて、心の臓が飛び出そうになる。

「信吾さん……いつ?」

帰るなら帰ると、手紙でもよこしてくればいいものを。

「今日だよ。あれ、もしかして、手紙、届いてない?」

読んだ覚えがない。

驚くおりんをよそに、信吾は「熱田の父には、心に決めた人がいると言ってある。おりんさんさえ良ければ、明日にでもおっ母さんとお兄さんに会わせてくれ」と告げてきた。

「待って」

「どうしたの? 私のこと、嫌いになったのかい」

「そうじゃないわ。うれしいのは、嘘じゃない。でもね、今私、それどころじゃないの」

「それどころじゃないって……ずいぶん酷《ひど》い言い方だな」

信吾が明らかにむっとしたので、おりんは慌てて、今自分が置かれている立場を説明した。

「御前比べ……」

「信吾さんも、職人さんなら分かってくれるでしょ。私が今、どれだけ頭がいっぱいか」

「そりゃあ、たいへんなことだと思うけど。でもなぜそんなに必死になるんだ」

「なぜって」

「何もおりんさんが、根付彫りの職人にならなくたって。まして、その弥市さんに勝ったからって」

そんな。

弥市に勝つためにやってるんじゃない。今彫っている細工に、時のあるだけ、精一杯を尽くしたいだけなのに。

そこから得心してもらわなければならないのか。

男なら、職人になるのにも、仕事に精魂込めるにも、何の説明もいらないのだろう。なのに、なぜ女は、いちいち理由を言わなければならないのか。

「とにかく、話は何もかも終わってからにしてほしいの。お願い」

振り切って家に入ると、兄の大吉が心配そうにそばへ寄ってきた。

「今話してたの、信吾さんだろう」

「うん」

「良いのかい、あんなふうに言って。もし……」

これで、信吾さんが自分から離れていったら。

そう思うと、おりんの胸にぴりっと痛みが走った。

――でも。

だからって今は。

今だけは、他のことは、考えたくないの。

おりんは思わず、神宮さまの方に向かって手を合わせた。

結

二月十八日、永楽屋から迎えが来て、弥市とおりんは、正直もいっしょに、参道沿いの茶屋、角屋《かどや》に召し出された。角屋は、諸大名が神宮へ参詣の折、本陣としての役目も果たすことになっている。

あくまでお忍びのご参詣で、京での武運長久《ぶうんちょうきゅう》をご祈願になると聞いているが、それでもやはりお殿様、多くの家臣が付き従う様子に、おりんは手も足も震えながら、通された一室で身を縮めた。

「お成りである」

一段高座に設《しつら》えられた御簾《みす》の向こうに、人が入ってくる気配があった。

「木彫り根付職、弥市の品をこれへ」

今日、ここへ来る前、互いの細工を初めて見た。弥市の彫ったのは、杯である。

もちろん、ただの杯ではない。

——あんな、細かな。

とても敵《かな》わない。

優劣については、もうおりんはすっかり諦めが付いていた。

径一寸ほどのぽってりとした杯。しかし、その内側には巻物と太刀《たち》が浮き彫りにされている。一方、外側には、龍、鳳凰《ほうおう》、虎、蛇を巻き付けた亀の四体が細かな線で表されていた。

「文武両道を四神が守るか。よく考えたな、弥市らしい」

書物と刀。そして、青龍《せいりゅう》、朱雀《すざく》、白虎《びゃっこ》、玄武《げんぶ》。正直が言ったとおり、弥市らしい思いつきだった。

「同じく、おりんの品をこれへ」

ここへ来る前、おりんの品を見て、正直は笑ってくれた。もうそれだけで良いような気もした。

「なるほど、蛤《はまぐり》の中に町並みか。良い思いつきだ」

「一応、京の町並みのつもりなんですけど、分からないですか」

名物の蛤が、京の町を包み込んでいる。すなわち、桑名のお殿様が京を守る。おりんはそんなことを考えてみたのだ。

もしかして、お殿様が何か気持ちの張り詰めることがあったら、この貝の丸みを握って、滑らかさを感じてもらいたい。

「うーん、京か」

おりんは京へは行ったことがない。ただ、信吾からもらった貝紅を包んであった紙に、京の景色が版画で刷られていた。それを頼りに、寺の屋根や神社の鳥居、取り巻く山並みなどを彫ってみたつもりだった。

「そこまでは難しいかもしれないが……でも蛤は世界の姿を吐くというからね」

「世界を吐く？」

「蜃気楼《しんきろう》というんだそうだよ。わしも見たことはないけれど」

正直の言葉を思い出しつつ、目の前の御簾の向こうを見つめる。かろうじて、人が動いているのが分かる。

「両名、並びに根付職鈴木正直、面《おもて》を上げよ」

――顔を上げるの？

ご重役らしき人のいかめしい声に、戸惑いつつ、おそるおそる顔を上げてみる。

「格別のお沙汰《さた》を以《もっ》て、殿より直々《じきじき》にお言葉がある。よく承るように」

やがて簾の中から声が聞こえてきた。思ったよりもずっと、若々しくて明るい声が、耳に心地よく響いた。

「弥市。そなたの彫り、見事である。唐土《もろこし》には壺中《こちゅう》の天《てん》という逸話があるそうだが、これはさしずめ、掌中《しょうちゅう》の天だな。誉《ほ》めてつかわす」

掌中の天。

隣で、弥市が目を閉じてじっと聞いている。

「さて、おりん。そなたの貝。これは蛤であるな」

これは、返事をするべきなのか。どうして良いか分からず、おりんはただただお辞儀をした。

「貝の中に、町が見える。なかなか面白い。蜃気楼だの。桑名の町ではないようだが……ああ、そうか、これは京か。まあそう見えぬことはないか」

お殿様の明るい笑い声が響いた。なんとか、分かってもらえたようだ。

「細工の出来は弥市には及ばぬが、これも立派な掌中の天。腕力に劣る女子《おなご》の身で、なかなかここまで、よく精進したものだ。先行き、楽しみであるぞ」

頭がぼうっと上気する。頬がほてり、鬢《びん》を汗が伝うようだ。

「さて、正直。そなた、怪我をしたそうだが、もう良いのか」

隣では、畳に手をついたまま、正直がかしこまって体をこわばらせていた。

「そうか。良き後継者を二人も得て、果報者じゃ。十分に養生せよ。ぜひ次は、そなたの腕を振るったものを見せてくれ」

「は」


参った参った、こんな冷や汗をかいたことはないよ——角屋を出ると、正直はそう言って笑った。

「ご褒美って、中身はなんだろうな」

「さあな。小判に反物かな」

「帰って開けてみるか」

猿田彦社までの道すがらには、梅が良い匂いをさせている。

――梅もいいな。

五弁の丸い花びらは、根付に良さそうだと、おりんは早くも、次の彫り物のことを考えていた。

――そうだ、それより！

あの栗の虫のからくり細工を教えてもらおう。こたびの件が無事に終わったら、何か一つ、また新しい技を教えてやろうという約束だ。

どうやって、栗の中から虫が出るからくりを作るのか。自分でも方法を考えていたが、それで本当にできるものかどうか、まだ実際にやってみていない。

「おりん」

急に、正直が声を小さくした。

正直の家の前に、立っている人影がある。

――信吾さん……。

なんだろう。何を言いに来たんだろう。

「あの人、おまえさんの良い人じゃなかったかい？」

「ええ。でも」

「大事な話なら、ゆっくり会っておいで。遠慮はいらないよ」

「はい……」

掌に栗を包み込んで、おりんはまっすぐに信吾の方へ歩き出した。

何を言われても、自分の心は決まっている。

——ちゃんと言おう。

掌中の天。

栗の温もりを確かめつつ、おりんは背筋を伸ばした。

心がどんなに揺れても、自分には今、いるべき場所がある。

姉妹茶屋

西條奈加

西條奈加（さいじょう・なか）

北海道生まれ。東京英語専門学校卒業。貿易会社勤務を経て、2005年『金春屋ゴメス』で第17回日本ファンタジーノベル大賞大賞を受賞しデビュー。12年『涅槃の雪』で第18回中山義秀文学賞を受賞。15年『まるまるの毬』で第36回吉川英治文学新人賞を受賞。21年『心淋し川』で第164回直木賞受賞。主な著作に『善人長屋』『はむ・はたる』『千年鬼』『首取物語』など。

秩父《ちちぶ》の春は目覚めが遅い。

春の訪れを告げる梅は、一月を過ぎても眠ったままで、江戸よりひと月近くも遅くほころぶ。

ただ、その頃から、朝寝に気づいて焦《あせ》ってでもいるように、春は急に慌《あわただ》しくなる。

梅からわずか半月で桜が咲き、桃や水仙も同じ頃にいっぺんに花を開く。

秩父に多い片栗《かたくり》の花は、桜より少し先んじて、地面から短い茎を伸ばして百合に似た薄紫の花をつける。

斜面を彩る淡い紫をながめながら、ひとりの武士が川沿いの道を登ってきた。

やや小太りのせいか、息が荒い。小高い山が連なるこの地では、さほどの上りではないのだが、手拭《てぬぐい》でたびたび汗を拭《ぬぐ》う。

日野沢川《ひのさわがわ》は、西にある滝を源流とし、全長は一里半にも満たない小さな川だった。

流れに沿って道が通っていたが、斜面を少し上った場所に、山を削ったようにわずかな平地が拓《ひら》けており、赤い幟《のぼり》が見えた。

「やれやれ、ようやく着いたか」

斜面の急坂を大儀そうに登る。猫の額ほどの狭い土地に、ぽつんと一軒、茶屋があった。

赤い幟には、「蕎麦所《そばどころ》」の文字と、「名物・くるみ餅」と白く染め抜かれている。

餅の文字を目にしたとたん、武士の喉仏がごくりと上下して、口許《くちもと》が嬉《うれ》しそうにゆるんだ。にわかに早足になり、茶店へと続くゆるやかな坂を登る。

掘建て小屋に近いささやかな構えだが、ひなびた風情は旅人の安堵を誘う。

幟よりも色鮮やかな赤い暖簾《のれん》が、入口で客を招くように風になびいている。

暖簾には、「しまい茶屋」と書かれていた。

店の前に出された粗末な床几《しょうぎ》にどっかと腰を下ろし、武士が額の汗を拭う。

声をかけるより早く、暖簾の奥から、快活な娘の顔が覗《のぞ》いた。

「いらっしゃいまし。お疲れさまでございます」

「さすがに山間《やまあい》の土地は、歩くに難儀だの。すっかり汗をかいてしまった」

「いま、お茶をおもちしますね」

「それと、くるみ餅も頼む。ここの名物なのだろう？」

と、武士が色白の短い指で、幟を示す。

「はい、自慢の品です。ぜひ、召し上がってくださいまし」

娘が嬉しそうにこたえ、店の奥へと声をかける。

「姉ちゃん、おひとりさま。お茶とくるみ餅ね」

はあい、ともうひとりの声が奥からこたえた。

店を背にして座ると、東西に流れる日野沢川と、緑豊かな風景が眼下に見渡せる。新緑を迎えつつある秩父の山々は美しかった。

ここからは見えないが、東へ行くと荒川がある。源流は秩父湖で、武蔵の地をうるおして江戸から海へと注ぐ。その荒川に、西から垂直に合流するのが日野沢川だった。

午後の陽射《ひざ》しを受けて、白く光る川に武士は目を細める。

「お待ちどおさまでした。お茶とくるみ餅です」

「ほお、これがくるみ餅か」

切り餅を縦に三つに切ったほどの大きさで、餅は胡桃《くるみ》色をしている。やわらかそうな餅には、粗めに刻んだ胡桃が練り込まれていた。

茶で喉をうるおし、さっそく頬張《ほおば》る。口に入れて嚙《か》みしめながら、うむ、と大きくうなずいた。茶で腹に収めると、忙《せわ》しなく次の餅に手を伸ばす。五切れの餅菓子は、またたくまに皿から消えた。

「いや、思いのほか旨《うま》かった。何というか、後を引くな、この餅は。もうひと皿、頼めるか」

「はい、ありがとうございます。姉ちゃん、くるみ餅のお代わりを」

妹より少し柔らかな声が、店内からふたたび返った。

「餅は、粟《あわ》餅のようだな」

「この辺は山間だけに米の出来が悪くて。餅といえば、粟餅なんです」

米に糯米《もちごめ》があるように、粟にも糯粟がある。糯米よりもさらに粘り気があって柔らかく、風味も異なる。

「砂糖は黒砂糖か？」

「よくおわかりで」

「わしは侍のくせに、食い意地が張っておってな。食い物にこだわるとは情けないと、母からはよく説教を食らうのだが……だが、誰しもいつかは成仏する身だ。どうせなら旨いものをと望んでも罰は当たらんだろう」

愛嬌《あいきょう》にあふれる丸い顔をにんまりさせる。そこへ、くるみ餅の皿を手にして、赤い暖簾の奥から少し年嵩《としかさ》の娘が現れた。

「おまえたちは、姉妹か？」

皿を受けとりながら、改めて武士が見くらべる。はい、とふたりが同時にうなずいた。あまり似ていないが、どちらも顔立ちは悪くない。妹はやや上がり目で快活な印象だが、姉は下がり目でおっとりとして見える。

「くるみ餅、気に入っていただけて何よりです」

ふた皿目に手を伸ばし、旨そうに咀嚼《そしゃく》する口許に、姉娘がにこにこする。

「最初、口に入れたときには、甘味が足りず少々物足りなくも思えたのだが」

「すみません、砂糖は値が張るから、ぽっちりしか使えなくて」

「いやいや、甘過ぎぬところが、かえって胡桃の香ばしい風味を引き立てておる。素朴だが、滋味あふれる餅菓子だ」

よほど食い物談議が好きなのか、武士が材や作り方をたずねる。

「くるみ餅を作っているのは、姉ちゃんなんですよ」

「ほう、さようか。材は粟餅と黒砂糖、それに胡桃だな？」

「隠し味に、塩をひとつまみ。それがこつなんです」

糯粟粉と黒砂糖に塩を加えて水でこねるのだが、粟餅は米の餅よりも柔らかいだけに、べたべたと手にくっついて扱いが難しい。それを火にかけて、しゃもじで混ぜながら時間をかけて練り上げていく。火の加減に気をつけながら、四半時近くも手を止めずに練り続けなければならず、なかなかの重労働だ。

「このときばかりは、あたしも手伝います」と、妹が口を添えた。

餅状になったら、粗く刻んだ胡桃を混ぜて、細長い木の型に流し込み形を整える。冷めたら拍子木形に切り分けるのだが、やはり粘りが強いために、くっつかないよう薄くきな粉をはたく。

「なるほど、きな粉か。そのおかげで味わいが増しておるのだな」

ふむふむと熱心に聞き入る姿に、姉娘が苦笑をこぼした。

「お武家さまも、札所参りにいらしたのですか？」

「いや、御用の向きで来たのだが、せっかくだから、お参りもしていこうかと思っての」

「では三十三番までは、すでにお参りに？」

「すべてまわるとなれば、男の足でも三、四日はかかるときいて早々にあきらめたわ。一番と最後の三十四番に参って、大目に見てもらうことにした」

「まあ、何とものぐさなお遍路《へんろ》さんですこと」と、妹が冗談めかす。

「道をたずねた土地の者に、この茶屋の話をきいての。三十四番に行くなら、ぜひくるみ餅を食べていけと勧《すす》められたのだ」

「当てにして来てくださったのですね。ありがとう存じます」

姉が改めて、ていねいに礼を述べる。

「姉妹で営むから、しまい茶屋か。仲がよくて結構なことだ」

何故《なぜ》だか姉妹がそろって、ころころと笑い出す。

「皆さん、そのように勘違いしますけど」

「本当は、字が違うんですよ」

「違うとは？」

「きょうだいの姉妹ではなく、お終《しま》いの仕舞いです」

「だってこの先の三十四番は、札所の最後でしょ？」

「なるほど、これは一本取られた」

武士が丸い額を己で叩《たた》き、姉妹の笑い声が山々にこだました。

札所参りといえば四国が有名だが、秩父にも三十四箇所の観音巡りがある。江戸からは手軽な拝所であり、毎年多くの巡礼者が秩父をめぐる。白い衣に菅笠《すげがさ》を被《かぶ》り、背には笈《おい》と呼ばれる箱を背負い、杖をつき詠歌を唱えながら山道を渡る。

一番の四萬部寺《しまぶじ》から始まって、三十四番の水潜寺《すいせんじ》で終わる。大方の札所は荒川を渡った東側に集まっているのだが、いくつかの寺は山の中に点在していた。三十四番水潜寺もまた、札所の中でもっとも北西にあたる場所に、ぽつりと離れている。日野沢川を上流に辿《たど》れば、やがて水潜寺に行き着くのだが、このしまい茶屋は、荒川から水潜寺への道のりの、ちょうど中ほどにあった。

「お武家さま、蕎麦はお好きですか？」と、姉がたずねた。

「むろんだ。蕎麦には少々うるさいぞ。そういえば、秩父は蕎麦所であったな」

「よろしければお参りを済ませてから、またお立ち寄りください。それまでに、打っておきますから」

「なんと、おまえは蕎麦も打つのか？」

「姉ちゃんの蕎麦は、美味《おい》しいですよ。ぜひ、召し上がってくださいまし」

「それは楽しみだ、札所の帰りに必ず寄ろう。ひとまず盛りで頼めるか。味を見極めるには、たとえ冬でも冷や蕎麦がよいからな」

「はい、ではそのように」

「お待ちしていますね。どうぞお気をつけて」

姉妹に見送られて、武士は茶屋を後にした。

ふたりに背を向けたとたん、にこやかな微笑はたちまち消えた。笠の奥の目は、別人のように鋭い。

「あのようすでは何も知らぬようだが……帰りにもう少し、探りを入れてみるか」

武士の呟《つぶや》きを、日野沢川のせせらぎが吸い込んで東へと流れていった。


武家が立ち去ると、蕗《ふき》は手桶《ておけ》をとり上げた。

「姉ちゃん、水汲《く》みならあたしが行こうか？」

妹の亥《い》の申し出に、蕗は首を横にふった。

「いいんだよ。水の機嫌は、あたしが見ないと。それより蕎麦粉を頼めるかい？　朝、挽《ひ》いた分は、売れちまったからね」

「わかった、挽いておくよ。何かいつもより、気合が入ってるね」

「だって、美味しいって言ってもらいたいじゃないか」

「姉ちゃんの蕎麦なら、きっと大丈夫だよ」

妹は姉の腕を信じてくれるが、女の蕎麦打ちと聞いただけで眉をひそめる者も多い。

それでも蕗は、蕎麦をおろそかに打ったことなど一度もない。

「あのお侍さん、口が奢《おご》っているようだし、旨いものを食べ慣れているお人にこそ、腕を計ってほしいんだ」

蕎麦に関わるときだけは、下がり目の穏やかな表情がさまがわりする。

亥はにんまりと、目を細めた。

「そろそろ二年ぶりに、江吉《えきち》さんが帰ってくるものね。腕を上げたところを、江吉さんに見せたいのでしょ？」

「もう、お亥ったら。からかわないで」

頬の火照《ほて》りを見られぬよう、ぷいと顔を逸《そ》らせて外に出た。

江吉を思い出すと、たしかに木の芽時のように胸がざわつく。

「お蕗、おれと一緒になってくれねえか？　小作の次男坊じゃ、おまえの家と釣り合わねえけど、おれの女房は、おまえしかいねえんだ」

熱心な瞳を思い出すと、いまでもふくふくと嬉しさがこみ上げる。

ちょうど二年前の春だった。

「どうして、あたしを？」

「そりゃ、こんな旨い蕎麦を拵《こしら》える女なぞ、どこにもいねえからな」

「美味しい蕎麦をいつでも食べたいということ？」

「そうじゃねえよ。おれは蕎麦を打っているおめえが好きなんだ。怖いくらいに真剣で、よく研《と》がれた刀みてえに、うんときれいなんだ」

きれいだと言われて、耳まで熱くなった。蕎麦を打つさまを褒《ほ》められたら、なおさらだ。

じいちゃん、どう思う？

心の中で問いかけると、浮かんだ祖父の顔が微笑《ほほえ》みながらうなずいた。

蕎麦打ちもくるみ餅も、祖父から教わった。というよりも、祖父が蕎麦を打ち、餅を拵えるあいだ、始終張りついて飽きもせずながめていた。しわだらけの武骨な手が、蕎麦粉や餅をこねるときには、実に滑《なめ》らかに動くのだ。その迷いのない手捌《てさば》きは、どこか手妻を思わせた。祖父の拵えた蕎麦や餅菓子が、とびきりに味がよかったからだ。

蕎麦は父が、くるみ餅は母が習って拵えてみたのだが、祖父には遠くおよばなかった。祖父の味を誰よりも忠実に再現できたのは、蕗だけだ。

「蕗はわしの才を受け継いでおるのう。おまえは大きくなったら、蕎麦打ち職人になれ」

「女の蕎麦打ちなんて、いやしねえだろう」

父はあからさまに眉をひそめたが、祖父は意に介さなかった。十二で寺子屋を終えた孫娘に、本気で蕎麦打ちを仕込みはじめた。

「蕎麦の実はな、刈り取られた後もちゃあんと生きてんだ。秋の新蕎麦はいっとう旨いが、冬や春だって、手をかけてやれば息を吹き返す。蕎麦打ちってのは、蕎麦の実を生かすことが仕事なんだ」

楽しそうに、そんな話も語ってくれた。春のいま時分は、去年の蕎麦を使うしかない。それでも腕しだいで風味はよみがえると、祖父は教えてくれた。

「いいか、蕗、何より大事なのは水だ。打つ前に、まず水の味を確かめるんだ」

「水の味って、いつも同じでしょ?」

「いいや、夏と冬ではまったく違うし、天気によっても変わってくる。その辺の井戸ならなおさらだ。じいちゃんがここに茶屋を開いたのはな、近くにとびきり旨い湧《わ》き水があるからだ」

空から降ってくる雨や雪は、山が懐《ふところ》に納め、長の年月をかけて浄化する。それが湧き水となって岩の裂け目からあふれ出す。その水ですら気温や湿度によって味が変わり、その微妙な変化を舌で見極めることは、旨い蕎麦を打つためには欠かせない。

水の機嫌を伺うとは、そういうことだ。

しまい茶屋はもともと、隠居した祖父が道楽で始めた店だった。

家は日野沢川の下流にあたる皆野村《みなのむら》だが、茶屋は日野沢村にある。

この先の水潜寺の住職と祖父が親しかったことから、寺社領にあたるこの場所に茶屋を設けた。

姉妹の生まれた家は、狭いながらも田畑をもつ本百姓で、秩父という土地柄、米はさほどとれないが、稗《ひえ》と粟、そして蕎麦を収穫していた。

家から茶屋までは、子供の足では結構な道のりがあるのだが、幼い頃から祖父と一緒にこの道を辿《たど》るのが姉妹にとっては何よりの楽しみだった。店にいるあいだ中、蕗は祖父に張りついてじっと手許を見詰めていたが、快活で人懐《ひとなつ》こい亥は、まるでままごとでもするように客に応対した。

「姉ちゃん、蕎麦打ち覚えた？」

「まったく。力がてんで足りないからって、手すら出させてもらえない」

「やりたいって、お願いしたら？」

「じいちゃんは、蕎麦を打ちはじめると人が変わるもの」

いつも優しい祖父が、このときだけは別人みたいになる。怒っているような顔つきと腕に荒々しく盛り上がった筋は、仁王を思わせるほどだった。真剣に蕎麦に向き合うが故《ゆえ》に、まわりが見えなくなる。そんな祖父が怖くてならないのに、何故だか蕗は強く引きつけられた。

いつかあたしも、こんなふうに蕎麦を打つんだ――。

その決心だけは刻んだものの、まだ遠い先の夢だった。

「あたし大人になったら、姉ちゃんとふたりで、この茶屋をまわすんだ。しまい茶屋だからちょうどいいって、じいちゃんも言ってくれたもの」

本百姓とはいえ、暮らしは決して豊かではない。わずかではあっても、茶屋で得る銭は、一家にとっては貴重な収入だった。

もっと畑を手伝えと、文句をこぼしながらも、両親は姉妹の好きにさせてくれたが、母は長女の蕗には釘をさした。

「あんまり茶屋にばかりかまけていたら、婿《むこ》の来てがなくなるよ」

姉妹ふたりきりであるだけに、いずれは長女に婿を取らねばならない。

蕗もわかっていたが、蕎麦を打ちたいという思いは歳《とし》を経るごとにふくらんでいく。

祖父だけは蕗の気持ちを受けとめてくれた。

「蕗、蕎麦打ちを仕込んでやろうか」

十二の蕗に祖父は言った。

「本当？」

「おまえの細っこい腕じゃ、まだまだ満足な蕎麦にはならんだろうが……いまのうちに、伝えておこうと思ってな」

蕗は気づかなかったが、並の年寄りと同様に、先がそう長くないと、どこかで感じていたのかもしれない。

祖父は三年のあいだ、蕗に蕎麦打ちを仕込んだ。といっても、まず最初に命じられたのは、蕎麦粉挽きだった。

華奢《きゃしゃ》な手では、石臼《いしうす》を回すことすら大事で、早くも弱音がこぼれた。

「やっぱり男の人みたいに力がないと、蕎麦って打てないのかな……」

「蕎麦打ちでいちばん大事なのは、何かわかるか？」

「『水回し』……昔、じいちゃんが言ってた」

「そのとおりだ。水回しにはな、力が要《い》らないんだ」

「そうなんだ……」

「その後の『練り』には力も要るが、畑仕事をこなすおまえなら大丈夫だ。あと何年かしたら、充分に力もつく。女でも、蕎麦は打てるんだ」

蕗が十五のとき、祖父は冬を越せず身罷《みまか》った。亡くなる前の日、祖父は同じ言葉を蕗にくり返した。

「蕗、おまえならきっと、いつかは満足な蕎麦が打てるようになる。男も女も関わりねえ。職人を計るのは、腕だけだ。そいつを忘れるな」

あのときの言葉は、蕗の胸に刻まれている。

あれから八年が過ぎて、蕗は二十歳、亥は十七になった。


姉が出ていくと、亥は石臼の前に陣取った。

蕎麦の実は、殻ごと石臼で挽いて蕎麦粉にするのだが、その日に食べる分だけを挽くようにと祖父は厳しく達した。

「粉にしたとたん、蕎麦の味はみるみる落ちる。宵越しの蕎麦粉なぞ、決して使うんでねえぞ」

祖父が死んでから、粉挽きだけは亥の仕事になった。

石が擦れ合う重い音が響き、臼の境から白い粉と褐色の殻がこぼれ出す。

蕎麦は二度、挽かねばならない。一番挽きを終えてから、篩《ふるい》にかけて殻を除いたものを一番粉といい、更科《さらしな》粉とも呼ばれる。粉が白く最上の蕎麦とされ、更科蕎麦と銘打って供する店もあるそうだが風味に欠ける。もう一度石臼を通して初めて、蕎麦独特の香りが立つのだ。姉は祖父に倣《なら》って、この二番粉を使う。

二度目の粉挽きをしながら、つい独り言がこぼれた。

「江吉さんが帰ったら、姉ちゃんもいよいよ祝言かあ。一年半も、よく待ったなあ」

蕗を嫁にしたいと、江吉が父に申し入れたときのことを、亥はよく覚えている。

父はむっつりと押し黙り、首を縦にふらなかった。

「うちは曲がりなりにも本百姓だぞ。何だって小作の倅《せがれ》を、婿にせねばならねえ」

江吉とその両親は、お願いしますと何べんも頭を下げたが、父はその場では返事をせず、もったいをつけた。

「悪い話じゃ、ないと思うよ。江吉は働き者だし気立てもいい。たしかに家は小作だけれど、親兄弟にも面倒な者はいないしさ」

母はそう口添えし、誰よりも当の蕗が、懸命に父に乞うた。

「父ちゃん、お願いします。江吉さんと、一緒にさせてください」

もちろん亥も後押しした。

「江吉兄ちゃんの何が不足なのさ。父ちゃんのけちんぼ！」

吝嗇《けち》呼ばわりされて、父がいっそう意固地になる。

「もっといい家から婿を取れば、左団扇《ひだりうちわ》で暮せるじゃねえか。江吉を婿にしたところで、びた一文入らねえんだぞ」

本当は銭金の話ではなく、娘可愛さと、当人同士が勝手に相手を決めたことに腹を立てていたのだろう。父は二度、江吉を追い返し、三度目に訪ねてきた江吉は、腹を据えて父に告げた。

「今年、畑仕事が終わったら、おれは江戸に出て金を稼ぎます。それを結納返しとして納めますから、婿にしてください!」

「いや、何もそこまでしろとはいわねえが……」

父が急に弱腰になる。

「いいえ、その金が、おれのお蕗への気持ちです! 必ず金を持って帰ってきますから、一年半のあいだは、お蕗の婿取りはしねえでくだせえ」

江吉の決心は固く、その年の秋の終わりに江戸に行った。木挽《こび》きや人足仕事で金を貯め、帰省すらしなかったが、便りだけはまめに来る。月に一、二度は必ず届き、蕗も欠かさず返事を書く。この一年半、絶えることなく続き、二月の終わりに、最後の文が届いた。

「お亥、江吉さんが帰ってくるって! 三月の初めに江戸を発《た》って、五日頃には秩父に着くだろうって書いてある」

「だったら、祝言は四月だね。一年半も待ったんだもの、姉ちゃんも待ち遠しくてならないでしょ」

蘊は初々しく、ぽっ、と頬を染めた。同時に姉の表情には、深い安堵があった。

江戸はきらびやかで奢に満ちている。若い江吉が好みそうな遊びも女もあふれている。悪い手癖が身につきはしないか、きれいな江戸の女に目移りするのではないか。表には出さずとも、内心ではたいそう気を揉《も》んでいたはずだ。

一年半のあいだ、じっと堪えてきた姉は、たいそうえらいと思う。堪《こら》え性のない亥では、まず無理だ。

三月に入ると、さすがに姉もそわそわし出した。

江吉が帰るのは今日か明日かと、自ずと暦にばかり目が行く。

蕎麦打ちですらどこか上っ調子であったが、さっきの侍のおかげで、久方ぶりに気合が入ったようだ。

二番粉を挽きおえて、壁に貼った暦を仰いだ。

三月四日――。

明日にでも江吉は、戻るかもしれない。

襷掛《たすきが》けをした蕗が、蕎麦打ち台の前に立った。

台の上にはすでに、亥が仕度を整えてある。

大きな平の木鉢。蕎麦粉と打ち粉、そして水。材料はそれだけだ。

すでに亥が篩にかけた粉を、さらに目の細かな篩を通しながら、鉢に五人前の粉を落とした。これより少ないと作りづらく、味にも響いてくる。

粉をひとつかみ握ってみてから、口にひとつまみ入れて味見した。

去年の秋蕎麦だが、日が経《た》つにつれて乾燥したり、天気によっては湿気ることもある。粉の按配を見定める大事な儀式だ。

鉢の中の蕎麦粉を前にすると、いっとう緊張する。

蕎麦の味は、この後の「水回し」にかかっているからだ。

水を入れたとたん、蕎麦は刻一刻と劣化する。水を入れてから、いかに素早くかっていねいにこね上げるか、蕎麦打ちの命ともいえる勘所であった。

汲みたての水を粉の上に落とし、力を抜いて指先だけで水を含ませる。

木鉢の中の両手が、円を描くように細かく迅速に動く。物を軽く摑《つか》むように開いた十本の指先が、蕎麦粉の表情を読み、声を聴く。

祖父の蕎麦は、繫《つな》ぎを使わない十割《とわり》蕎麦だ。水回しを失敗すると、伸《の》したときにひびが入り、茹《ゆ》でると切れてしまう。十割蕎麦をなめらかに作るのは至難の業《わざ》だった。

これまでに万に届くほど打ったはずだが、気を抜けば如実《にょじつ》に表れる。

このときは、何も考えていない。ただ一心に、蕎麦と向き合うことだけに集中する。祖父が仁王めいた怖い顔をしていたのも、いまの蕗にはうなずける。

祖父が言ったとおり、蕎麦は生き物なのだ。まさに生かすも殺すも職人しだい。よけいなことをちらとでも浮かべれば、蕎麦のかすかな息遣いを聞き逃す。

さらに二、三度、ごく少量ずつ水を加え、おからのようにぽろぽろになるまで手を止めずに混ぜ合わせる。真っ白だった蕎麦粉が、この段階で少し黒ずんでくる。いわゆる蕎麦の色だ。粉と水はいずれも目分量だが、指先はどんな正確な秤《はかり》よりも頼りになる。耳たぶくらいの硬さになると、もう充分だと蕎麦が訴えてくる。

ひとまとめの「蕎麦玉」にして、「練り」の作業に移る。

蕎麦玉を左手で回しながら、中の空気を抜くようにして右手を玉の中心に押し込んでいく。菊の花を描くような動きから、「菊練り」と呼ばれた。もっと粉の量が多ければ、女には結構な力仕事となるのだが、五人前ほどなら造作はない。

やがて蕎麦玉は、手の温みに応じるようにしっとりし、艶《つや》やかさを増す。その顔を見て、蕗はようやく一息ついた。

悪くない。いや、上出来だ。

平たい丸の形に整えて、すぐに「伸し」に移る。

鉢をどかせると、一辺が三尺の正方の板となっている。板に打ち粉をふり、掌《てのひら》で少しずつ倍ほどの径になるよう生地を伸ばす。

丸伸しとか座布団とか呼ぶそうだが、丸い莫蓙《ござ》くらいの厚みと大きさにするのがこつだ。祖父がいた頃は、この座布団が小さすぎるとよく叱られた。麺棒《めんぼう》で伸ばせばよいと思いがちだが、座布団の出来が悪いとそれだけ麺棒を長く使うことになり、生地が乾いてしまうのだ。

適度な座布団に整えて、それから二本の麺棒を使って伸していく。角型に整えるためには、生地を麺棒に巻きつけて軽くころがす。生地の向きを変えながら何度か繰返すと、丸い生地は菱形を経て正方形になる。

辺が歪《いびつ》にならぬよう、きれいな正方にするためには、一端に麺棒を巻きつけて重石《おもし》にし、反対の側を麺棒でていねいに伸ばす。水回しほどではないにせよ、やはり時間との戦いだ。辺がよれていると、その部分の生地が厚みを増す。生地が薄く均一になっていないと、茹で上がったときに不細工な代物《しろもの》となるのだが、八年の修練は伊達《だて》ではない。無駄な手間をかけず、計ったような正方形に仕上がった。

たっぷりと打ち粉を挟みながら四つに折り、長方形にする。それをまな板に移し、「切り」の工程に移った。生地の上に「小間板」を置き、四角い蕎麦切り包丁で細く切る。

　これも慣れないうちは、「また筏《いかだ》にしたのか」とよく祖父に呆《あき》れられた。切った蕎麦同士がくっついてしまうことを、「筏」と呼ぶ。

　切りは急ぐことなくていねいに、二、三十本ほどで打ち粉をはたき盆によける。

　すべて切り終えて、見事な切り蕎麦が盆に並ぶと、蕗は大きく息を吐いた。姉さん被りにした手拭いをとり、額に浮いた汗を拭う。

「姉ちゃん、出来は？」

「うん、上手くいったよ」

　出来上がった蕎麦をながめるのは、蕎麦打ちの醍醐味《だいごみ》のひとつだが、職人の本当の喜びは客がいてこそのものだ。

「お侍さん、本当に来てくれるかな」

「大丈夫だよ。だってあんなに食いしん坊だもの」

　蕗のよけいな心配を、妹はいつだってからりと払ってくれる。

　蕎麦打ちとこの茶屋があったからこそ、一年半のあいだ、江吉を待つことができた。

　そして妹がいなければ、茶屋を回していくことはとてもできなかったろう。亥が接客を引き受けてくれるからこそ、蕗は何にも邪魔されずに蕎麦に打ち込めるのだ。

「姉ちゃん、あのね……」

「なあに？」

妹がめずらしく口ごもる。

重ねてたずねようとすると、暖簾の陰から丸い顔が覗いた。

「どうだ、蕎麦は？　もう、食べられるのか？」

期待を満面にした丸顔に、姉妹が思わず笑い出す。

「お侍さま、ちょうど良い頃合ですよ」

「あらまあ、汗まみれですね。いま、お茶をおもちしますね」

蕗は手拭いを被り直し、鍋を火にかけて、火吹き竹で炭を熾《おこ》した。

「おまちどおさまでした。当茶屋名物、しまい蕎麦にございます」

亥が盆を武家のとなりに置いて、いつもの口上を述べる。

茹で上がった蕎麦を水で締め、笊《ざる》の上にたっぷりと盛った。猪口《ちょこ》に蕎麦つゆをつけて脇に添える。

待ちかねたように箸を取り、濃いめのつゆに先を浸し、ずずっと音を立ててすする。

妹の脇に立つ蕗が、思わず両手を握りしめた。

ん！　と侍が喉で叫び、目を丸くした。

「これは旨い！　思うた以上の出来ではないか」

「お口に、合いましたか？」

「合うたというより驚いたわ。これほどに強い蕎麦の香は初めてだ。江戸では二八蕎麦が多いのだが、繋《つな》ぎは使うておらぬのか？」

「はい、祖父のこだわりで、蕎麦粉のみで打っております」

「わしも幾度か、十割蕎麦は食したことがあるのだが、ぼそぼそして喉越しが悪かった。繋ぎなしで、これほどになめらかな仕上がりになるとは思わなんだ。蕎麦つゆはやはり、かえしと出汁《だし》か？」

「はい、さようです。これも祖父の作法で、かえしは醬油と味醂《みりん》だけ。砂糖は使っておりません」

砂糖を使わぬ故に日持ちがしないのだが、ことさらに強い蕎麦の香りには甘味はよけいだというのが祖父の持論だった。

「うむ、きりりとしたつゆが、いっそう香りを引き立てておる。新蕎麦ならまだしも、半年近くも過ぎた秋蕎麦であろう？　春のいま時分でも、よくここまで風味を残しておるのう。いや、たいした腕だ」

決して世辞ではないと、蕎麦をすする口許が語っている。客の満足こそが、職人にとっては無上の喜びとなる。胸がいっぱいになり、つい本音が口を衝《つ》いた。

「私の腕というより、たぶん、水のおかげです」

「なるほど、蕎麦の肝《きも》は水か」

「はい、蕎麦の旨味は水の旨味です。あたしの手助けはほんのぽっちりで、本当に良い仕事をしてくれたのは、秩父の水だと思います」

こんなふうに、姉が雄弁に語ることなどめずらしい。亥が思わず、少し背丈の勝る姉を仰いだ。

くるみ餅と同様に、またたく間に笊《ざる》が空《から》になる。武士は代わりを所望した。

「ぜひとも、温かい蕎麦も食したい。今度は、かけで頼む」

かしこまりました、と蕗が暖簾の内に消え、亥は客の茶碗に茶を注いだ。

「ときに、おまえたち姉妹は、歳はいくつになるのだ？」

「姉ちゃんが二十歳で、あたしは十七です」

「では、すでに亭主持ちか？　田舎は嫁入りが早いというからの」

「あたしは相手すらいませんけど、姉ちゃんにはちゃあんと許嫁《いいなずけ》がいるんですよ」

「許嫁とは、どんな男だ？」

「姉ちゃんの幼馴染《おさななじみ》で、江吉さんていうんです」

　ほお、と何食わぬ顔で相槌《あいづち》を打ちながら、武士の目が底光りした。

「では、男は同じ村におるのか？」

「いまは江戸で、出稼ぎをしています。でもね、明日にも帰ってくるはずなんですよ」

「明日、だと？」

「三月の初めに江戸を発って、五日頃には秩父に戻ると、姉ちゃんへの便りに書いてきたんです」

「なるほど、明日が三月五日か……」

　ひとたび、武士が考え込む。

「許嫁が戻りしだい、姉と祝言を挙げるのか？」

「はい、たぶん。夏の嫁入りは鬱陶《うっとう》しいし、田植えの頃は忙しいし……あ、姉ちゃんの場合、婿取りなんですけどね」

　かけ蕎麦が出てくるまでのあいだ、姉の婚礼事情をあれこれと語る。

「では、その江吉とやらは、姉娘と一緒になるために、まとまった金が入り用になったのか」

「二年前に一緒にさせればよかったのに、うちの父ちゃんもへそ曲がりで。娘を持つ父親はそういうものだって母ちゃんが言ってました」

「おまえの姉が惚れ込んだとあれば、相手はよほどの色男なのか？」

「色男ではありませんが、優しげな面立《おもだ》ちです。おかげで額の傷がそぐわなくて」

「傷、とは？」

「右の眉のところに、二寸ほどの傷があるんです。子供の頃、登った柿の木が裂けて落ちちまったそうで。姉ちゃんもその場にいて、あのときは大騒ぎになったって」

「柿の木は裂けやすいからな。わしも登るなと、よう止められたわ」

からからと笑う武士に、亥が気づいた顔をする。

「お侍さま、こういう話って面白いですか？」

並の武士なら庶民の、しかも女子供の話など、まず興を示さない。しかし侍は、丸い顔を愛想《あいそ》よくほころばせた。

「おお、むろんだとも。なにせ日頃は、商人ばりに算盤《そろばん》ばかり弾《はじ》いておるからな。わしは勘定方《かんじょうがた》の同心でな」

「さようでしたか。お侍さまにも、色々なお役目があるのですね」

「愛想のない勘定仕事より、人の恋路の行末の方がよほど気になるわ。二年越しの思いを実らせて縁付くとは、たとえ他人事《ひとごと》にせよ心が躍《おど》るではないか」

「そう言ってもらえたら、あたしも話し甲斐《がい》があります」

ひととおり姉や江吉について語り終えたところで、姉がかけ蕎麦を運んできた。

「うーん、日の落ち時だけに、温かい汁が腹にしみるわ」

夕刻が近づくと、冬の名残《なご》りのように冷気が戻ってくる。

いかにも有難そうに、湯気のたつ丼を両手に抱《かか》えた。これもほどなく食べ終えて、満足そうに腹をさする。

「秩父に来た、何よりの甲斐となったわ。掛け値なしに旨かったぞ」

「ありがとうございます。喜んでいただけて、あたしも張り合いになりました」

姉娘が、ていねいに頭を下げる。

「代はここに置くぞ。釣りは旨い蕎麦の礼だ」

「でも、お侍さま、これではあまりに多過ぎます。うちは盛りもかけも十二文ですから」

武家が床几に置いたのは、一分《いちぶ》金だった。小判の四分の一、文銭にすれば、ざっと千六百文ほどにもなる。

「よいよい、祝儀と思うてとっておけ」

った。

武士は鷹揚《おうよう》に告げて、姉妹に見送られながら、茶店から川沿いへの道へと降りていった。

「祝儀というより詫び料か……あの娘には、酷《こく》な話だ」

呑気《のんき》そうに繕《つくろ》っていた丸い顔には、深い憂《うれ》いが滲《にじ》んでいた。

「戻ったか、伝十郎《でんじゅうろう》。茶屋のようすは、どうであった？」

武士は日野沢川を下へと辿り、やがて荒川に出た。日野沢川の河口の辺りに、髭面《ひげづら》の武士が待っていた。

「日野沢の江吉は、まだ姿を見せぬ。ただ、今日、明日にも帰るやもしれないと、許嫁の娘と、その妹からきいておる」

「許嫁がおるとの話は、まことであったのか。その娘、事の仔細は？」

「何も知らぬわ。故に不憫《ふびん》でならんかった」

丸い顔を曇らせる。武士は日崎《にっさき》伝十郎といった。

勘定方と告げたのは、嘘ではない。しかし算盤を弾いているわけではない。

日崎は勘定奉行配下の普請役であった。普請役は、道や橋を普請する普請方とは全く別の役職で、河川や用水、堤の管理や修繕を役目とする。しかし日崎は、普請とは関わりない別の役目を請け負っていた。

いわゆる勘定奉行の隠密である。

直属の上司は勘定組頭になるのだが、奉行から直《じか》に命を受け、勘定に関わる幕府内の調査や、諸国に赴き大名や代官を探ることもある。探索のためには人心を摑むことは欠かせず、自ずと市井《しせい》に通じ、町人とも気軽に交わる。

船着場にいた武士も、日崎と同じ役目を負う同輩で、名を佐々木玄六《ささきげんろく》という。

勘定奉行の亘対馬守《わたりつしまのかみ》が、日崎と佐々木を呼び出したのは昨日の晩のことだ。

「浅草諏訪町《あさくさすわちょう》の両替商が、襲われた旨を存じておるか？」

「二月末の筑後屋《ちくごや》の件なら、耳に入れております。人死にが三人も出て、二千六百両を奪われたとか」

佐々木が即座に応じた。三十半ばと、日崎とほぼ同年配で、互いに十年以上も普請役を務めているだけに気心も知れていた。

「町奉行所と火付盗賊改方が、血眼《ちまなこ》になって賊を探しているそうですが、未《いま》だに捕縛には至らぬそうですな」

「実はな、町奉行所が張った網にかかり、賊のひとりが捕まったのだ」

金を手にした悪党が真っ先に向かう場所といえば、盛り場か色街と相場が決まっている。あらかじめ顔役たちに達しておいたところ、吉原で分不相応に豪遊している男がいるとの知らせを受けたという。男が所持していた小判の包みに、筑後屋の印が打たれていたために、直《ただ》ちに御用となった。

「こやつを責め問いして連中の塒《ねぐら》を突き止めたのだが、ひと足遅かった。すでに蛻《もぬけ》の殻だったそうだ」

「それは残念にございまするな」と、日崎が眉をひそめる。

「頭《かしら》は三輪《みわ》の丑松《うしまつ》と呼ばれる悪党で、町方や火盗では名を知られている」

「名うての盗賊ということですか？」

「いや、日頃は脅しや強請《ゆすり》で、けちな文銭を稼ぐ手合いだそうだが、年に一度ほど、思い出したように盗みを働くそうだ。いわばにわか盗人で、ろくな算段もせず、金がありそうな商家に押し入るだけのやり口だ」

これまでにも二度、丑松の仕業《しわざ》と思われる押し込みがあったのだが、未だ捕縛には至っていない。

「ただ、捕えた男に仔細を吐かせ、町方が手掛かりを摑んだ。どうやら連中は、仲間割れをしたようだ」

一味の総勢は七人。頭の丑松を含めた三人は長のつき合いだが、残る四人は盛り場などで見繕《みつくろ》った急拵えの一団だった。その分手口は荒っぽく、蔵の鍵を開けさせた後、用済みとばかりに主人を殺し、逃げ出そうとした手代ふたりも容赦なく手にかけた。ただし俄《にわ》か一味だけに、いざ金を分けるときになって諍《いさか》いが生じた。

新参の四人には二百五十両ずつ、押し入りを企てたのだから残り千六百両はいただくと古参の三人は主張したが、新参たちは収まらない。話し合いは翌日にもちこされたが、真夜中のうちに新参たちは千両箱ひとつを残して金を奪い、逃げたという。

「町方が捕えた男は、金を持ち逃げした四人のうちのひとりでな。それぞれ四百両ずつ懐に収めて、方々に散った。おそらく丑松とふたりの手下は、まず追ってくるはずだと、男は申し述べたそうだ」

素人《しろうと》同然の連中に、一千六百両も持ち逃げされたのだ。丑松の怒りようはひととおりではなかろう。男の予測には、吟味に当たった町奉行所の役人もうなずいた。

「しかし、四人がそれこそ四散したとなれば、探し出すのは容易ではありますまい。丑松には、何か当てがあったのですか？」

「うむ、四人のうちのひとりは、日野沢の江吉といってな。秩父の日野沢という村の出自だ。同じ村に許嫁の娘がいるそうでな、金を得たら郷里に帰って祝言を挙げると、たびたび口にしておったそうだ」

日崎の問いに、奉行の亘がこたえた。

「では、頭連中は秩父に向かったと？」

「町方はそのように見当しておる」

「江吉とやらも、それほど馬鹿ではありますまい。逆に秩父を避けて、方角違いの場所に逃げ果《おお》せるのではありますまいか？」

佐々木の意見には、もっともだと奉行もうなずく。それでも四人のうち、行き先に心当てがあるのは、江吉だけだという。他の連中は故郷を捨てた無宿者であり、後《のち》の厄介《やっかい》を見越して、自分のことは語ろうとしなかった。江吉だけが、やたらとべらべらと故郷や許嫁の話を披露していたという。

「それもまた、妙にも思えますが……」

「祝言を控えて、浮かれていたのではないか？」

日崎は不審を顔に浮かべたが、佐々木に向かって、かもしれぬな、と返した。

「ひとまず丑松が向かいそうな心当ては、秩父だけだ。町奉行所からは与力同心が捕方を従えて、二十人ほども秩父に出張《でば》るそうだ」

「それはまた、大掛かりですな」

佐々木が思わずため息をつく。

「秩父は天領と旗本の知行所、川越《かわごえ》領と忍《おし》領などが込み入っておってな。捕方を送るにも、大名から旗本まで方々に手配りが要る」

「なるほど……その手回しのために、お勘定奉行にも知らせが入ったというわけですな」

日崎と佐々木はそう得心したが、奉行がふたりを呼んだのには、別の理由があった。

「捕方を配する前に、調べを入れて目星をつけねばならぬが、大勢でうろついては、相手の用心を招く。むろん、町方同心もその筋の玄人《くろうと》ではあるが、捕方のとりまとめなどに暇《いとま》をとられてな。勘定方にも調べに秀でた者がおる故、助太刀を頼めまいかと、月番の北町奉行から直々の願い出があったのだ」

捕方の差配というのは、あくまで建前だろう。三輪の丑松がこれまで捕まらなかったのは、鼻が利くためだ。八丁堀や火盗の同心は、においも目つきも違う。たとえ町人に化けようとも見破ることができると、丑松は豪語していたという。調べの段階で相手にばれては元も子もない。

「では、我ら普請役が、秩父に先乗りして調べよと?」

日崎に向かって、いかにもと奉行がうなずく。

「隠密なら、おまえたちの右に出る者はいまい。町奉行に恩を売って、損はなかろうしな」

損得ずくのように亘は言ったが、本当の理由を日崎や佐々木は承知していた。

いまの北町奉行は亘とは馬が合い、非常に親しい間柄にあった。ともに思考が柔軟で、行動は迅速。そして事は一刻を争う。丑松が先に江吉に辿り着けば、秩父に留《とど》まる理由はない。

亘なら、あくまで勘定方の役目との名目で、有能な探索方を直ちに向かわせてくれよう。北町奉行の信頼に、亘は応えようとしているのだ。

賊が筑後屋を襲ったのは、二月晦日《みそか》の真夜中。翌日、三月朔日《ついたち》に仲間内で金の悶《もん》着《ちゃく》が起き、その日は決着がつかなかった。新参の四人は夜半に塒を逃げ出し、翌日、三月二日の晩遅くに、吉原で男が捕まった。男の話から塒としていた古い百姓家に捕方が出張ったのは、三日の昼前だった。

囲炉裏《いろり》の灰がまだ温かったことから、おそらく同じ日の朝までは、丑松らはここにいたのだろうと察せられた。

「つまりは、丑松が江戸を発ったのは、今朝ということですな？」

さよう、と奉行が首を縦にふる。

「中山道の熊谷から秩父往還に入るか、あるいは手前の川越から、粥新田《かいにた》峠を越える道もありますな」

「どちらにせよ、川越で一泊するであろうな。郷里に帰る江吉を追うなら、急ぐ旅でもない。金に不自由がないとなれば、ことによると二日ほど遊んでいくかもしれんぞ」

街道に詳しいふたりが、丑松らの辿る道筋に目測をつける。

「おまえたちの足なら、追いつけよう。夜旅になるが、すぐに発ってくれるか」

心得ました、と配下が声をそろえる。町方役人との落ち合い場所や、それぞれの役目を手早く相談し、奉行の屋敷を出た。半時で仕度を済ませ、夜を徹して中山道を西へ向かい、三月四日の早朝に川越に到着した。一時ほど仮眠をとって、それから粥新田峠を越えて秩父へ入った。

日野沢村は上と下に分かれているが、いずれも幕府の旗本の知行地だった。知行の見分との名目で、ふたりは村の差配を呼んで江吉の消息をたずねたが、返ってきたのは意外なこたえだった。

「日野沢には、江吉という者なぞおりません」

「何だと、まことか?」

上と下、双方の差配は間違いないとうなずき合う。

思わず困惑顔を見合わせたが、手掛かりはもうひとつあった。

「江吉の許嫁の娘は、妹と一緒に茶屋を営んでおるそうだ。しまい茶屋という名だと、江吉が語っていたと」

「ああ、それなら存じております」

「しまい茶屋なら、たしかに日野沢にございますよ」

差配のふたりが、てんでにこたえる。

「三十四番札所の近くにありましてな。となりの皆野村の姉妹が、営んでおります。あの辺りは水潜寺の寺社地にあたりましてな、住職の許しを得て、姉妹の祖父が茶屋を始めたそうです」

「あの茶屋は、蕎麦とくるみ餅が名物でして。日野沢に近いだけに、土地の者にも贔《ひい》屓《き》が多く、私もよく通っております」

「その娘らも、やはり皆野村の者であったか」

佐々木が唸《うな》るように呟いた。

となりの皆野村は、忍藩の領である。日崎が茶屋のようすを見に出かけ、そのあいだに佐々木が皆野村に赴《おもむ》いた。

亘は抜かりなく、忍と川越の江戸上屋敷に配下を送り、藩主や留守居役の指図書を入手していた。町奉行と勘定奉行、両名の要請とあらば、無下にあつかう大名はまずいない。

町方および勘定方の役人に従い、速やかに協力せよと書かれた文を、皆野村の差配は恭《うやうや》しく受けとったと、佐々木は冗談めかして日崎に語った。

「江吉はたしかに皆野村の者だったが、出稼ぎからはまだ帰っていない。差配が存じておったのは、そこまでだった」

ふうむ、と日崎がしばし考え込む。それから疑問を口にした。

「それにしても妙だな。どうして皆野の江吉と、名乗らなかったのか？」

「許嫁が日野沢の茶屋にいるためか、あるいは語呂が良かったとかか？」

佐々木の言うとおりかもしれないが、引っかかりは拭《ぬぐ》えなかった。

ふたりは町方を通して、江吉の人相風体《ふうてい》も把握《はあく》している。

歳は二十四、五くらい。中肉中背で訛《なま》りはない。唯一の特徴として、右の眉に傷がある。

茶屋で姉妹の妹からきいた、江吉の人相とも合致するから、ほぼ間違いはなかろう。

なのにどうも、しっくりこない。姉妹の明るい笑顔が、酷《ひど》い盗人とあまりにかけ離れているためか。それとも――。

日崎の舌に、先刻食した蕎麦の味が、鮮烈によみがえった。

もしかすると――。

その考えが、初めて頭をよぎった。

「どうした、伝十郎？」

佐々木が怪訝な顔で、こちらを見ている。

「いや……何も知らぬ許嫁の娘が、不憫に思えてな。妹もまた、姉の祝言を楽しみにしていた」

「それは何とも、哀れだな……」

佐々木も気の毒そうに視線を落とした。

「江吉は三月五日には戻ると、文に書いて寄越した。つまりは明日だ」

「明日であれば、町方の捕方も間に合いそうだな」

町方との落ち合い場所は、荒川に近いさる寺である。佐々木はその寺にも赴き、住職に事情を説いて、捕方を受け入れる仕度を整えさせていた。

「皆野にも日野沢にも、丑松らしき三人組が入ったようすはない。田舎の村落なら余《よ》所者《そもの》は目立つはずだ」

佐々木の話をききながら、やはり日崎は茶屋の姉妹が心にかかっていた。

「そういえば丑松の本業は、脅しや強請であったな」

「ああ、女を使って油断させ、その家の内情を探らせたり、美人局《つつもたせ》を働いたりするのが常道だと、町方の控えにあった」

「女か……」

荒川に注ぐ細い日野沢川を、日崎はながめた。

すでに西の山に日は落ちて、日野沢川は細い蛇のように黒々とのたうっていた。

翌朝、まだ茶屋の暖簾を上げる前だった。

「あの、すみません……水を一杯、いただけませんか？」

姉妹はくるみ餅を拵えていた。声に気づいてふり向くと、開け放した戸口の陰に女が座り込んでいた。

白装束の遍路姿は見慣れているが、笠の下の顔は蒼白だった。

「たいへん！　加減が悪いんですか？」

「お亥、奥で横にさせた方がいいよ。いま、水をおもちしますから」

店の奥に床几を二枚並べ、姉妹が両の肩を支えるようにして、女をその上に横たえた。

顎紐《あごひも》を解《ほど》いて笠を脱がせると、整った顔立ちの細面《ほそおもて》が現れた。歳は二十七、八といったところか。年増ながら婀娜《あだ》っぽく、田舎ではまず見ることのない粋な風情があった。

ただ、具合はひどく悪そうで、額には脂汗を浮かべている。亥が運んできた水をふた口ほど飲んだが、苦しそうに胸を押さえて肩で息をする。

「すみませんね、造作をかけて……持って生まれた病《やまい》で、こんなふうに時折、息が苦しくなるんです……しばらくすれば、収まりますから」

「どうぞ遠慮なく、休んでください。お遍路さんを大事にするのは、ここいらではあたりまえですから」

「よかったら、蕎麦やくるみ餅も食べていってくださいね」

巡礼者への施《ほどこ》しは、寺社への布施と同じだった。

江戸に近いだけに、遊山《ゆさん》めいた札所参りが大方だが、銭を持たず、喜捨《きしゃ》を頼りながらお参りする者も少なくない。

姉妹も心得ていて、水や茶はもちろん、蕎麦や菓子も喜んでふるまう。二十人前の蕎麦を拵えれば、そのうちの五人前ほどは、お代をとらず布施にまわした。

病の快癒《かいゆ》を願い、無理をしながら札所をまわる者もいる。女もそのたぐいであろうと、何ら不審を抱《いだ》かなかった。

　くるみ餅をふたりで仕上げてから、妹は店の外に床几を並べて暖簾を上げる。姉はいつものように水を汲みにいき、蕎麦作りを始めた。

　少し落ち着いたのか、女は床几の上に起き上がり、姉の背中をながめていた。気づいた亥が、声をかける。

「少しは加減が戻りましたか？」

「はい、おかげさまで……」

　まだ顔色が白っぽく、息も少し早い。それでも目は熱心に、背中を向けた蕗の手許を追っていた。

「あれは、蕎麦を打っているのですか？」

「ええ、姉はああ見えて、蕎麦の職人なんです」

「職人、ですか……」

　女の切れ長の目が、かすかに細められる。

「女の蕎麦打ち職人は、初めて見ました」

「そのようですね。よくお客さんに、びっくりされます」

　亥は人懐っこく、女に笑いかける。女も家の内でなら、蕎麦やうどんを打つのはめずらしくない。ただ、それを仕事として職人を名乗る者は、まずお目にかからない。

「あたしはずっと姉ちゃんを見てきたからあたりまえなのに、川越にも江戸にも、女の蕎麦打ちなんていないって。どうして蕎麦打ちには男しかいないんだろうって、あたしには逆に不思議に思えますけどね」

「そう言われてみると、本当……不思議ですね」

「でもね、姉ちゃんの蕎麦の味は本物です。職人て、そういうものでしょ?」

「ええ、そのとおり……職人を決めるのは腕と技だけです。男も女もありませんよね」

妙にかっきりと、女がうなずいた。

「姉ちゃんの蕎麦、ぜひ食べていってくださいね。昨日も舌の肥えたお武家さまが来て、たいそう褒めてくださったんですよ」

「お武家さま、ですか……」

女の表情が、かすかに緊張を帯びる。亥は気づかず、話を続けた。

「蕎麦もくるみ餅もお代わりされて、とっても食いしん坊なお武家さまでした」

まあ、と女が笑いをこぼす。その拍子に苦しくなったのか、ふたたび胸を押さえた。

「あ、ごめんなさい。お休みのところ、邪魔をして。少し眠った方がいいですよ。今日のお天気なら、お客さんも中には入ってこないでしょうし。気兼ねは要りませんからね」

愛想よく告げて、亥はまた暖簾を分けて外に出ていった。

蕗にはふたりの会話すら、耳に届いていないようだ。蕎麦を伸す衣擦《きぬず》れに似た音だけが、静かに響いていた。

横になった女は、やはりじっと蕗の背中をながめていた。

昼を少し過ぎた時分だった。

亥が川沿いの道を見下ろしながら、不満そうにため息をこぼした。

「今日はやたらとお遍路さんがよく通るのに、売り上げはさっぱりだわね」

「あら、ほんと。いつになく人が多いのね」

妹にならって、蕗も遍路道をながめる。春のいま時分にしては往来が多く、登る人下る人と、ほとんど白装束が絶えることはない。

「それでも朝に打った十人前は、はけちまったんでしょ？　もう五人前くらいは打っておいたら？　あのお遍路さんにも、食べてもらいたいし」

ふたりに背中を向けた格好で、女の肩が上下している。

「あの人のようすは、どうだった?」

「いましがた覗いてみたけれど、よく眠ってる。顔色もだいぶよくなったし」

「そう、よかった」と蕗もほっと息をつく。

「それよりも、姉ちゃんには、もっと心配なことがあるんじゃない?」

「なあに、お亥、そのにんまり顔は」

「遅いね、江吉さん」

図星を突かれて、蕗が真っ赤になる。

「もしかして、道中で何かあったのかな? 追《お》い剝《は》ぎに遭って、稼いだ金をみいんな取られちまったとか。姉ちゃんと一緒になれないと、今頃泣いていたりして」

「もう、いやな子ね。文のとおりにはいかないって、あたしだってわかってるもの」

姉の言い訳に、妹の笑い声が軽やかにこだました。

「あ、姉ちゃん、お客さんだよ。ほら、坂を登ってくる」

「あら、ほんと。お遍路さんじゃ、ないみたいね」

江吉の名が出たとたん、女がぱちりと目を開けたことなど、姉妹はもちろん知らない。

客を迎える姉妹の声に耳をすませ、女はむくりと身を起こした。

「いらっしゃいまし。お三人さまですか、こちらへどうぞ」

亥が愛想よく床几を示しても、客は突っ立ったまま、姉妹をじろじろとながめる。

向かって右の男だけ、頭一つ抜けていてからだも大きい。からだが毛深いせいか、熊を思わせる。残るふたりは並の背丈だが、左の男は狐目で、真ん中の男は、張った肩と猪首が、牡牛を思わせた。

獰猛《どうもう》な牛が、口を開いた。

「ここが、しまい茶屋かい？」

「はい、そうです……」

亥がつい、一歩後ずさる。獣を彷彿《ほうふつ》させたのは、三人ともに見るからに荒っぽく柄が悪いからだ。巡礼者の多いこの土地では、まず見かけないたぐいの男たちだった。

「江吉の女房になるってのは、どっちだい？」

「あたしです……江吉さんの、お知り合いですか？」

「ああ、江戸でたいそう世話になった。江吉は戻っているのか？」

「いえ、まだ……」

「嘘をつくんじゃねえ！　隠したって、無駄だぞ！」

右にいる熊が、いきなり唾をとばしながら怒鳴りつけた。

亥が思わず姉にしがみつき、姉妹が互いに身を寄せ合う。

「嘘じゃ、ありません……」

蕗が辛《かろ》うじて応えたが、声は震えていた。

「今日あたり戻ると、便りに書いてきたけれど、まだ帰っちゃいません……」

「本当だろうな？」

熊がずいと顔を近づけ、姉妹がそれを避けてこくこくとうなずく。

「……江吉さんに、何かご用ですか？」

「ああ、江吉さんに大枚を貸していてな。返さぬままとんずらされたもんで、わざわざ秩父まで取り立てに来てやった」

真ん中の男がにやりと笑う。笑った牛は、いっそう気味が悪かった。

「大枚って、どのくらい……」

「四百両だ」

「四百両！」

亥が素《す》っ頓狂《とんきょう》な声を挙げた。

「そんな大金、江吉さんが借りるわけありません。何かの間違いです」

「ああ、そうだ、間違いだ。江吉はな、その大枚を借りたんじゃねえ。おれたちから奪ったんだ！」

「まさか……江吉さんはそんな人じゃ……人さまのお金を奪うような人じゃありません！」

　蕗の悲痛な声が、ちぎれるように辺りの森に吸い込まれる。

「江吉が戻れば、てめえにもわかる。ここでじっくりと、待たせてもらうよ」

「お断りします。帰ってください！」

「わからねえ娘だな……」

　牡牛が蕗の腕を摑み、高く掲げて力を込めた。

「痛い！　放して！」

「姉ちゃん！」

「てめえらは、江吉が戻るまでの質草だ。店を閉めて、大人しくしていろ」

「兄貴、洒落《しゃれ》ですかい？　しまい茶屋だけに」

　狐目が、赤暖簾の文字をながめて嫌な笑い声を立てる。

「どうせなら、奴が来るまで楽しみましょうや。奴は大事な金を奪ったんだ。奴のお宝を戴《いただ》いたって、罰は当たりやせんぜ」

狐目が、いやらしい孤を描く。姉妹の顔が、恐怖に強張《こわば》った。

と、蕗の目の端に、銀色が閃《ひらめ》いた。蕗の耳の辺りから、よく光る長細い物が突き出ている。刀だと察したとたん、小さな悲鳴が喉元で弾けた。

「その手をお放し」

「何だ？　もうひとり、いたのか？」

「さっさと放しな！　その鼻面《はなづら》に、穴があくよ！」

懐剣の切っ先が、牛の鼻先に突きつけられる。男が思わず身を引き、握っていた蕗の手を外《はず》した。あいた隙間に、白装束がすべり込む。姉妹を守るように背にかばい、懐剣《かいけん》を構えた女が男たちの前に立ち塞《ふさ》がった。

「……お遍路、さん？」

亥が口をぱくぱくさせながら、辛うじて絞り出す。

相手が遍路姿の女だと察したとたん、男たちは余裕をとり戻した。

「こりゃ、ちょうどいい。女が三人なら喧嘩にならねえや」

「姉さん、そんな危ないもの引っ込めて、おれたちと仲良くやろうや」

熊と狐目がにやにやと笑う。近づこうとしたとたん、女の左手が素早く動いた。

いてえ！　と熊が情けなく吠える。熊の太腿《ふともも》に、小柄《こづか》が刺さっていた。

「おまえも食らうかい？」

女の左手には、すでに別の小柄が握られていた。狐目が気づいて、思わず身を引く。

「兄貴、この女、素人じゃねえぞ」

「ああ、わかってる。こっちも本気でかからねえと」

牡牛の顔が赤らみ、鼻から盛大に息を吐く。懐から匕首《あいくち》をとり出し、鞘《さや》を払った。

狐目も倣《なら》い、熊も涙目になりながら腿から小柄を抜いて、やはり匕首を手にする。

「姉さん、三対一じゃ勝ち目はねえ。刃物をこっちによこしな」

牡牛と睨《にら》み合う女が、鮮やかな笑みを浮かべた。右手で剣を構えたまま、小柄を持つ手を口許にあてる。中指で拵えた輪に、強く息を吹きかける。

高い指笛が、山々にこだました。驚いたように近くの梢《こずえ》から、鳥が舞い上がる。不穏な気配は、鳥の羽音ばかりではない。周囲の葉叢《はむら》がいっせいにざわめき、近づいてくる気配がする。

「何だ……？　いったい、何が……」

指笛はやまず、音に呪縛されたように、男たちは慄《おのの》き微動だにしない。

「三輪の丑松！　御用だ！」

山側から現れた侍が、十手《じって》をかざし声を張った。

「八丁堀か！　どうしてここに！」

丑松は慌てて坂を下りようとしたが、参詣道からも大勢の白装束が、白蟻《しろあり》さながらに群《むら》がってくる。いずれも六尺棒を手にし、口々に「御用！　御用！」と叫んでいる。

まるで白い波に呑《の》み込まれるようにして、三人の男の姿が視界から消える。

姉妹は思わず、ふたり一緒に地面にへたり込んだ。

「なに、これ？　なにが、起きたの？」

「あたしにも、わからない……」

座り込んだ姉妹の前に、遍路の女がしゃがみ込んだ。

「大丈夫かい？　どこか痛めてないかい？」

姉妹が呆《ほう》けたように女を仰ぐ。

「驚かせて、悪かったね」

「あなたは……？」

「嘘をついたこともあやまるよ。胸の病は、ふりでね」

「ふり？　だって、あんなに青ざめて脂汗をかいて……」

「あれはね、職人技さ」

と、悪戯《いたずら》っぽく亥に微笑む。それから女は、蕗の顔を正面から見詰めた。

「あたしもあんたと同じだよ。修業を積んで、技と腕を身につけたんだ」

「お遍路さん……」

「嬉しかったよ。本物の女職人が、ここにもいてくれて……お嬢さんが蕎麦を打つ姿には、つい見惚《みと》れてしまいました」

「……はい！　あたしも、嬉しい……助けてくれて、ありがとうございました」

蕗は涙ぐみ、きつく女の手を握った。

と、別の声が、女の名を呼んだ。

「おーい、お響《きょう》！　無事であったか」

息を切らせながら坂道を登ってきたのは、丸顔の侍だった。

「昨日の、お武家さま……」

「お知合いですか？」

はい、と女がにっこりする。

「おまえたち姉妹も、大事はないか？　無体《むたい》を働かれてはおらぬか？」

「はい、このお方に、助けていただきました」

「このお方はもしや、くノ一ですか？　女子《おなご》ながらに、すごい剣捌きで」

「くノ一……」

亥の言いように、日崎とお響が同時に吹き出す。

「お響もまた、我らの仲間だ。勘定方のお役目を務めていてな」

「女子の足では、おふたりよりだいぶ遅れてしまいましたが」

「いや、お奉行が追っておまえを使わしてくれて助かったわ」

日崎が、普請役の役目を簡単に説く。後に続いて、響が事情を語った。

「私の兄も普請役で、日崎さまの同輩でしたが早死にしまして。建前上、まだ赤ん坊だった兄の息子が跡目を継ぎました」

当主が幼子では役目がこなせず、扶持米《ふちまい》もろくにもらえない。甥が成長するまで、探索方を手伝いたいと、当時十八の響が、日崎と佐々木を通して願い出た。

並の奉行なら相手にもしなかったろうが、亘は違った。

「武芸の心得もあり、女の方が役立つ折もあろう。おまえたち自ら仕込んでみよ」

日崎と佐々木について、響は実地で普請役のいろはを学んだ。普請役は三十俵三人扶持、お目見え以下の御家人に過ぎないが、一方で職務上、多種多様な学問を求められる。

学者や識者から知恵を得て意見を交わすためには、ある程度の知識が必要とされるためだ。高度な算術、天文、地理、経済と、さまざまな分野にまたがり、概《おおむ》ね浅く広く修めているが、日崎は地理、佐々木は算術というように、それぞれ得意分野もある。響は学問にも熱心で、ことに本草学《ほんぞうがく》と鍼灸《しんきゅう》に優《すぐ》れていた。からだのつぼのどこを押せば、汗がふき出すか、どんな薬草を用いれば、からだの変調をきたすか、響はよく知っていた。

「職人とは、そういうわけでしたか」

種明かしをされて、蕗が小さくうなずく。女のいない場所で、ひとりきりで道を切り拓いてきた。孤独であるが故に、迷いとも無縁だった。導き手を信じて、毎日学び、考え、やり方を工夫して、ここまできた。

「あたしは八年、蕎麦打ちを続けてきました」

「あら、私もちょうど八年です。やっぱり私たちは、似ておりますね」

「でも、まだまだです。この気持ちは、一生続くのかもしれません。満足したら、そこで止まってしまいますから」

「ええ、とてもよくわかります。初めて会ったのに、こんなに近しく感じる。こんな気持ちは初めてです」

ふたりの女職人が、心をこめて手を握り合う。

と、坂下から、日崎を呼ぶ声がした。

「伝十郎、江吉が戻ったぞ！　皆野村から連れてきた」

佐々木と一緒に若い男が、坂道を登ってくる。

「江吉さん……」

ぽん、と亥が、蕗の背中を押す。はずみで足が前に出て、そのまま坂を駆け下りる。

「お蕗！　帰ってきたぞ！」

江吉が両手を広げ、そのまま坂下に落ちてしまいそうな蕗を受けとめる。

「江吉さんの馬鹿！　こんなに心配かけて……」

「ああ、すまねえ。おれもお役人からさっき聞いたばかりで……」

「四百両って何？　本当に盗みを働いたの？　お金なんて、あたしは要らなかったのに……」

とうとう蕗が泣き出して、江吉がおろおろする。佐々木が脇から言葉をかけた。

「お蕗、であったな。江吉はどうやら名を勝手に使われたようだ」

え、と蕗が顔を上げる。

「まだ、確かめてはおらぬがな。江吉、ついてこい」

蕗から離れ、髭面の侍とともに江吉が坂を登る。佐々木は十手を握った侍と短く言葉を交わし、侍のひと声で、白装束のかたまりがふたつに割れた。中には縄できつく縛《いまし》められた三人組がいて、いずれも腹を下にして伏せている。

「三輪の丑松、顔を上げよ」

牡牛に似た男が、地面から顔を起こす。

「この男に、見覚えはあるか？」

江吉を前に出し、丑松に問うた。しばし江吉と目を合わせ、けっと吐き捨てる。

「知らねえよ。誰でい、そいつは？」

「江吉だ」

「何だと！　馬鹿を言うな！」

丑松がたちまち血相を変える。

「まったく違えよ。似ても似つかねえ」

「おれたちが追ってきたのは、別の男だ」

手下のふたりも、顎を土にこすりつけながら、頭に追随する。

「だがな、この江吉にも、右の眉に傷があるぞ。ほれ、よく見てみろ」

佐々木に促され、江吉が膝をつき三人に顔を近づける。丑松はとっくりと傷を検《あらた》めて、やはり違うと告げた。

「江吉の傷は、眉の真ん中を裂くように走ってた。だいいち、傷の場所が逆じゃねえか。右といったら、おれたちから見て右だろうが」

「向かって右ということか？　つまりは左眉ではないか」

「玄六、どういうことだ？」

日崎がとなりに来て、佐々木に問う。その後ろには、心配そうに見守る姉妹の姿があった。

「江吉、先刻語った話を、もう一度話せ」

佐々木に促され、首を引っ込めるようにして江吉がうなずく。

「おれもお武家さまに問われるまで、思い出しもしなかったんですが」

半年ほど前、入った居酒屋で声をかけられたという。

「何だい、兄さんも傷持ちかい」

ひょろりとした優男《やさおとこ》だった。妙に親し気な笑顔を浮かべ、自分の左眉を指で示す。眉の中心を削るように、傷が縦に走っている。眉と合わさると、まるで十字を張りつけたようで、色が白いせいか派手に映る。

「へえ、あんたもかい。こいつは不思議な縁だ」

「いや、嬉しいねえ。傷持ち同士、仲良くやろうぜ」

男に勧められるまま盃《さかずき》を重ね、思わぬ長っ尻になった。

「兄さんはどこの生まれだい？　へえ、秩父かい。秩父のどこだい？　え、日野沢？　へえ、そこに許嫁がいるのかい」

ひととおり聞き終えて、なるほど、と日崎が得心する。

「傷の仔細は違えど、使えるとふんだのだろうな。名を騙《かた》られたか」

「丑松の一味には、最初から用心して、江吉のふりを通したのだろうな」

許嫁の茶屋がある日野沢と、江吉の生まれた皆野を混同したのだろう。日野沢の江吉という二つ名は、それ故かと佐々木が呟く。

「その男とは、それっきりか？」

「へい、以来一度も。だから、すっかり忘れてやした」

したたかに酔っていたために、相手の名すら覚えていないが、顔はおぼろげながら残っていると江吉は日崎にこたえた。

「江吉に手伝わせれば、賊の顔も摑めよう。目立つ傷のある男なら、早晩捕まろうしな」

佐々木が江吉を連れて、捕方を差配していた与力のもとに向かう。

日崎は後ろをふり向いて、姉妹に声をかけた。

「これにて、一件落着だ」

「それじゃあ、江吉さんが咎《とが》を受けることは……」

「ああ、何もない。今日のところはまだ、町方の御用があろうが、明日には落ち着こう」

「よかった……」

蕗は胸の前で、両手を握りしめた。

「よかったね、姉ちゃん。これでようやく、祝言が迎えられるね」

姉妹が手を取り合って、喜びを噛みしめる。響は満足そうに、姉妹の姿に目を細めた。

「わしらも今日は、御用の向きで忙しいが、明日の朝、また出直す故、蕎麦とくるみ餅を頼めるか」

「はい、もちろんです。ぜひ、お立ち寄りくださいまし」

「蕎麦とくるみ餅、それぞれ二人前ですね」

「おお、お亥はよくわかっておるな」

「日崎さま、さすがに食べ過ぎでは」

「そう言うな、お響。なにせお蕗の蕎麦は、格別だからな。おまえと佐々木もつき合えよ」

響は蕗とひとたび目を合わせ、ふっと微笑んだ。

「はい。では、ご相伴《しょうばん》に与《あずか》ります」

「腕によりをかけて、拵えますね」

「楽しみにしております」

日崎と響が、坂道を下りていき、三人の悪党を連れた巡礼姿の捕方も、白波が引くように引き上げていく。白波が見えなくなるまで、姉妹はその姿を目で追っていた。

「姉ちゃん、あたしも蕎麦打ちを覚えようかな」

「めずらしい。お亥がそんなことを言うなんて」

「なんだかね、姉ちゃんとあの人を見ていたら、そんな気になったんだ」

傾いた日をついばもうとするように、大きな鳥が水潜寺の方角に遠ざかる。

姉妹を見守る秩父の山々では、遅い桜が咲きはじめていた。

浮かれの蝶

小松エメル

小松エメル（こまつ・えめる）

1984年東京都生まれ。國學院大學文学部史学科卒業。母方にトルコ人の祖父を持ち、名はトルコ語で「強い、優しい、美しい」などの意味を持つ。2008年「一鬼夜行」で第6回ジャイブ小説大賞を受賞しデビュー。主な著作に「一鬼夜行」「銀座ともしび探偵社」シリーズ、『総司の夢』『梟の月』『歳三の剣』など。

新しい朝を迎えて数刻経《た》った頃。武州《ぶしゅう》のある村では、ちょっとした騒ぎが起きていた。

「なんてえこった……」

「五十年以上生きてるが、こんなことははじめてだよ」

「神さまってえのは、本当にいるんだなあ」

ありがたや、ありがたや――あちこちから、驚きや感嘆の声が聞こえてくる。それを口にしている村人たちの多くは、両手を顔の前で合わせていた。首を垂れ、地に手をつけている者もいる。

数十人に囲まれ、拝まれている人間は、周囲の熱気とは反対に、冷めた表情だ。村人たちはそれに気づいていないようで、盛んに称賛の言葉を口にし、感動のあまり涙を流している者もいる。中心にいる人物だけが、まるでそこに存在していないかのように遠い目をしていた。

「何だい、ありゃあ……」

村で一等大きな屋敷の前で起きている異様な光景に、近くを通りかかった若者は首を傾《かし》げた。

「……それに、妙だな」

若者は顎《あご》に手を当てて、うーんと唸《うな》った。

（皆、こっちを見やしない）

若者の心の声が聞こえたとしても、「自惚《うぬぼ》れ屋め」と責める者はいないだろう。

若者は、こんな田舎にいるのが不思議なほどの美貌の持ち主だ。

短く細い眉に、潤んだ大きな瞳、すっと通った鼻筋に、白い歯がちろりと覗《のぞ》く赤い唇——美しい女子《おなご》のような顔をしながら、上背があり、身体《からだ》つきはしっかりしている。

花の都でさえ目立つ見目だというのに、今は誰の目にも入っていない様子である。

「俺より目が行く奴などそうはいないというのに……さては、あの婆——神さまか」

言った直後、若者は自分の言葉にふきだした。

皆の視線を一身に集めているのは、皺《しわ》と染《し》みだらけの老婆だ。ほつれた長い髪を垂らし、薄汚れた着物をまとい、丸まった背に籠《かご》を担いでいる。みすぼらしいその姿は、尊い身分の者にはとても見えないが、村人たちにとっては特別な存在らしい。

「その身に色んな奴を降ろすんだ。そりゃあただの人ではねえだろうが……市子《いちこ》さまは市子さまだ。神さまじゃねえが、えらいお人さ」

答えが聞こえた方に、若者は顔を向けた。数歩離れた場所には、目許《めもと》と鼻を赤く染めた五十くらいの男がいた。ぐすぐすと洟《はな》をすすり、人目をはばからず泣いている。目が合った瞬間、驚いた顔をしたので、若者の美貌に今はじめて気づいたのだろう。

いつも通りの反応に調子を取り戻した若者は、おどけた口調で応じた。

「おお、どうした爺さま。目が兎のようだ。もしや、あの婆さまはあんたの妻かい？　さては、虐《いじ》められたんだろう？」

「おらのかかあはあんな皺くちゃじゃねえ！　……市子さまは、名主さまの恩人だぞ。本当にえらいお人なんだ。滅多なことを言うな」

「ほう、恩人かあ。あんな婆さまが村を救うとは、そりゃあすごい」

本心でないのがありありと分かる口ぶりで言った若者を、男はねめつけた。

「昨晩のあれを見てもすげえと認められねえとは……若え奴はこれだから駄目だ。まるで信心がねえ。そんなんじゃあ、いざという時に神さまは救っちゃくれねえぞ」

「神さまねえ……」

若者は口の端を吊り上げ、ぼそりと言った。

「何だ？」

「いいや、何でも。爺さま、昨晩は何が起きたんだい？」

「昨夜の件を知らねえのか？　そういや、見ねえ顔だな……もしや村に来たばかりか？　悪いが、ここには何もねえぞ」

宿場がある村に行くには、街道に出て四半刻以上歩かねばならない。男の言通り、何もない村だ。よそ者がわざわざ立ち寄るとは思えないが、若者は「ちょいと野暮用があってね」と肩をすくめた。

「何だよ、その用ってえのは」

「野暮用は野暮用さ。あまりに野暮なんで、恥ずかしくて言えないよ。そんなことより、爺さま。こうして出会ったのは、何かの縁だと思わないかい？」

若者に問われた男は、眉尻を下げた。爛々《らんらん》と輝く美しい瞳に見つめられたら、「思わねえ」と言いづらかったのだろう。

「せっかくの縁だ。よかったら、俺に昨晩の出来事というのを教えちゃくれないかい？」

「いや……見ず知らずの他人にわざわざ話して聞かせるもんでもねえよ」

「寅吉《とらきち》。俺に似合いの良い名だろう？　なあ、あんたは何と言うんだい」

急に問われた男は、たじろぎながら答えた。

「梅吉《うめきち》さんか。いいねえ。俺は花の中で梅が一等好きだよ。吉は俺と一緒。やはり、縁があるなあ。なあ、梅爺。これで見ず知らずの仲じゃないだろう？」

寅吉の強引さに、梅吉は苦笑しながら頰を搔《か》いた。

「不思議なことがたくさんあった……けどよお、おらあ馬鹿だから、上手く話せる自信がねえよ。お前《め》えさんはどうも口が達者な様子。おらの話なんか聞いても、退屈でしようがねえって」

「梅爺は己を分かっちゃいない。俺は確かに口が上手い。江戸や京にも滅多にいないほどの話術の持ち主だ。そんな俺が、あんたの話を聞きたいと言ってる。何でか分かるかい？　それは、梅爺の話が上手いからさ。さっきから俺は感心しきりだよ。実に勉強になるってね。だからさ、もっと聞かせておくれよ」

「……まあ、そこまで言うなら……」

梅吉は満更でもなさそうに口許をむずむずさせて答えると、懐から薄汚れた手拭いを取りだし、それでちーんと洟をかんだ。

（懐紙でかめよ、汚ねえな。これだから田舎者は嫌なんだ）

内心舌打ちしながら、「豪快でいいねえ」「男の中の男だ」と寅吉は心にもないことを言った。

「それじゃあ……はじめるかねえ」

梅吉はごほんと咳払いをしてから、昨晩、たまさか目撃した『奇跡』を語りだした。

＊

武州の外れにあるこの小さな村に異変が起きたのは、半年前の春のことだった。名主の娘である、ちよが姿を消したのだ。

「まだ九つだったか……誰に対しても物怖《ものお》じしねえ、懐っこくて優しい子だった」

それが、災いしたのだろう。村にしばし滞在していた旅人の後をこっそりついていき、そのまま行方知れずになってしまったという。

──その繁蔵《しげぞう》という旅の者が、おちよを連れ去ったに違いない……そいつを捕まえて、私の前に引きずりだせ！　必ず無事におちよを連れ戻すのだ！　決して逃がしてはならん！

村人たちが揃って縮み上がるほど恐ろしい形相で怒鳴り散らしたのは、名主であり、ちよの父でもある嘉助《かすけ》だった。

「名主さまは、温厚な方でなあ……それまで怒った顔など見たことはなかった。一年半前に奥方が亡くなった時も、気丈に笑みを浮かべて、落ち込むおらたちを慰めてくれたほどさ」

「その様子だと、奥方も慕われてたようだ」

「ああ、大層優しい方だった。ちょっとすぎるくれえにな……よいご夫婦だと、皆口を揃えて言ってたよ」

妻に続き、娘まで失った心労はいかばかりか――嘉助を哀れに思った村人たちは、命に従った。

しかし、村中をくまなく捜しても、ちよは見つからず、かどわかしの疑いがかかった繁蔵の足取りも摑《つか》めなかった。繁蔵が村から去ったのは確かだが、その姿を目撃した者はいない。繁蔵が消えた日、彼と話したのは、名主の長子である源次郎《げんじろう》だけだった。

「おちよちゃんがいなくなった日、名主さまの屋敷で源坊が真っ青な顔をして話してたのを忘れられねえ……あれは可哀想だった」

「まだ小さいのかい？」

「十七だ」

「俺は年が明けたら二十になるが、俺も坊かい？」

寅吉の問いを、梅吉は苦笑混じりに否定した。

「いいや、お前えさんは立派な男さ。源坊は優しい子なんだが、奥方似のせいか、ちと気が弱くてな……だから、つい小さい子みてえに思っちまうんだ」

怒りに震える名主の後ろで小さくなっていた源次郎は、村人たちにぼそぼそとこう語ったという。

——繁蔵とはそれほど……道ですれ違えば話すこともあったが、それくらいの仲だ。だが、繁蔵は俺を友のように思っていたらしい。村を出るとわざわざ言いに来たから……俺は特に何とも思わなかったが——。

出て行っちゃ嫌！　と叫んだのは、二人の話を聞いていたちよだった。

——繁ちゃん、行かないで。あたしの二人目の兄さんになってよ！　ねえ、お願い……。

ちよは泣きながら縋《すが》ったが、繁蔵は「ごめん」と詫びるばかりで頷《うなず》かなかった。

——おちよちゃんにはおちよちゃんの生きるべき場所がある……そんな風に言ってた。だらしのない風来坊だと思ってたけど、案外しっかりした男だと少し見直してさ……。

ちよも渋々納得したようだった。屋敷の外に出た兄妹は、繁蔵の姿が見えなくなるまで見送った。

――……眠くなっちゃった。

目を腫《は》らして呟《つぶや》いたちよは、兄を置いて部屋に戻った。

――布団が膨らんでいるのを見て、本当に寝ちまったんだと思った。おちよもまだまだ子どもだって……この様子なら、起きた頃には繁蔵のことなどすっかり忘れているんじゃないかって……。

しかし――。

夕餉《ゆうげ》の刻限になっても寝ている妹を、源次郎は起こしに行った。声を掛けても反応がないのを怪訝《けげん》に思い、布団をめくってみると、そこにはなぜか行李《こうり》が二つ置いてあった。ちよの姿はどこにもなかった。

源次郎は慌ててちよを捜しに行った。ちよが繁蔵の後をつけていたのを見かけたという話は、捜しはじめてから半刻経った頃に耳にした。

――……そこでようやく私におちよがいなくなったことを告げにきたのだ。

嘉助の苛立《いらだ》ちが滲《にじ》んだ言葉を聞き、びくりと身体を揺らした源次郎は、畳にうつ伏せ泣き叫んだ。

――俺が……俺がおちよをちゃんと見ていなかったから……まさかあの真面目そうな男がおちよを連れ去るなんて……いや、繁蔵のせいじゃない。俺のせいだ……俺が助けてやれなかったから……おちよ！

源次郎は自分を責めた。そんな源次郎を哀れに思い、涙ぐむ者もいた。息子の慟哭《どうこく》を見て、嘉助は我に返った顔をしたが、

――……悪いのは奴だ。鬼はただ一人――繁蔵だ！　皆、鎌を持ってこい！

繁蔵を見つけ次第討て！　と命じ、槍を携えて家から駆け出た。

「おお、突き殺す気満々だ。鬼のようにおっかない名主さまだなあ」

両腕を抱えながら、寅吉はうへえと声を漏らした。

「そんな風になっちまうほど、おちよちゃんが大事だったのさ……本当に可愛い子だったんだ。しっかりしてるのに、おっちょこちょいなところもあって、いつもどこかしら怪我してたっけ」

「そんなしょっちゅう怪我してたのかい？」

「ああ、会うたびに新しい傷をこさえてたよ。大丈夫かいと訊《たず》ねると、『これは自分のせいだから仕方がないんだよ』って言ってたな」

「………」

「あんな健気《けなげ》な子を失ったんだ。名主さまの心が壊れちまうのも仕方がねえって話だよな」

またぐすりと洟をすすりだした梅吉から顔を背け、寅吉は問うた。

「その嘉助ってお人は――」

「そうか、名主さまを知らねえのか。ほら、あそこにいるよ。あの人さ」

梅吉が指したのは、人垣の中心で叩頭《こうとう》している男だった。

（……まるで餓鬼のようじゃないか）

寅吉は眉を顰《ひそ》めた。

地に頭をこすりつけて震えている男は、ひどく泣いている。幼い子どものように、嗚咽《おえつ》を漏らして――。

「あの人の隣で膝をついて茫然としてるのが、息子の源次郎……」

「おお、よく分かったな」

「まあな……これからどうするんだろうね」

ぼそりと言った寅吉は、首を傾げた梅吉に愛想笑いをしつつ、話の続きをねだった。

村をまとめる名主家の一大事——村人たちは懸命にちよと繁蔵を捜した。しかし、ひと月経っても、ふた月が過ぎても、彼らは見つからなかった。

——探せ！　何としても探し出すんだ！

見つけられなければ、殺す——とでも言いそうな勢いだった嘉助も、一向に進展のない捜索に、次第に諦めの気持ちが湧いてきたようだった。

ちよが行方知れずになって三月半が経過した頃、嘉助は村に触れを出した。

おちよと繁蔵は、死んだものとする——と。

「振り回すだけ振り回して、それか……あんたたちも災難だったな。他人の家の面倒ごとに付き合わされてさ」

笑って言った寅吉を、梅吉は横目で睨《にら》んだ。

「名主さまは、そりゃあえらい方だ。おちよちゃんがいなくなって少し様子がおかしくなっちまったが、それも娘を想う心が強いからこそだ。源坊はまだまだ頼りねえ。でも、気の優しいいい子だ。あの家の人は皆優しい。もちろん、おちよちゃんもな……」

ちよの名を口にした途端、梅吉は染みだらけの手で目許を覆った。彼の頬を伝う涙を認めた寅吉は、笑みを引いて真面目な声を出した。

「あんたの様子から察するに、おちよちゃんはもうこの世にいないんだな……」

梅吉は首を縦に振った後、「いいや……」と呟《つぶや》いた。

「死んでないのかい？　それなら何よりだが」

「いや……死んじまったよ。でもな、魂はまだその辺に漂っているはずなんだ」

「……なるほど」

(この村にはこういう手合いがたくさんいると聞いて、市子は来たのか)

寅吉は腕組みをして、うすら笑いを浮かべた。

市子は、死者や生者の霊をその身に降ろし、彼らの言葉を代わりに発する『口寄せ』という術を使う巫女《みこ》だ。神社にいる巫女と違うのは、各地を転々と渡り歩く点だろう。神に仕えていない者もいる。なにしろ、口寄せの口上に、仏の名を挙げる者も多いのだ。もっとも、仏を信奉しているというわけでもないらしい。

(死者や生者の霊をその身に降ろすんだ。それらしい文言を唱えた方が、周りの奴らは信じやすいってね)

寅吉はふんと鼻を鳴らした。市子に霊的な力があるなど、これっぽっちも信じていなかった。寅吉はこれまで何度も、市子が口寄せをした話を聞いた。実際に見たこともある。その中で、これぞ神の力だと認められたのは——一つもなかった。

「お前えさんのその顔……やはり、疑ってやがるな？」

図星を指され、寅吉はびくりと肩を揺らした。

「そんなことないさ。すごいなと放心してただけだよ」

「そいつは嘘だな。おらが最初に市子さまと言った時、嫌そうな顔をしたぞ。あれからずっと嘘だと思って聞いてたんだろ？」

「はは……こりゃあ参ったね」

さて、どうやって誤魔化すか――そう考えだした寅吉は、梅吉の顔を見て目を瞬《しばた》いた。そこに怒りの色はない。目の色は澄んでおり、口許には笑みが浮かんでいる。

「どうやら梅爺は、その奇跡とやらを心から信じてるようだ」

「信じてるわけじゃねえよ。実際にこの目で見たってだけさ！」

梅吉は、胸をどんと叩いて答えた。

「……そこまで言いきられちゃあ、先が気になって仕方がない。続きを頼むよ」

「おらの話を全部聞いたら、お前えさんもすっかり心が変わるぞ」

寅吉の頼みを、梅吉は笑顔で請け負った。

ちよと繁蔵捜しが打ち切られてふた月半経った昨夜――村に市子がふらりと訪れた。

彼女の姿を認めた途端、村人たちは顔を見合わせて眉を顰めた。

まだちよたちの捜索をしていた頃、名主は何度か市子や拝み屋、陰陽師といった者たちに、ちよを捜し出してくれと頼んだことがあった。結果は散々で、手がかりの一つも摑めなかった。

「あいつらは皆嘘っぱちしか言わなかった。おまけに揃って挨拶もしねえで村からいなくなる」

「村からいなくなる？　出て行くところを見た奴はいないのかい？」

「そうさ。うちの村には宿がねえから、そういう奴らは皆名主さまの屋敷に泊めてもらうんだ。宿代を払えとは言わねえが、礼の一つくらい言ってから出て行けばいいのによお……」

「誰も何も言わず、気づいたら村から去ってた……か。そいつは確かにひどいな」

憤慨する梅吉の横で、寅吉は思案に暮れた顔をして呟いた。

高い金を払って得られるものは、落胆のみ——嘉助の怒りと、源次郎の哀しみは、増す一方だった。名主家を慕っている村人たちも、そうした商いをしている者たちを、次第に嫌悪するようになった。

捜索が打ち切られてからは、呪《まじな》いを扱う者の入村を禁じていたが、市子はどこからともなく入村し、誰にも見咎《みとが》められぬまま名主の屋敷を訪ねてきたという。

「ほう、素早い婆さまだ。忍びかもしれん」

「いいや、きっと空を飛んだのさ。そうでなきゃあ、村の奴らに一人も会わねえで名主さまのところまで行けるはずがねえ」

「はたまた、誰かが手引きしたか……」

「運よく誰とも会わなかったとしても、屋敷の中にまで入りこむことはできねえ。市子さまは、おらたちの前に急に現れたんだよ」

その日は、名主宅で寄り合いが行われていた。

「本当は昼すぎ頃にやるはずだったんだが、源坊が腹を壊しちまってな……夜には治りそうだというんで、日が暮れた後にやることになったんだ」

「源坊抜きでやってもよかったんじゃないか？　皆にとっては坊なんだろ？」

「まあ、そうなんだが……源坊がどうしても出たいと強く言ったらしくてな。名主さまは日を改めようとしたが、今宵じゃないと嫌だと訴えたんだとよ。あの子が我儘《わがまま》を言うのは珍しいから、話を聞いたおらたちが『どうか源坊の言う通りにしてやってください』と名主さまにお願いしたのさ」

寅吉は人垣の中心にちらりと視線をやった。そこには、寅吉が通りかかった時からほとんど変わらぬ光景が広がっている。

「……寄り合いに遅れてきた奴は？　市子さまが来た後にようやく来たとかさ」

「いねえな。おらたちは皆揃って名主さまの屋敷を訪ねた。それに、名主家に逆らう奴など、この村にはいねえよ。裏切る奴もいねえ」

きっぱり言いきられて、寅吉は黙った。

——おちよが話したいと申しております。

寄り合いの途中、にわかに現れた市子は、驚く面々を尻目に、そんな言葉を発した。

一瞬の沈黙後、その場は騒然とした。

村人たちは、慌てて市子を屋敷から追い出そうとしたが、

——……どこでその話を聞きつけてきたかは知らぬが、我が家を謀《はか》ろうとする者を無事に村から出すわけにはいかぬ。弱っている者につけいらんとする輩《やから》は、婆といえども容赦せぬ……覚悟しろ！

鬼のような顔をして叫んだ嘉助は、ちよ捜索時に携えていた槍を手に取り、市子に向けた。

——繁ちゃんの後をついて行っちゃってごめんなさい。急にお別れを言われたから、寂しくて……お布団に入って寝たら忘れられるかと思ったけれど、駄目だった。どう

してても寂しくて……村から出ていかないでってもう一度だけお願いしてみようと思ったんだ。

すっと腰を下ろした市子は、俯《うつむ》きながら突如語りだした。村人全員が息を呑《の》んだのは、市子の話し方がちよとそっくりだったからだ。

固まった嘉助たちをよそに、市子はちよの口寄せを続けた。

──こっそり家を出てって、やっと追いついたのに、繁ちゃんは「駄目だよ」って……どうしても行かなきゃならないって言うから、あたしは「分かった」と答えたの。

繁ちゃんはほっとした顔をして、さよならと言って歩きだしたよ。あたしはさよならと言わず、来た道を戻りだした──ふりをしたの。木陰に隠れて、少し経ってから繁ちゃんの後をまた追いかけたんだ。うふふ……分かったというのは、村を出るってことだよ。村を出るのは嫌だけど、繁ちゃんと別れるのはもっと嫌だから、一緒に行くことにしたんだ。村を出てしばらく経ったら、繁ちゃんの前に出ようと思ってね。村に引き返せないほど遠くじゃなきゃ駄目だって、その時はまるで考えつかなかった。

繁ちゃんを追いかけるだけで、精一杯だったから。繁ちゃんったら、歩くのが早いんだもの。でも、繁ちゃんはすぐに道に迷っちゃうから、それほど引き離されることはなかったんだ。そっちじゃなくてこっちだよと教えてあげたかったけど、そうしたらついて来ているのが分かっちゃうから、頑張って黙ってた。うふふ……繁ちゃん、全く気づかないんだもの。本当に、ずっと——。

　あたしが野犬に襲われるまではさ……——。

　辺りが闇に包まれたのは、市子がそう言った瞬間だった。

「行燈《あんどん》の火が消えただけだろう？　きっと風のせいさ」

「窓は閉め切ってた。風なんぞ吹くわけがねえ。一瞬であんな風に暗くなるなんざ、この世の者にできる芸当じゃねえ。きっと、おちよちゃんの想いが伝わったんだ。野犬に襲われた時の苦しみがさあ……」

「行燈にかい？　それじゃあ、その行燈こそが化けものということだな」

「……その場にいた皆にだよ。行燈のことじゃねえ。とにかく、一瞬で消えたんだ！」

　からかってきた寅吉を睨みながら、梅吉は顔を真っ赤にして言った。

　暗闇に包まれ騒然としたものの、市子の口寄せは止まらなかったという。

　——怖かった……とっても怖かったよ。大きな犬が、急に飛びかかって来たんだよ。

　気づいた繁ちゃんが駆け戻ってくれたけど——。

　きゃあああああ——。

　どこからともなく子どもの叫び声が響き、村人たちは呻《うめ》きを漏らした。幼さの残る悲痛な声は、おちよのものに他ならなかった。

——おちよ……おちよ……そんな、嘘だ……。

嘉助は動揺しきった声を上げた。ちよの悲鳴はすぐに止まったが、嘉助の悲鳴混じりの叫びは中々止まらなかった。村人たちは涙を流し、かわいそうにと口々に言った。

「……その時、源坊はどうしてたんだい？」

「源坊？　源坊の声は聞こえなかったような……ああ、そうだ！　あの子は、寄り合いの途中で厠《かわや》に行ったんだ。だから、あの時はいなかったんだよ」

「市子さまが来た時にはいたのかい？　いつ戻ってきた？」

「市子さまが来た時にはすでに中座してた気がするなあ……腹の調子がやはりまだよくなかったみてえだったよ。寄り合いが始まる前から、いやにそわそわしてたからなあ。いつ戻ってきたかは分からねえ。何しろ、それどころじゃなかったからさ」

ちよの登場は勿論《もちろん》、嘉助の乱心ぶりに、村人たちは気をもんでいた。

——そんなはずはない……おちよが死ぬなんて……あの子は死なない。いつだって、死ななかった……！

嘉助の叫びは、徐々に大きくなっていったという。

「いつだって死ななかった？　何だい、そりゃあ」

「確かに妙な言い方だったが……死んだ我が子が、市子さまの口を借りて、自分が死んだ時のことを話してるんだ。そんなもん聞いたら、誰だって変になるさ。親なら皆そうだろう」

――おちよ、出てきておくれ……いつものように、元気いっぱいに私の前に……！

嘉助の泣き叫ぶ声が響いて、どれほど経った頃か。廊下の端に、ぽっと明かりがついた。

――おちよちゃん……！

村人たちが揃って声を上げたのは、廊下の端に少女と思《おぼ》しき影がぼんやりと浮かんでいたからだ。

「おお、声ばかりじゃなく、姿も現したってか。名主さまは、勿論その影に駆け寄ったんだろうな？」

「いや……名主さまはその場から動かなかったよ」

梅吉は小さな声で答えた。

「何でだい？　出てきておくれと言ったのは、名主さまだろう」

「そりゃあそうだが……」

「いくら愛娘《まなむすめ》と言えど、化けて出られたら怖かったのかい？　愛《いと》しい我が子なのに、随分と冷たいねえ」

「お、おらにはよく分からねえが……言われてみれば、確かに名主さまは怯《おび》えているように見えた。市子さまが口寄せを始めてから、おちよちゃんが消えたと分かった時のように心を乱してらしたなあ……」

顔を曇らせた寅吉を見て、梅吉は我に返った表情をした。

「……お前えさんはどうにも妙なことを聞く。だから、話が一向に進まねえんだ。変なのは、名主さまじゃなく、寅吉の方だ！」

「悪い、悪い。気を悪くしないでおくれよ。職業柄、疑り深くってね。あれこれ気になっちまうのさ」

この通り、許してくれと顔の前で拝む仕草をした寅吉に、梅吉は怪訝そうに訊ねた。

「どんな商売をしてるんだ？」

「へへへ、何だと思う？」

寅吉は鼻の下を掻き、得意げに問い返した。子どものように無邪気な様子に、梅吉は毒気が抜けたらしい。

「そんな呆《あき》れた顔しないでおくれよ。何度も水を差して悪いが、どうか続きを話しちゃくれないか？　今度こそ、最後まで何も聞かないからさ」

この通り、とまた手を合わせた寅吉に、梅吉は肩をすくめて息を吐《つ》いた。

「……影が現れて、皆は驚いたし、慌てたよ。出てきてくれて嬉しいとは、悪いが思えなかった。無事だったならそりゃあ喜んださ。だが、おちよちゃんの……市子さまの語ったことが本当なら、あの子はとうに死んでる。死んだ人間に何て言葉を掛けたらいいのか、おらたちには分からなかったのさ」

ざわめく村人たちと、固まってしまった嘉助。彼らを少し離れた場所で見守るようにして立っていたおちよらしき影の横に、しばらくするとまた違う形の影が現れた。少女の影よりもずっと上背があり、しっかりとした体軀《たいく》の男の影に、一同は息を呑んだ。

——村の皆さんにお詫びしなきゃなりません。俺はおちよちゃんを助けられなかった。俺も、野犬に喰い殺されちまって、肉片一つ残ってねえんです。おちよちゃんも、俺も、今はこんな影しか残ってねえ……この影も、すぐに消えちまう。最後だから、こうして皆さんの前に姿を現せたんです。俺もおちよちゃんも、これでさよならでさあ……。

悔しそうに述べたのは、市子だった。廊下の端しか明かりがないので、姿は確認できなかったが、そのしわがれた声は年老いた市子のものに他ならなかった。しかし、口調は繁蔵のそれで、目の前に彼がいるような気がしたという。

――死んじまったのは至極残念ですが、こうしてお別れができてよかった。これで、心置きなく冥途に旅立てます。……俺は旅慣れてるから何てことないが、おちよちゃんは心配だあ。

――大丈夫だよ、繁ちゃん。本当なら、今頃村を出てよその国を周《まわ》っている頃だもの。行先が冥途に変わったくらい、何てことないよ。

気遣わしげな繁蔵に、自信満々で答えたおちよ――両方とも市子の口から出た言葉だったが、それを聞いていた村人たちは、ほっと胸を撫《な》で下ろした。

ちよの死は、残念極まりない。しかし、この世から旅立とうとしている今、存外元気そうであることが、嬉しかったのだ。懸命に探索している時も、それを諦めて過ごしていた間も、彼らはちよを忘れたことなどなかった。このまま生死さえ分からずにいたら、一生心残りがしただろう。

こうして別れの挨拶をしに来てくれたちよたちに、一同は感謝の念を抱きはじめていたが、

――……こんなものは、茶番だ！

嘉助の怒鳴り声で、その場は静まり返った。

――本当に死んだというなら、その証を見せてみろ！　野犬に襲われても、骨くらいは残っているはずだ！　髪や爪、着ていた物だってそうだ。そんなもの、どこにも落ちてなかった！　村中くまなく捜した……それでも見つからぬというなら、おちよも、おちよを連れ去った極悪人も、死んでなどないはず……！

死んだ証を見せてみよ――拳を握りしめながら怒声を上げる嘉助を止められる者はいなかった。あまりにも苛烈な様は恐ろしかったものの、ちよたちの遺骸を誰も見ていないのは確かだ。

本当に死んでしまったのだろうか――一同の頭をよぎった疑念が伝わったのか。行燈の前に浮かんでいた影は、にわかに形を歪《ゆが》め、前に倒れるように傾いた。

「あ」という慌てた声がしたと同時に、どんっと大きな音がした。畳を強く叩いたような音だった。驚き、ざわめく一同を尻目に、市子の声が聞こえた。

――……あたしと繁ちゃんなら、庭にいるよ。骨だけの姿なんて見せたくなかったけれど、信じてくれないならしようがないものね……庭に出てみてよ。皆、あたしに会いに……来て――。

市子の口から出たちよの言葉に、皆は息を呑んだ。いつの間にか、廊下の端にあったわずかな明かりは消えており、辺りは再び闇に包まれていた。

静寂を破ったのは、市子の掠《かす》れた声だった。

――おちよが呼んでおります。皆々様、どうぞお庭へ……。

この暗闇の中では、庭に出ることもままならない。どうする、と困惑した声で話し合う皆の思いが通じたのだろうか。廊下の端の行燈に火が灯《とも》り、かろうじて奥が見える状態となった。

おちよと繁蔵らしき二人の影は、消えていた。

廊下の端の灯りを頼りに、皆はおそるおそる前に進んだ。

庭に面した縁側に出た時、辺りは夜の闇に包まれていた。庭のあちこちにある灯籠《とうろう》にも火は灯っておらず、目を凝らしても周囲に何があるのかは分からなかった。業《ごう》を煮やした嘉助が、縁側から庭に下りようとした時だった。

――ああああああああああ……！

この世のものとは思えぬ呻き声が上がった。しわがれたその声は、市子のものだとすぐに知れた。最後に縁側に出てきた市子に、皆の視線が集まった。

――ああああ……あの世から、骨だけ戻ってくるのは何と辛《つら》いこと……あああ、苦しい！　あああ！

市子はもだえ苦しみながら言った。その場に倒れ込み、手足をばたつかせて暴れる市子を、村人たちは困惑の面持《おもも》ちで見守るばかりだった。

――……この嘘吐き婆め！

しばらくして、嘉助は唸るように吐き捨てた。わっと声が上がったのは、その直後。

庭の一部が明るい――それは、炎だった。右側からぐるりと円を描くように、炎の道ができていく。

その炎に照らされ、庭の中央に白く細い物体が姿を現した。まとわりつくように張りついている生地は、紺地の着物と、花の刺繍《ししゅう》が施された着物だろうか。

――あれは……おちよちゃんが着ていたものじゃねえか？

――そういやあ、あんな着物を持ってたね……。

――あっちは、繁蔵の着物さ。おらあ覚えてるよ。

――着物があの子らのものというなら、あの白いのは――。

ちよと旅人の骨だ――皆の脳裏にその考えが浮かんだ時、

――うわああ……おちよ……!!

引きつったような叫び声を上げた嘉助は、庭の真ん中に突如出現した骨らしきものの許《もと》に向かった。

しかし――。

嘉助を止めたのは、息子の源次郎だった。羽交い締めにされた嘉助は、腕を振り回して抵抗したが、源次郎は力を緩めなかった。

――ええい、放せ……！

――駄目だ……駄目だ！　おちよが亡くなった上に、父上が死んでしまったら、どうやって生きていったらいいんだ。妹と父を死なせた者が、一人のうのうと生きているわけにはいかねえ……あの炎の中に身を投じるというなら、連れて行ってくれ。どうか……父上、どうか俺にも罰を与えておくれ……！

源次郎が泣きながら訴えると、嘉助はようやく抗《あらが》うのをやめた。

嘉助が茫然と源次郎を見下ろしている間にも、炎はどんどん広がっていた。はじめは骨から少し距離を空けた周りについていっていたが、骨を囲い込むように一周すると、今度は骨に向かって炎の道は延びていた。

骨がまとっている着物に飛び火するまで、さほどの時は要さなかった。見る間に、着物は燃え上がり、塵《ちり》と化した。その火は骨にも燃え移り、炎はぼっと音を立てて大きくなった。

その頃になってようやく我に返った嘉助は、絶叫した。

──おちよ……おちよー……皆、火を消せ！　何としても消し止めるのだ……！

村人たちは慌てて庭に下りると、脱いだ着物で炎をたたいたり、土や水をかけたりと、消火に努めた。

皆の行動は、中々迅速だったといえよう。百も数えぬうちにすっかり火は消え去った。

しかし、消えたのは、それだけではなかった。

火が消えた庭に集まった嘉助たちは、手燭《てしょく》で周囲をくまなく照らした。

そこにあったはずの、ちよたちの骨は、跡形もなく消えていた。

一体どこへ──皆が同じ疑問を抱きはじめた頃、しわがれた声が聞こえた。

──……おちよと繁蔵の骨は、冥途に送られました。もう二度と、この世に戻ることはありませぬ。

地に手を付き、茫然としていた嘉助は、顔をゆっくりと市子の方に向けた。

──骨は……ならば、魂はどうなのだ……？

──……無論。おちよとまだお話ししたいとおっしゃいますか。

──愛しい娘……。おちよは私の愛しい娘だ……！

嘉助の言葉を繰り返した市子は、嘲《あざ》けるように笑った。

——……私の心を疑っているのか⁉

夜目にも分かるほど顔を赤らめ怒鳴った嘉助は、自身を支えてくれていた源次郎の手を払いのけ、ざっと立ち上がった。

縁側に座す市子の前に立つと、嘉助は市子の肩をぐっと摑んで言った。

——いや……非礼は詫びる……私が悪かった。すべて私が……罪は償う。どのような形になっても、受け入れよう。……だからどうか、おちよともう一度話をさせてくれ。

頼む——縋るように述べた嘉助に、市子は何も答えなかった。

——市子さま……俺からも、どうかお願い申し上げます。

少し離れた場所から、深々と頭を下げて言ったのは、源次郎だった。

名主一家の必死な様子に心打たれた村人たちも、源次郎に倣《なら》って首を垂れた。

深い息を吐く音がした後、静まり返った辺りに掠れた声が聞こえた。

——……少しばかり、時を。あの世に向かわれたあの子らに呼びかけてみましょう。期限は、あたしがこの村を発つ明朝——それまでにおちよにあたしの声が届き、応じてもらえることをお祈りくださいまし。名主さまは、決して外に出ませぬよう……他の方々も、まっすぐ家にお帰りください。朝になるまで、どこにも行ってはなりませぬ。あたし以外の者が捜していると知れたら、彷徨《さまよ》う魂たちは怯えて逃げてしまいましょう。

厳かな様子で言った市子は、ゆっくりと立ち上がると、縁側から降りてのろのろと歩きだした。

——市子さま、お待ちください。宿を取られていないのなら、ぜひ我が屋敷に……！

慌てた様子で市子の後を追う源次郎を、庭にいた一同はぼうっと見送った。

そして、今朝——。

日昇から一刻経っても、市子は姿を現さなかった。すでに名主宅に集まっていた村人たちは、濃い隈《くま》を作って唇を嚙みしめている嘉助を、気まずげに眺めていた。

さらに一刻後、まだ来ぬ市子に、皆は疑念を抱いた。

——まさか、逃げたのか……？

誰かの呟きが聞こえた瞬間、嘉助はざっと立ち上がった。また鬼のように怒りだすのでは——村人たちは身構えたが、

——あの蝶は、あの時の……おちよ……！

窓の外に視線を向けていた嘉助は、急ぎ駆けだした。縁側から庭に出ると、そこには確かに一羽の蝶が舞っていた。

──おちよ、おちよ……！

娘の名を叫びながら庭に出て行った嘉助の後を、皆は慌てて追った。

蝶は中々すばしっこく、すぐに姿が見えなくなったが、門前に出た時、ようやく動きを止めた。嘉助が伸ばした手の平に、自ら乗るようにひらりと落ちて来たのだ。

──……こっちには、繁ちゃんと母さまがいるから、あたしは大丈夫。兄さまと仲良くしてね。たくさん助けてくれた村の皆に、たくさん恩返しをしてね。村の人じゃなくても、優しくしてあげてね。

皆、大事な命だもの──そう語ったのは、いつの間にか近くに立っていた市子だった。

頽《くずお》れるように膝をついた嘉助は、手の平にある蝶を見つめて小さな声を出した。

──この子はもう死んでしまったのか……。

──……いいえ。おちよのおかげで、息を吹き返しました。ほうら、見てくださいまし。

市子はどこからともなく取りだした扇子を、嘉助の方に向けて扇いだ。

ふわり、と蝶が浮かんだ。

もう一度扇ぐと、今度はもっと高く浮かび、三度扇いだ時には、ひらひらと飛び始めた。

空を自由に飛ぶ蝶を見ているうちに、皆は自然と涙を流しはじめた。

――おちよはもうこの世におりません。でも、こうして蝶は生きている。この子もたった一つの大事な命……大切に、どうか大切にしてください。蝶だけでなく、我が子も、村の皆さんも、自分自身も――。

＊

「……というわけさ」

村に起きた奇跡を語り終えた梅吉は、また泣きそうになるのをぐっと堪《こら》えて、寅吉をちらりと窺《うかが》った。約束通り、途中から黙っていた寅吉は顎に手を当てて、下を向いている。どんな表情を浮かべているのか判然とせず、梅吉は不安になった。

「おい……おらの話、何か変だったたか？」

梅吉はおそるおそる問うた。その瞬間、がばっと顔を上げた寅吉は、梅吉の予想とは違う表情をしていた。

「……あははははは!!」

爛々と輝く瞳をした寅吉は、口を大きく開いて笑いだした。目を見張るほど整った顔立ちをしている男だ。だからこそ余計に、その笑い方が不気味に映った。

「なあ、梅爺。蝶は最後どこに行ったんだい?」

「え……わ、分からねえ。泣き崩れた名主さまを慰めるので忙しかったから……他の皆も同じようなもんだった。名主さまにつられて大泣きしている奴もいたしな……」

「誰も蝶の行方を見ちゃいないってことかい。じゃあ、こっそり回収しちまってるな……どれほど出来がいい蝶か、この目で確かめたかったぜ」

寅吉は舌打ちを漏らした後、また笑いだした。

「しかし、こんなところで『浮かれの蝶』に会えるとは……!」

「何の話だ……?」

梅吉が困惑していると、寅吉の笑い声を聞きつけた村人たちがざわめきだした。

「何だあ……」

「こんな時に大笑いするなんてどうかしてるよ……誰だい、ありゃあ」

「俺ぁ知らねえな……えらくきれいな面《つら》してやがるが、何者だ?」

注目を一身に浴びだした寅吉は、「あー！」と叫んだ。

「な、何だよ!?」

耳を塞《ふさ》いで喚《わめ》いた梅吉に、寅吉はにっこりと笑みを向けて礼を述べた。

「梅爺、あんたの話は最高だったぜ。ありがとな。おかげで夢が叶いそうだ！」

「そりゃあ、よかった……で、お前えさんの夢ってえのは——お、おい！」

寅吉！　——駆け出した寅吉は、後ろから聞こえてきた梅吉の呼ぶ声に、すまねえなと詫びた。

「あの市子を逃がすわけにはいかないのさ……おおい、そこの市子さま！　止まれ！」

またしてもいつの間にか姿を消そうとしていた市子の後を、寅吉は急いで追いかけた。

相手は、背が曲がり、足腰が弱った老婆だ。まだ十九の寅吉が追いつくのは簡単だったが、

「待て待て！」

いくら呼びかけても、市子はまるで反応を示さなかった。

「待てと言っているのが分からないのかい？　婆さんだから、耳が遠いのか」

「見知らぬ餓鬼からえらそうに呼び止められて、わざわざ足を止める馬鹿などいないよ」

前を向いたまま言った市子に、寅吉は片眉を持ち上げて唇を尖《とが》らせた。

「何だ、聞こえてるんじゃないか……それに、俺は十九だ。元服などとうに超えた、一端《いっぱし》の大人の男さ」

市子はふんと鼻で笑った。きっと声の通り、馬鹿にしきった表情を浮かべているのだろう。むっと顔を顰《しか》めた寅吉は、さらに足を速めて市子の隣に並んだ。

「へえ……婆さん、あんた若い頃は美人だった口だろ。鼻筋がすっとしていて、綺麗だ。俺の鼻と形が似てる。ほら、俺の鼻は上等だろう？　よく褒められるんだ。まあ、俺の場合は鼻だけじゃなく、目も唇も整ってるけどな。何より、俺の方があんたより何十も若い。比べるのは酷か」

寅吉は自身の鼻を指でなぞりつつ、胸を張って言った。自分で言うだけあって、整った容姿をしているが、女と長く続いたことはない。

――あんた、べらべら煩《うるさ》いね。懐っこいのはいいけど、ずけずけ物を言いすぎだよ。

そうした苦言を呈されたことは、数知れず。最初こそ持て囃《はや》されるが、早いうちに本性が露見し、煙たがられる。

「餓鬼は、若いというだけしか価値がない生き物だからね」

「婆は僻《ひが》みっぽくて嫌だね。自分にだって若い頃はあっただろうに、若いってだけで目の敵《かたき》にしやがる」

　鼻に皺を寄せて言った寅吉に、市子は前を向いたまま、また鼻を鳴らした。

「若さこそ至高と思ってるのは、世間知らずの馬鹿さ」

「なんだと?」

「あんたは知らないだろう。あんたは男で、若い。そりゃあ、いい気分だろう。力があって、精力も強い。仕事も女も、思うようにできると思ってるに違いない。だがね、女は違う。女は若いってだけで、散々な目に遭うのさ。あたしのような美人だろうと、その辺によくいるような女だろうと、かかわりなくね。仕事だってそうさ。若い女というだけで、舐《な》められる。男と違って遊びでやってると思われる。あんたと同じ歳の頃のあたしが、あんたと同じ仕事をしたとする……雇い主から払われる金は、あんたの半分以下さ。それが力仕事じゃなくても、あたしの方が出来がよくても、大した金なんか入って来ない」

「………」

　寅吉はむっつり黙り込んだ。市子の言葉に全て同意したわけではないが、心当たりはあった。

「……昔、俺の面倒を見てくれていた女がいたんだ。ほんの小さい頃さ。生まれた時から、立って喋《しゃべ》りだすくらいまでの短い付き合いだったが、俺はその女に大層世話になったんだ」

想いを馳せるような顔をして、寅吉は語りだした。

「子守りにしてはとうが立ってたが、今の俺よりいくつか下だった。姿かたちゃ顔なんて覚えちゃいないが、婆さんみたいなしわがれた声とは正反対の、透き通った綺麗な声だったよ」

「婆になりゃあ、誰だってこうなるんだよ。その若い女だって、今は――今はまだ若いか。あと数十年経ちゃあ、あたしとおんなじになるさ。いや、こんなに別嬪《べっぴん》な婆はあたしくらいしかいないから、おんなじにはならないか。その辺に大勢いるただの婆だね」

ケケケと意地悪く笑った市子を無視して、寅吉は思い出話を続けた。

「いい女だった……優しい声しか覚えちゃいないくせにって顔だが、それだけ覚えてりゃ十分さ。小さい時分というのは、自分と接する人間が良い奴か、そうでないのかを見極めるのが得手だからな。あの頃の俺が認めたなら、やはりあれはいい女だったのさ」

「小便臭い頃の惚《のろ》けを話したいなら、よそを当たってくれないかね」

「馬鹿言うな。その頃の俺は赤子だぞ。惚れた腫れたなんて知ってるわけがない。そういうんじゃなくな……姉のように思ってたんだ」

しんみりと言った寅吉に、市子ははじめてちらりと視線をくれた。

「若くて優しくていい女だった。俺の面倒もよく見てくれた。機転も目端も利いた。そういう奴を疎ましく思うのは、自分の人生が上手く行ってない奴だ。だが、人生がトントン拍子で進む奴の方が珍しい」

「妬《ねた》まれ嫉《そね》まれ、罪を着せられて追いだされたってところかね?」

「伊達《だて》に歳をとっちゃいないな、婆さん。その通りさ」

おぼろげな記憶の中でも覚えていることはある。優しい声の女が、刺々《とげとげ》しい声の持ち主に嫌みを言われていたこと。皆から見えぬように、抓《つね》られていたこと。にやつく男につきまとわれていたこと。

子ども心に、おかしいと感じる場面は多々あった。女に直接問うたこともあった。しかし、女はにこにことしながら「心配ないよ」と言うばかりで、辛そうな素振りなど見せなかった。

「餓鬼だった俺は、当人が大丈夫と言うなら、そうなんだろうと思ったのさ。……だが、本当は違った」

　そうでなければ、女がにわかに寅吉の前から消えることなどなかっただろう。女の行方は、誰に聞いても分からなかった。女が告げずに去ったのか、告げられたのに聞かなかったことにしたのか――幼かった寅吉が知る由はない。

「あれが若い女じゃなかったら、ああはならなかったはずだ。同じ女でも、あんたみたいな婆だったら大丈夫だっただろう」

「勝手に引き合いに出さないでほしいね。まあ、若い女が周りから目の敵にされるのは、その通りだろうさ」

「あんたも散々苦労した口なんだっけ？　だが、あんたみたいな気の強い女が、いくら若かったとはいえ、他の奴に負けるとは思えねえけどな」

「こんなか弱い女をつかまえて、よくもそんなことが言えるもんだね。赤子の時の惚け話をするために声を掛けたのかと思ったが、本当の目的は婆を虐《いじ》めるためだったというわけか。とんでもない悪餓鬼だねえ。あんたみたいなのは、碌《ろく》な大人になれないよ」

「だから、俺はとうに立派な男さ！　それに、あんたの後を追ってきたのは、あんたに力を貸してほしいからだよ」

　ようやく本題に入った寅吉に、市子は白い目を向けた。

「婆に力を借りたいなんて、まあなんと情けない餓鬼だろう。そういうのを、男の腐ったのと言うんだよ。男が腐ったら、何になると思う？　女子どもになる？　馬鹿にしないでおくれ。男が腐ったら、ただの男の腐乱死体さ。腐った死体は臭くてしようがないから、近寄るな。あたしの口を借りて誰かに心を伝えたいと言うなら、相応の礼をしてもらわないとね。あの世でもこの世でも大事なのは金さ。神や仏に仕えてる市子さまでも、金がなけりゃあ生きていけないんだ。あたしに口寄せを頼みたいなら、あんたの気持ちをここに表しておくれよ」

　ほらよ！　と言いながら、市子は足を止め、手の平をずいっと差し出した。

（皆の前とはえらく態度が違うじゃないか）

　寅吉は市子の豹変ぶりに呆れつつも、にたりと笑みを浮かべて立ち止まった。

「そりゃあ、報酬はたんまり渡すつもりさ――稀代の手妻使いから手妻を教えてもらうんだ。金ならいくらでもやるとも」

　寅吉は、市子の手に自身の手を重ねた。顔も腕も皺だらけなのに、触れた手の平は存外柔らかく、寅吉はおやっと目を瞬いた。

＊

「……何だい、人違いで追いかけてきたのか」

寅吉の手を払いのけながら市子は言った。そっぽを向いてしまったので、正面から向き合ったのはわずかな時だった。

「あたしは市子だ。手妻使いなんてもんは知らないね」

眉間の皺をさらに深くしながら述べた市子に、寅吉は含み笑いをして応じた。

「嘘吐きな婆さんだ。あんたは手妻使い。それも、相当の使い手さ」

「だから、違うと言ってるだろうに……大体、手妻というのは何だい？　恥ずかしながら、世事に疎いまま歳を重ねちまってね。死者や生者の魂と話をするだけの、寂しい人生を送ってきた婆だよ。お前さまのように若い殿方と話したことは、若い時にさえほとんどない……あたしに口寄せを頼んでくるのは、もっぱら年寄りばかりだからね」

「年寄りは信心深いからな。怪しい奴だと思っても、神に仕えてると言うなら、何だかんだ信じちまう。歳を重ねるというのは、死に近づくことだ。自分だけでなく、周りもな。とうに死んだ親兄妹、娘や孫に会いたいと願う奴も多かろう」

「よく分かってるじゃないか。だから、あたしみたいな商売がこの世には必要なんだよ。市子さまさま、と思ってほしいね」

肩をすくめて言った市子は、ゆったりとした動きで歩きだした。寅吉も後に続く。

「同じ年寄りのよしみだ。これからも、あたしは市子として皆を助けてやらなければならないのさ」

「そりゃあ、見上げた心がけだ。だが、あんたに頼んでくるのは、年寄りだけじゃなかろうよ。若い奴も多いんじゃないか？　……たとえば、源次郎とかさ」

すぐに追いついた寅吉は、隣を歩く市子の顔を覗き込みながら、低い声で言った。

「あたしは、おちよと繁蔵から話を聞いたんだ。この世に未練があって、未《いま》だあの世に行くことができないってね。口寄せをして、嘉助にこのことを知らせてくれと頼まれた。最初は断ったよ。だって、死人からは金がもらえないからね。名主の許に押しかけて口寄せをしてやっても、相手が信じるかどうか分からない。報酬をもらえないんじゃあ、仕事なんてできないよ。だから断った。だが、おちよたちはしつこかった。どうしても引き下がらなくてね。嘉助に必ず金を払わせると言うから、仕方なく引き受けた。源次郎はかかわりないよ。ただ、あの家にいただけさ」

「居合わせただけ？　散々手妻の手伝いをさせたのに、よくもそんなことが言えたもんだ」

「……何のことだか分からないね。大体、あんたは何なんだい？　あたしから手妻を教わりたいということは、手妻使いなのかい？」

「俺が何者なのか、知りたいかい？」

「知りたいもんか」

市子から出たすげない答えに、今にも答えを口にしようとしていた寅吉は、ずるっと足を滑らせた。

「またまた……本当は気になって仕方がないんだろう？」

数歩の遅れを取り戻すように小走りしながら、寅吉は言った。

「興味ないね。餓鬼のできる商売なんて、高が知れてる」

「だから、俺は餓鬼じゃないと何度言えば分かるんだ」

呆《ほ》けてるのかねとぼやいた直後、寅吉は派手に転んだ。

「大丈夫かい？　何もないところで転ぶなんて、歳の割に耄碌《もうろく》してるようだねえ」

「……この、意地悪婆め！」

身を起こしながら、寅吉は顔を真っ赤にして叫んだ。まさか、老婆に足を引っかけられるとは、露ほども考えていなかったため、まんまと転ばされてしまったのだ。

「婆のくせに、身軽すぎやしないか？　あんた、見目より意外と若いのかい？」

「さて、いくつだったかな。十五くらいだったかね」

わざとらしく首を傾げて答えた市子を睨みながら、寅吉はまた少し遅れて歩きだした。四十は離れているであろう相手を追っているのに、こうして何度も引き離される。まるで寅吉がとんでもなく鈍い人間のように思えてくるが、そうではない。

「……まあ、仕方がない。あんたは手妻使いだものな。普通の婆とは違うんだ。あの手、この手を使って他人を騙《だま》くらかすのが商売だ」

「へえ、手妻使いっていうのは随分と怪しい奴らなんだねえ。神に仕えてるあたしら市子とは、大違いのようだ」

「まだ白を切るつもりか」

呆れた声を出した寅吉は、また市子の隣に並んで歩きながら、頭をかきむしった。

「あんたがそこまで言うなら……俺がこたびの一件を、解き明かしてやるよ！」

「さっきの村の件なら、あたしが全て解いてやった。あんたの出番なんざ、これっぽっちもないね」

「まあまあ、物は試しだ。ちょいと聞いてみなって。あんた、一人の道行なんだろう？　話し相手がいない旅ほど辛いもんはないと言うじゃないか」

「聞いたことないねえ」

「まことかい？　じゃあ、覚えてくれ。道というのは、一人で歩くもんじゃないってことをさ」

市子は息を吐いて黙った。寅吉の言に同意したわけではなく、一々答えるのが面倒になったのだろう。他人からのこうした反応に慣れっこである寅吉は、市子が黙ったのをこれ幸いとばかりに話しだした。

「あんたはこたびの件を解決するために、手妻を使ったんだ。神がかった市子のふりをしてね！」

＊

寅吉が大きな声を出したと同時に、近くで烏《からす》が鳴いた。あほう、あほう——そう聞こえたその鳴き声に、寅吉はごほんと咳払いをして、話を続けた。

「……あんたに最初に依頼したのは、おちよと繁蔵だ。あんたが手妻を使って他人を騙しているのを見て、頼んだんだろう。『おちよと旅人は死んだ、と村人たちに思わせてください』ってな――」

寅吉は得意そうに言ったが、市子からの答えはなかった。

「そう……おちよたちは、死んじゃいなかったんだ。理由があって、二人で村を出ることを決めた。だが、親の許しもなく小娘が村から出ていけるわけがない。黙って去ることにしたが、案の定、嘉助の怒りは凄まじいものだった。繁蔵を殺せとまで言ったんだからな……二人はさぞや肝を冷やしたことだろう。捜し出せないほど遠くに行っちまえばよかったんだろうが、多分それもできなかったんじゃないか？　たとえば、野犬に襲われたのは本当で、怪我を負っていたとか……村の外れか、隣村あたりか、あの村からそう遠くない場所でおちよたちは恐怖に震えながら過ごしていた。嘉助の怒りが冷めた頃に旅支度が整えばと思ってたのかもしれない。浅い考えに思えるが、実際数ヵ月経った頃には捜索の手が甘くなった。そこですぐ旅立てばよかったが、やはり何か事情があって無理だったんだろう。そんでもって、厄介なことが起きた。嘉助が、怪しい商売の奴らに力を借りるようになったんだ。どうやら、そいつらはいつの間にか村から消えているらしい。そこでおちよたちの脳裏に浮かんだのは、恐ろしい考えだった……嘉助が、そいつらを秘密裏に葬り去っているのではないか――とね」

「親のことをそんなに悪く思う娘はいないだろうよ」

「そりゃあ、自分にとっていい父親だったら、そんなこと考えもしないだろう。だが、悪い父親だったらどうだ？　……これは俺の勝手な考えだが、おちよは嘉助に力を振るわれていたんじゃないか？　おちよの身体には、いつも無数の傷があった。それに、あんたが口寄せした時の、嘉助の口から出たあの台詞《せりふ》──」

──あの子は死なない。いつだって、死ななかった……！

唇をきゅっと噛み締めた市子を見つめながら、寅吉は続けた。

「いつからか知らんが、嘉助は娘を虐めてた。それに気づいたのが、たまたま村に立ち寄った繁蔵だ……きっと、敏《さと》い奴だったんだろう。そして、優しかった。だから、おちよをこの村から連れ出すことを考えた。いくらひどい扱いをされているからと言っても、繁蔵がしたことは人さらいだ。極悪人とはいえ、親元から引き離していいものかと悩んだかもしれん……まあ、それも俺の勝手な想像だが。ともかく、おちよと繁蔵は村から出た。しかし、追手は来るし、自分たちを捜し出すために現れた奴らは、なぜか姿を消した。嘉助は、愛娘にひどいことをする男だ。他人なら、もっと非道な振る舞いをするのではないか──そう思うのは、自然なことだろう。そんなことが本当に起きているなら、自分たちにも責があると思ったんじゃないのか？」

「嘉助を止めなければ——そう考えた二人が見つけたのが、たまたまあたしだったというわけかい？」

市子の問いに、寅吉は深く頷いた。

「悪行を暴露する人間がこの世にいないと分かれば、嘉助の心も落ち着くに違いない……そんなところだろうよ」

「それで、あたしが手妻を使っておちよたちの死を認めさせてやったと言うのかい？——馬鹿馬鹿しい。すべては天からの思し召《おぼしめ》しだ。あんな大層なことを、あたし一人で作り上げられるわけがないだろ」

話にならないねと薄笑いを浮かべて言った市子に、寅吉は首を横に振った。

「あんた一人でじゃない。さっきも言っただろう？　あんたはおちよたちを才蔵に使ったんだ。才蔵というのは、手妻使いを手伝う奴のことさ——あんたは勿論知ってるよな。もっとも、おちよと旅人は、着物を渡したのと、悲鳴だけだ。屋敷の中でしかけを手伝ってたら、見つかっちまうかもしれん。屋敷の中にいても、庭にいても、厠だと言って中座しても何ら問題ない人物が、あんたを終始手伝ってた。それができるのは、嘉助以外にたった一人しかいない」

源次郎だ——寅吉は高らかに宣言した。

「おちよたちが本当は生きているということを源次郎がいつ知ったのかは分からん。自分で気づいたのか、二人に知らされたのか……どちらにせよ、源次郎はいつからか真実を知っていた」

「それならば、なぜ嘉助に告げなかったんだい？　あの坊やは、父親に従順だ。親が苦しんでいるなら、それを取り除いてやる手伝いを喜んでしそうじゃないか」

「そうだな……従順だからこそ、源次郎はずっと見て見ぬふりをしてたんだろうよ」

「………」

「父親に折檻《せっかん》されている幼い妹を庇《かば》ってやれなかった……その自責の念から、源次郎はおちよたちの力になることを決めた。たとえそれが父を裏切ることになろうとも、これまでの罪滅ぼしをせずにはいられなかったんだ」

寅吉は顔を伏せた市子から、遠くに見える山に視線を移して続けた。

「おちよ、繁蔵、源次郎。あんたは三人の才蔵を得たが、そのうち動いたのはほとんど源次郎だった。あの気弱な男が、よくもやりきったもんだ。手妻の粗が目立たぬように、寄り合いを遅い刻限にさせたり、途中で厠に立ってあんたを屋敷の中に引き入れ、手妻の支度を手伝ったり……廊下の天井に黒幕をつけ、紐でくくっておいたりな。あんたから教わった機にその紐を引くと、行燈が隠れ、辺りは真っ暗闇になる。源次郎は廊下の曲がり角、ちょうど死角になっている辺りに潜んでいたんだろう。当人も黒幕を被《かぶ》っていたに違いない。闇に紛れるには、自分も闇になるしか方法はないからな」

途中で姿を現したちよと繁蔵らしき影は、紙で作ったものだろうと寅吉は指摘した。

「人の形にくりぬいて、黒く塗ってさ……上手く光を当てたら、人の影に見えるって算段さ。源次郎は実によくやってたよ。嘉助の言に動揺して、紙を前に倒しかけちまうまではな」

寅吉は失笑混じりに言った。相変わらず、市子は何の反応も見せない。

「庭のしかけは特に大変だっただろう？　紙で骨の形を模したものを作り、おちよたちから剝《は》いだ着物を着せ、その周りにたっぷり油で湿らせた紙をぐるぐると蛇のとぐろのように繋《つな》げて置いておく……あとは、屋敷の中と同じように機が大事だ。あんたが話す様子を見ながら、ここだという時に火をつけなければならん。その時も、自分の姿を消すために黒幕を被ってたんだろう。暗闇の中にある時の黒幕は万能だ。あれを被れば、透明になったも同然さ」

短い時間で骨がすっかり燃えることはないが、紙ならばいとも簡単だ。

「源次郎には、中々才蔵の才があるんじゃないか？　まあ、露見しそうになった時なんかは、あんたが音を立てて、皆の気を逸《そ》らしていたようだが。おかげで、源次郎を疑う者はいなかった。おちよと繁蔵が生きてると思う奴もいなくなったはずだ。そういえば、おちよたちはどうした？　翌朝まで待てと言ったのは、奴らに村から出る時を与えたのかい？　朝まで家で静かに待て――と市子さまに言われたら、村の奴らは皆大人しく守るだろうな」

「……村の者でないあんたは、守らなかったというわけかい？」

下を向いたまま低い声を出した市子に、寅吉は鼻の下を指で擦《こす》りながらへへと笑った。

「実はさ、俺がこの村に着いたのは、ちょうどあんたがごちゃごちゃやってる時だったんだ。妙な刻限に村に入っちまってどうするかねと思ってたら、名主の屋敷で何やら騒ぎが起きてると耳に挟んでね。急いで向かったんだが、その時にはもう事は終わってた。去って行くあんたの後を、源次郎が追いかけただろう？　さらにその後を追いかけたってわけさ」

「じゃあ、あんたは見たんだね。おちよと繁蔵の幽霊を」

「……そう来るかい。いっそ感心するね」

市子の返答に、寅吉は呆れ声を出した。

名主の屋敷を去った市子と源次郎は、裏山に向かった。そこには、一足先に逃げてきたちよと繁蔵がいた。

――おちよと繁蔵は死んだ。お前さんたちはもうここにいちゃいけない。早く行きな。

そして、二度と戻って来るな――そう言った市子に、ちよと繁蔵は逡巡《しゅんじゅん》した様子を見せた。

――あたしの姿を最後に見せてあげた方がいいんじゃないかな……。

ちよの呟きに、市子は薄く笑った。

――今度こそ殺されたいなら、そうすればいい。

ちよは黙り込み、繁蔵の手を握った。

結局、二人は市子に言われた通り、すぐに旅立った。二度とこの地には戻らないと固く約束をして――。

「盗み聞きしちまった詫びと言っちゃあ何だが、俺はあの後おちよたちの後を追いかけたんだ。無事に山を越えたのを見届けて、急いで引き返してきたのさ。おかげで、あんたが今朝やってみせた『浮かれの蝶』が見られなかったが……まあ、いいさ」

寅吉はそう言うと、懐から蝶の形をした紙と、扇を取りだした。

「この紙には糸がついてる。自分の身と、木の枝か何かに糸の端っこを結びつけて、紙を扇ぐんだ。すると、紙はひらひらと浮く。上手く糸と風を扱えば、まるで本物の蝶が飛んでいるように見える――簡単なことに思えるが、これは相当な技術がいるんだ。この『浮かれの蝶』ができる手妻使いは、この世に何人もいない。あんたはこれをどこで習ったんだ？　師の名は？　……まただんまりかい」

やはり何も答えぬ市子に舌打ちを漏らしながら、寅吉は紙と扇を懐にしまった。

「蝶が……」

「へ？」

「おちよは蝶が好きなんだと。どうしてか分かるかい？」

「………」

寅吉は無言で首を振った。市子は前を見ながら、低い声で語りだした。

「おちよがもっと小さい時……あの子の母がまだ生きていた頃だ。父母と源次郎、おちよの四人で花見をしたらしい」

そこに、数羽の蝶がやってきた。善悪の区別がまだつかぬ頃だったちよは、そのうちの一羽を摑まえて、羽をむしってしまった。

「綺麗だったから、母親にあげたかったそうだ。だが、それを差し出された母は、娘のしたことを恐ろしがり、泣きだした。随分気弱な女だったようだね。源次郎も怯えていたようだが、『命を粗末にするな』と叱ってきたというから、根はそれほど気弱ではないらしい」

――母さまに泣かれて、兄さまには叱られて、とんでもないことをしてしまったんだと怖くなったよ……こんな悪い子はいらないって言われたらどうしようと、本当に怖かった。

優しい母と兄がこんな反応をするなら、厳しい父はどう思うのか――怯えきって俯いたちよは、ふと頭に置かれた手の温もりにはっと面を上げた。

――おちよは優しい子だ。自分のためでなく、母のために蝶たちを狩り、その羽をもいだ。優しいおちよ……お前なら、きっと分かってくれるだろう。お前が奪った蝶には、私たちと同じ命が宿っていることを……。

――お前と同じ、愛おしい、大事な命なんだよ――小さかったけれど、その時の父さまの言葉は一つも忘れず覚えてるんだ。愛おしい、大事な命だって……。

「あの子は泣きながらそう言ったんだよ」

しばらくしてから、寅吉は問うた。

「あんたはそれに何と答えたんだい？」

「くそ親父の言った戯言《ざれごと》なんざ忘れちまいな！　だよ」

寅吉は目を丸くした後、腹を抱えて笑った。

「いいな、婆さん。俺もあんたに大賛成さ」

ひとしきり笑った後、寅吉は真面目な顔をして言った。

「だが、あんたはそのくそ親父も救ってやった。あんたと約束した通り、本当に罪を償うのかは分からないというのにさ……浮かれの蝶なんかやらずに、おちよたちと一緒によそに行っちまったってよかったんだよ。あんた、いい女だな」

「おべっか使うのは止《よ》してほしいね。あと、あたしは市子だよ。手妻なんて知らないと言ってるだろ」

「まだ認める気はないってか……だがまあ、俺が悪いな。……あんたのことばかり探っちまって申し訳なかったよ。あんたが稀代の手妻使いだと、どうしても確認したかったんだ。俺の見立て通り、あんたは凄い手妻使いだ。そんなあんたに正体を隠したままでいるのは忍びない」

寅吉は立ち止まり、懐から和綴《わと》じを取りだした。

「これは、伝授本だ。ここには、物凄い手妻の方法が書かれてる……だが、どれも未完成なんだ」

市子はぴくりと耳を動かしたものの、歩みは止めなかった。のろのろと進む市子の背に向かって、寅吉は声を張って続けた。

「これは、故あって俺が譲り受けたものだ。稀代の手妻使いが書いた、稀代の伝授本……書きかけだが、世にある他の本よりも、数段、数十段、素晴らしいんだ！　ここには、手妻のすべてが詰まってる！　だからこそ、欠けてるのが惜しくて……小さい頃からずっと夢見てたんだ。俺の夢は、これを完成させて、世に出すことさ。世間をこれであっと驚かせてやりたいんだよ」

なあ、婆さん――乞うような声を上げた寅吉は、深々と頭を下げた。

「どうか、俺に力を貸してくれ！　俺にあんたの手妻を授けてくれ。一つも余すことなく……あんたの手妻と、ここにある手妻が揃ったら、世の中がひっくり返るほどのことが起きるはずだ。俺はずっと捜してた……この伝授本に釣り合う技量がある手妻使いを。やっと見つけたんだ。どうか、力を貸してくれ！」

寅吉の声が響いてから、ちょうど十数えた時。ぴたりと歩みを止めた市子は、ゆっくりと振り返った。まるで、時が止まりかけたかのように、ゆっくりと。

寅吉が顔を上げた時には、目の前に市子が立っていた。いつの間に――内心驚きつつも、寅吉は黙って市子の答えを待った。

「世間知らずの餓鬼に教えてやることなんて何もないよ。だって、面倒くさいだろ。……勝手に盗むなら別だけどさ」

寅吉はぽかんと口を開いた。その間の抜けた顔をじっと見上げた市子は、手を差し出した。

「売り上げの九割。それで手を打ってやる」

「……強欲婆め！」

寅吉は声を荒らげながら、老婆の存外瑞々《みずみず》しい手をぎゅっと握った。

おもみいたします

あさのあつこ

あさのあつこ（あさの・あつこ）

1954年岡山県生まれ。青山学院大学文学部卒業。同人誌「季節風」に連載した『ほたる館物語』が出版され作家デビュー。97年『バッテリー』で第35回野間児童文芸賞を受賞。99年『バッテリーⅡ』で第39回日本児童文学者協会賞を受賞。2005年『バッテリー』全6巻で第54回小学館児童出版文化賞を受賞。11年『たまゆら』で第18回島清恋愛文学賞を受賞。シリーズに「NO.6」「おいち不思議物語」「弥勒の月」「燦」「グリーン・グリーン」、主な著書に『末ながく、お幸せに』『ハリネズミは月を見上げる』『アスリーツ』など。

一

毒を盛られているのでは。

その疑念が頭から離れない。見えない瘤《こぶ》のように額《ひたい》にくっついて、日増しに大きくなるようだ。重くて、うっとうしくてたまらない。

まさか、そんな馬鹿な。そんな馬鹿なこと、あるわけがない。物騒なつまらない思案に囚われて、おれはどうかしている。

喜平《きへい》はそこで、長い息を吐き出した。その吐息も重くて、うっとうしい。

松田屋《まつだや》喜平。通白銀町《とおりしろがねまち》の蠟燭《ろうそく》問屋の主人で齢《よわい》四十八、五十は目の前だ。松田屋は父親の起こした店なので、一応二代目となる。しかし、喜平を〝二代目〟と呼ぶものはめったにいない。表店《おもてだな》とはいえ間口二間《けん》に満たなかった小店を、町内に留《とど》まらず界隈《かいわい》随一の大店に育て上げたのは喜平だ。

松田屋の旦那は商いの神さまに愛《め》でられている。

巷《ちまた》でそう噂されていると知ったとき、喜平は嬉しいより面映《おもは》ゆいより、腹立ちを覚えた。

好き勝手なことをほざきおって。

神さまに愛でられ、贔屓《ひいき》されてここまできたわけではない。人並み以上の苦労や努めをもくもくと積み重ねてきた。諦めず、怠けず、油断せず、流されず、必死で商いに食らいついていったのだ。そういう者にしか運は向いてこないし、神も仏も微笑《ほほえ》んでくれない。わかりきったことではないか。わかりきったことを、世間は時々忘れる。栄達や財を摑《つか》んだ者を幸運児だと羨《うらや》ましがる。それでお終《しま》いだ。おれたちは神さまと縁遠くて、福運のおすそ分けにもあずかれないと嘆き、どうせここまでさと自分に見切りをつけてしまう。

喜平は自分を信じた。神や仏が与えてくれる運ではなく、自分そのものを信じたのだ。

結句、本店だけで百人を超える奉公人を抱え、分店を持ち、蔵の並ぶ大店、松田屋の主人となれた。己の力でここまで上ってきたのだ。悩みがあるとすれば、一人息子の藤吉《とうきち》が八つの子どもだということだろう。今の女房のお絹《きぬ》とは、十年前に一緒になった。二度目の妻だ。

藤吉は利発ではあるがどの程度の商人になれるか、まだ、見極めがつかない。武士なら家の存続が第一義となるから、迷いなく直系の男子を後嗣《こうし》と決められるだろう。が、商人の跡継ぎはことほどさように容易《たやす》くない。守るのは家ではなく店、商いそのものなのだ。長男であろうと一人息子であろうと、商いに不向きな者に跡を取らせるわけにはいかない。喜平の知っている内にも、怠惰な道楽息子を見限って娘婿に身代を譲った者や良才の奉公人を跡継ぎにした者などがいる。多くはないが、いるのだ。血の繋《つな》がりに拘《こだわ》っていては店は守れない。

松田屋の跡継ぎをどうするか、藤吉をどうするか決めるには、もう少し年月がいる。と、伝えたときお絹の表情が強張《こわば》った。一月《ひとつき》ほど前のことだ。親子三人で隅田堤《すみだづつみ》の桜を楽しみ、長命寺《ちょうめいじ》の桜餅を味わっての帰りだった。

「じゃあ、藤吉が旦那さまのお眼鏡《めがね》に適《かな》わなかったら、松田屋の跡取りにはなれないってわけですか」

「まあ、そういうことになる」

「藤吉は旦那さまのたった一人の子ですよ。なのに、跡取りになれないなんて」

「なれないなんて一言も言ってないだろう。藤吉がどれくらい真剣に、商いに関わろうとするか。見定めるのはこれからだ」

「それなら、赤の他人に松田屋を譲る羽目になるかもしれないんでしょう。万が一、そんなことになったら藤吉はどうなるんです。あまりに不憫《ふびん》じゃないですか」

「万が一の話をしてもしょうがないだろう。わたしは藤吉を邪険に扱う気など毛頭ないぞ。松田屋の跡取りに相応《ふさわ》しいように育ててきたし、これからも育てていくつもりだ」

少し語調を強める。女の、情ばかりに偏《かたよ》る物言いが不快だった。

お絹は口を閉じて、横を向く。

風が桜の花弁を散らせる。ほんの刹那《せつな》、桜吹雪に白い横顔が隠れた。

お絹の実家は、浅草寺《せんそうじ》の境内《けいだい》で水茶屋を営んでいた。人目を引くほどの佳人ではないが、おっとりとした風情と滑らかな白い肌と丸みのある顔立ちがあいまって、愛らしい色香を漂よわせた。お絹目当ての客もかなりの数、いたはずだ。喜平は鳥取藩の客を浅草寺に案内しての帰り、水茶屋に立ち寄った。そこにいたのがお絹で、襷掛《たすきが》けの袖から伸びた腕が艶《つや》やかに美しく、喜平の目を射た。

一目で気に入った。

この女を自分のものにしたいと、思った。喜平自身が戸惑うほど強い情動だ。生まれて初めて女に抱いた情かもしれない。

前の女房お文《ふみ》は名の通った老舗《しにせ》料理屋の娘だった。松田屋は今ほどの身代ではなく、お文と一緒になることで大きな後ろ盾を得れば、先行きに明かりが点《とも》るのは確かだ。全部が算盤《そろばん》尽くではなかったが、多分に損得勘定は働いた。お文を疎《おろそ》かにしたつもりはない、むしろ、父も母も喜平も気を遣い続けた。しかし、心は通わないまま、子もできないまま三年が過ぎて、お文は亡くなった。気分が悪いと居室にこもり、半刻後にお付きの小女が覗《のぞ》いたときには既に息絶えていた。苦しむ声も物音も誰一人として聞いていない。翌日には芝居見物に行く約定をお内儀《かみ》連中と交わしていた。

あまりに突然のあっけない死に、松田屋のお内儀は自死しただの、殺されただのといいかげんな噂が立ちはしたが、中陰のころには消えていた。

お絹を見初《みそ》めたのは、お文が亡くなって十年余りが経《た》ったころだ。お文の二親も喜平の父母も彼岸に渡り、この世の者ではなくなっている。お絹を女房に迎えるのに、気兼ねもややこしい手続きもいらない。お絹は見込んだ通り穏やかなおとなしい性質《たち》で、商いについても喜平の業体《ぎょうてい》についても口を差し挟むことはなかった。かいがいしく喜平の身の回りの世話をし、松田屋のお内儀だからと贅沢に走ることもなかった。二年後には藤吉も生まれ、喜平は己の人生が隅々まで満たされていると思えた。欲しい女を手に入れた。財も地歩も手に入れた。誰もが羨む場所におれは立っている。

世間に向けて、そう公言したい心持ちになる。

「ともかく、おまえは藤吉をしっかり躾《しつけ》るんだ。松田屋を背負っていけるようにな。わたしだって藤吉がかわいい。跡を継いでもらいたいと願わないわけがなかろう」

黙り込んだお絹の横で、喜平はそう付け加えた。女房の機嫌を取るつもりはなかったが、本音は伝えたい。よく努めてくれる女房に正直でありたかった。

「ええ、よくわかっておりますよ。旦那さまの言う通りです。藤吉はきっとよい商人になりますね。旦那さまの子ですもの。あたしったら取り乱してしまって、堪忍ですよ」

花弁を纏《まと》った風の向こうで、お絹は仄《ほの》かに笑んだ。

毒を盛られているのでは。

追い払っても、追い払っても疑念が消えない。きれいに拭い去れない。

喜平はまたため息をつき、こめかみを押さえた。ここが鈍く疼《うず》く。頭風《ずふう》は持病のようなもので、疲れると頭の隅がよく痛んだ。しかし、こんな嫌なずんずんと響くような疼きは初めてだ。それに、身体《からだ》が怠《だる》くてたまらない。青葉の季節だというのに指先が妙に冷えて、寒気さえする。食気《しょっき》もなく、好物の刺身や淡雪豆腐でさえ口にできない。喉ばかりが渇いて、日がな水を飲んでいた。当然、頻繁《ひんぱん》に厠《かわや》に行くはめになり、取引先とゆっくり話を交わすことが難しくなった。いや、厠云々《うんぬん》の前に商いに向かう気力がわいてこないのだ。

どうも、おかしい。

この不調は何だ？　ただの病ではないぞ。

そこまで考えたとき、不意打ちのように〝毒〟という一文字が浮かんだ。脳裡《のうり》にくっきりと浮かび、そのまま刻み込まれる。

誰かがおれに毒を盛っている？

一口で人を死に至らせる激しいものではなく、徐々に徐々に身体を弱らせていく毒だ。

まさかと打ち消しても打ち消しても、刻まれた疑念は薄くも小さくもならない。むしろ固まり、膨《ふく》れ上がっていく。身体の調子が悪い。それがなぜ、真っ直ぐ毒に結びつくのか。喜平自身にもわからない。ともかく不安なのだ。気持ちが焦《じ》れて、急《せ》いて、ざわめく。身体より心が先に参ってしまいそうだ。それでも、喜平は平静を装った。店には毎日顔を出し、商いの差配をした。一日が終わると疲れ果て立ち上がる気力さえ失《う》せる。それを面《おもて》に出すまいと、歯を食いしばって普段通りに振舞った。

おれが倒れてしまったら、松田屋は立ち行かなくなる。

その一念がふらつく身体を支えていた。

喜平の異変を見抜き、いち早く声を掛けてきたのは一番番頭の佐太治《さたじ》だった。先代のころから松田屋一筋に働いている古参の奉公人だ。

「旦那さま、いかがされました。ずい分とおかげんが悪そうですが」

「あ、うむ。少し頭が疼《うず》いてな。たいしたことはない」

「そのようには見えませんが。旦那さま、隠し立てなさらんでください。お身体の具合が悪いなら、医者に掛からねばなりませんよ」

佐太治は喜平より一つ、年上だ。喜平が松田屋の主《あるじ》となってからずっと傍《かたわ》らにいて、共に店をもり立ててきた。仕事一筋に打ち込んできたからなのか、独り身の気楽さが性に合っているのか、所帯を持ったことは一度もない。

家族に等しい番頭に問い詰められ、喜平の辛抱が切れた。胸の中にわだかまっていた疑念を吐き出す。本当は、誰かに聞いてもらいたかったのだ。重すぎて、持ちこたえられないところまで来ていた。

「……毒、ですか」

佐太治が顎を引く。眉間《みけん》に深く皺《しわ》が寄った。

「わたしの頭がどうかしてしまって、あらぬ考えに取り憑《つ》かれていると思うかい」

ちらりと番頭の渋面を窺《うかが》う。佐太治はいいえとかぶりを振った。

「旦那さまがそうお考えなら、何かあるのでしょう。けれど、この店に旦那さまに毒を盛るような者がいるとは俄《にわ》かには信じ難いのですが。旦那さま、ご無礼を承知で言わしていただきますよ。旦那さまが勘違いをなさっているのではないなら、心当たりがあるのでしょうか」

「心当たりだって」

「そうです。何かあるのでしょう。何の当てもないのに、旦那さまほどの方が毒に怯《おび》えるなんて、おかしいですからね」

佐太治は腕を組み、ふうっと息を吐き出した。鬢《びん》に白髪が目立つ。唯一の道楽という酒のせいか、顔色はいつも赤らんで少しむくんでいた。年よりずっと老けて見える。

「心当たりなんて……あるわけが……」

語尾が曖昧《あいまい》になってしまう。佐太治がにじり寄ってきた。

「旦那さま、わたしに隠し事なんてなさらんでくださいよ。心当たり、あるのですか。だから、お医者さまにもかからずに我慢しておいでなのですか」

「佐太治」

番頭の目玉がぎらついたように思えた。むろん、幻だ。

「お内儀さんですか」

答えられない。それが、何よりの答えになってしまう。

「旦那さまは、お内儀さんを疑っておられるのですね」

「いや、そんな疑うなんて……、ただ」

ただ、身体の調子が崩れ始めたのは、花見から帰って間もなくだった。帰る道すがら、藤吉について話をした。跡取りに相応しい器量がなければ、我が子といえども身代を譲るわけにはいかない。お絹にそう告げた。喜平とすれば、藤吉を貶《おとし》めたつもりはまるでない。松田屋を背負うに相応しい者に育てようと励ましたのだ。しかし、お絹が喜平の意図を汲《く》んだかどうかはわからない。「ええ、よくわかっておりますよ」と笑みはしたが、内心では歯嚙《はが》みしていたかもしれないのだ。藤吉を蔑《ないがし》ろにしたと、お絹が憤っていたとしたら。怒りは憎しみに、憎しみは殺意に変わりはしないか。

いやいや、かりにも夫婦《めおと》だ。夫婦として十年も連れ添ってきた。あのお絹がおれを殺そうと考えるわけがない。

二つの想いの間で、喜平はぐらんぐらんと揺れ惑っていた。惑いのまま、腹心の番頭に全てを打ち明ける。佐太治はさらに眉間の皺を深くした。

忘れてくれと、喜平はかぶりを振り、佐太治から目を逸《そ》らせた。

「旦那さま、こんなことを申し上げていいかどうか……わたしとしても迷いはしますが……。お互い、ここだけの話といたしましょう」

佐太治の声が密やかになる。身を乗り出さないと聞き取れない。

「実は、これを中庭で拾いました」

佐太治が差しだしたのは、小さな白い紙切れだった。四角い形をしている。

「これは、薬包紙か」

「さようです」

目を凝らすと白い粉が僅《わず》かにこびりついていた。

「これが中庭に落ちていたのか」

「はい。五日《いつか》、六日《むいか》前のことです。中庭を通ったときに見つけました。どうしてだか気になって、ずっと持っていたのですが……」

喜平は顔を上げた。開け放した障子の外に、中庭は広がっている。蔵に行く近道なので番頭や手代が横切ることはままあるが、女中や小僧はめったに通らない。おおかた、家の者のための場所となっていた。さして広くはないが、紅葉が何本も植えられていて今の時期は青紅葉が楽しめた。お絹は殊《こと》の外《ほか》この庭が気に入っていて、草取り掃除とよく手を掛けている。今朝も箒《ほうき》を手にして庭にいた。

「この白い粉は、何の薬だ」

「わかりません。こんな僅かでは医者でもわからないでしょう」

「佐太治」

「はい」

「これを毒薬だと思うかい。落としたのがお絹だと」

「めっそうもございません。そんな恐ろしいこと、考えちゃいけませんよ」

「考えなければどうなる？　おれは、このまま弱って死んでいくのか」

「どうか落ち着いてください。これはただの薬包紙で、誰かが薬を飲んだ後、行儀悪く投げ捨てただけかもしれないでしょう。いえ、きっとそうですよ」

「わざわざ中庭に出てきて薬を飲んで、紙だけ捨てたと？」

絶対にありえないとは言えないが、考え難い。佐太治が黙り込んでしまう。

廊下の向こうから軽やかな足音が近づいてきた。

お絹だ。

「ともかく、できる限りの用心をいたしましょう。家の中で、できるだけ物を口に入れないようにしてください。暫《しばら》くは、わたしと外で何か食べるようにしましょうか」

「……そうだな」

「わたしがちょっと調べてみます。二、三日、日数《ひかず》をくださいな」

「佐太治、頼むよ。おまえだけが頼りだ」

おまえだけが頼りだ。他人に縋《すが》るような、こんな弱々しい台詞《せりふ》が口から出るとは思わなかった。頼りにされることは多々あっても、誰かを頼りにしたことも恃《たの》みにしたこともなかったはずだ。喜平は、自分がひどく弱っているのだと改めて思い知った。

「あら、番頭さん、こちらにいらしたのですか」

お絹が微笑みながら、座敷に入ってきた。

「あ、はい。ちょっと込み入った話がありましたもので」

「お仕事のですか？　表じゃなくてこちらで商いの話をするなんて珍しいこと。店の者に聞かれては困るお話だったんですかね」

「あ、いや、まあそういうことで。いろいろと難しいことが起こるものでね。まあ、それが商いってものでしょうが。はは。旦那さまの差配がないと、なかなか回らんのですよ」

佐太治は身軽に立ち上がると、そそくさと出て行った。お絹が首を傾《かし》げる。

「あたし、お邪魔だったんでしょうか」

「いや、そんなことはない。話はあらかた終わっていたからな」

「そうですか。じゃあよかった。あたしも他人《ひと》のいない方がお話しし易いですから」

「他人がいては困るような話なのか」

お絹がすっと真顔になる。能面に似て、一切の表情が消える。それを恐ろしいと、喜平は感じてしまった。身を竦《すく》ませたのを気取《けど》られないように、身体を揺する。

「何だ。新しい小袖でもあつらえたいと、ねだるつもりか。こりゃあ油断ならんな」

わざと軽佻《けいちょう》な物言いをして笑ってみる。お絹はにこりともしなかった。喜平の傍らに座り、顎を上げる。何かに挑むような仕草だった。

「旦那さま、あたし、今夜、揉《も》み屋さんを呼んだんですよ」

「揉み屋？　按摩《あんま》さんか」

お絹の頭が左右に振られた。髪がふわりと匂い立つ。

「按摩さんじゃありません。揉み屋さんです。身体を揉んで、凝りをほぐしてくれるんです」

「だから、按摩だろう。同じじゃないか」

「違うんです。その人は、女の人で確かに目は見えないのだけれど、その人に一度揉んでもらうと、生まれ変わったようにすっきりするんですって。枕から頭が上がらなかった病人が元気になって、家人と話ができるようになったって噂もあります。何年も苦しめられてきた腰の痛みがきれいになくなったって人もいるんですよ。あたし、その人から直に話を聞いて、揉んでくれるように頼んでたんです。あたしも肩の凝りがひどい性《しょう》なんで。でも、たいそうな人気で半年から一年待たなきゃ、順番が来ないんです」

「なるほど。今夜、やっと番が回ってきたわけか」

「いいえ、順番を飛ばしてもらったんですよ。待ってたら、あと五、六カ月は後になっていたはずです」

「ふーん、金でも積んだのか」

ここでも、お絹はかぶりを振った。

「その人、お金では動いてくれないんです。百両積んでも番を入れ替えたりしてくれません」

話がよく見えない。喜平は、さっきの佐太治のように眉を顰《ひそ》めていた。

「金じゃあない？　じゃあ、どうやって呼んだんだ」

金を積む以外に術《すべ》があるのか。喜平には見当がつかなかった。お絹の黒眸《くろめ》がちらりと動く。

「旦那さまの話をしたんです」

「わたしの？　わたしの何を話したんだ」

「お身体のことです。このところ、ずっと調子が悪かったでしょう」

喜平は目を剝《む》き、女房の顔をまじまじと見詰めた。

「おまえ、気が付いていたのか」

「そりゃあわかりますよ。女房ですもの。夜だって寝汗がひどいし、うなされているし、気が気じゃなかったんですから」

「うなされている？　えっ、まさかそんな」

「うなされてますよ。それに、寝言も……」

お絹が目を伏せた。その表情に胸がざわめく。

「寝言って、何を言っていた？　どんなことを言ってたんだ」

「わかりませんよ、そんなの。寝言ですからはっきりしないし。ただ、前のお内儀さんの名を何度か呼んでいたみたいですけど。お文、お文って」

眉の端がひくひくと動いた。口が僅かに開く。

おれがお文の名を呼ぶ？　何でだ？　なんでここにお文が出てくる？

正直、命日でもない限り、お文を思い出すことなどなくなっていた。むろん、夢に出てきたこともない。顔さえ、朧《おぼろ》になりつつある。

「おまえの聞き間違いだろう。わたしにはそんな覚えは毛頭ないぞ」

お絹は何か言いかけたが、曖昧に頷《うなず》いただけで口を閉じた。喜平はなぜか苛立《いらだ》つ。

お絹の何が気に食わないわけでもないのに、苛立ちが募ってくる。

「おまえは、その揉み屋とやらに何を言ったんだ。まさか、わたしのことを病人のように伝えたんじゃないだろうね。松田屋の主人が病だなんて噂がたったら、商いにも影響してくる。軽はずみな真似をするんじゃないぞ」

口調が尖《とが》るのをどうしようもできなかった。

ああ、苛立つ。何もかも面倒で、厄介《やっかい》だ。打ち壊してやりたい。粉々に砕いてしまいたい。

お絹と目が合う。喜平はつい顔をそむけてしまった。束の間とはいえ、自分の中に空恐ろしい情動が蠢《うごめ》いた。それを悟られたくない。

「噂なんて立ちませんよ」

お絹が低い、ややかすれた声で言った。

「揉み屋さんはそりゃあ口が堅くて、客の秘密を一言だって漏らさないそうです。だから、とても信用できるんですって」

「誰が言ったんだ、そんなこと」

「あたしに揉み屋さんを紹介してくれた人ですよ。謡《うたい》のお稽古仲間なんですけれど、その人のご亭主も調子が悪くて悪くて、寝付くぐらい悪くて、でも因《もと》がわからなくて、とうとう医者にも匙《さじ》を投げられてしまったんです。それで、藁《わら》にも縋《すが》る想いで、揉み屋さんに揉んでもらったら」

「治ったのか」

「ええ、きれいさっぱりとは行かなかったけれど、かなり楽になったそうです。いろいろ忠告もいただいて今じゃすっかりお元気になったそうですよ。ですから、あたしも頼み込んだんです。あたしが頼んだ揉み代《しろ》を旦那さまに回してくれないかって。それでも、半年ほど先だったんですけどね。でも、揉み屋さんが詳しくあれこれ尋ねてくださってね。あたし……ええ、しゃべりましたよ。尋ねられたことに正直に答えるってのが、揉み治療には何より大切だって言われましたから。あたしの知っている限りのことを話しました。寝汗のことも、うなされていることも、日中にぼんやりしていることも、ひどく疲れて見えることも」

喉の奥で小さく呻《うめ》いていた。

気付かれていないつもりだった。気付かれないように振舞ってきたつもりだった。しかし、お絹はちゃんと見抜いていたらしい。我知らず、胸を押さえていた。

ここに萌《きざ》した疑念までも見破られてはいないだろうな。

「そしたら、三日後に参りますと言ってくださったんです。早い方がいいだろうって」

「それが今日ってことか」

「ええ」

「なぜ、三日前に言わなかったんだ。機会はいくらでもあっただろうに」

「早く言うと、旦那さまは胡散臭《うさんくさ》がって、揉み屋さんのことをあれこれ調べるだろうと思ったからです。せっかく、順番を前倒しにして来て下さるのに、失礼なことになったらって用心したんですよ。気分を害されて帰られたりしたら、元も子もありませんからね」

もう一度、唸《うな》っていた。

確かに自分の気性なら、評判の〝揉み屋〟とやらを胡散臭く感じ、調べ上げただろう。渡る前に必ず石橋を叩《たた》いてみるのが商人だ。用心深く、臆病で、剣呑《けんのん》なものには決して近づかない。生来の性質なのか、いつの間にか習い性となったのか、確《しか》とはわからない。けれど恥じる気はまったくなかった。むしろ、商人になるべくして生まれてきたのだと、我が身を誇りたい思いすらする。そのあたりも、お絹はちゃんと見通して、手を打ってきた。

なかなかにしたたかな策士ではないか。

「ともかく、今回ばかりはどうか、あたしの言うことを聞いてくださいな。このとおり、お願いします」

お絹が拝むように手を合わせる。

夫婦になってから、この女が何かを強く乞うたことも、せがんだこともなかったな。今が初めてだ。と、喜平は気付く。

「……わかった。おまえがそこまで言うのなら、揉んでもらおうか」

「まあ、ほんとに。よかった」

お絹の面が明るくなる。十年も連れ添って、すっかり見慣れたはずの顔が眩《まぶ》しい。

「きっと、効がありますよ。ほんとに評判なんですから。あら、いけない。そろそろ藤吉が手習所から帰ってくる刻だわ。そうそう、あの子ね、手蹟《しゅせき》の筋がいいってお師匠さんから褒められたんですよ。一度、見てやってくださいね」

お絹が部屋を出て行く。

かさっ。袂《たもと》の中で小さな乾いた音がした。あの薬包紙だ。佐太治が中庭で拾った白い紙。

毒。禍々《まがまが》しい響きがまた、頭の中に広がる。

喜平は袂を握りしめ、遠ざかる足音を聞いていた。

二

その女を一目見たとき、喜平は我知らず瞬きを繰り返してしまった。

「えっ、あんたが揉み屋さんかい」

「はい。梅《うめ》と申します。今日は、よろしくお願いいたします」

女は名乗り、指をついて深く頭を下げた。女というより娘だ。まだ、十五か十六、よくいって十八、九だろう。髷《まげ》も島田だ。ただ、形《なり》はごく地味で唐茶色の縞《しま》小袖に昼夜帯を締めている。その地味な装いがお梅という揉み屋の若さと肌の白さを引き立てていた。やや下膨《しもぶく》れの愛らしい顔立ちをしていて、ふっくらした唇に仄かな艶が宿っていた。両眼は閉じられて、睫《まつ》毛《げ》が影を落としている。柔らかく清らかな色香を纏《まと》った女だ。なるほど、春のとば口で咲く梅のようだと喜平は思い、思った自分に驚く。これまで、お絹も含めて女を花に重ねたことなどなかったからだ。

宵《よい》五つのあたり。町木戸が閉まるのにまだ一刻ばかりの猶予がある。松田屋の奥にある喜平の居室には行灯《あんどん》が灯《とも》り、仄かに辺りを照らしていた。お絹がひどく生真面目な表情で、部屋の隅に座っている。揉み屋が娘であったこと、娘と梅の花を重ねていたこと。驚きはそれだけで済まなかった。

お梅は犬を連れていた。しかも、尋常な大きさではない。喜平が知っている犬に比べるとゆうに一回りは大きい。全身が白い毛に覆われて、太い四肢ががっしりした体を支えている。

これには心底から驚いた。のけぞった拍子に、敷物の上に尻もちをついたほどだ。

「びっくりされましたか。申し訳ありません。でも、十丸《とおまる》は利口でおとなしいですから。よほどのことがない限り吼《ほ》えたり噛みついたりは絶対にしません。ご安心くださいな」

「お梅さん、あんた、少しは見えてるのかい」

「はい。ほんの少し、光の明るさを感じるぐらいはできます。でも風景や人の姿までは無理です。何も見えませんよ」

「見えないのになぜ、わたしが驚いたってわかるんだ」

「それはわかります。気配が伝わってきますから」

「気配だって。剣豪のようなことを言うんだな」

「剣豪でなくてもわかるんです。人の気配ってとてもおしゃべりで、いろんなことを教えてくれるんですよ。しかも、包み隠さず」

そこでお梅はくすっと笑った。肩を竦《すく》め、口元に手をやる。子どものような仕草だ。

「顔つきや言葉はときに嘘をつきますけど、気配は誤魔化せないんです。辛《つら》いときには辛い、嬉しいときには嬉しいってちゃんと伝えてくれます」

「だとしたら、あんたはずい分と厄介な人なんだな。こちらの隠し事を全部、見通してしまうってことだからな」

「あら、それは違いますよ。全部なんてわかりません。わかりっこないじゃないですか。ただ、この人は辛そうにしている、喜んでいるって感じるだけです。なぜ辛いのか、何を喜んでいるのかまではわかりません。わかりたくもありません」

お梅の声は見かけによらずさっぱりと乾いていた。こういう声はいい。好ましいと喜平は嬉しくなる。べとつかず、まとわりつかず、いい声だ。

うん？　もしかしたら、今の気配も伝わってしまったかな。

空咳《からせき》をして、軽く身を屈《かが》めた。

「お梅さん、もう一つだけ聞いてもよろしいかな」

「なんなりと」

「その犬、よほどのことがない限り吼えないし噛まないって言ったが、よほどのことってのがあれば噛みついてくるわけか」

「はい」

この上なく短い、はっきりとした返事だった。

「そのよほどのことってのは、どういうことなんだね」

ちらりと十丸という名の犬を見やる。手入れが行き届いているのか、雪色の毛は艶やかで行灯の光にさえ輝いていた。

「わたしは女ですし、夜道を歩くことも多々、ございます。江戸の夜道ほど剣呑なところはないとも言われておりますでしょう」

「なるほど、この犬なら何よりの用心棒になるな。軽く唸るだけで並の男なら震え上がる」

「はい。十丸のおかげで何度も危ないところを救われました。それに、初めての道を行くときもちゃんと先導してくれるのですよ。水たまりとか危ない場所とか、教えてくれて」

お梅の手がすっと伸びる。十丸の頭をそっと撫《な》でる。何の迷いもない動きだ。本当に見えていないのかと疑いたくなる。それほど滑らかな所作だった。

「お梅さん、それなら」

「旦那さま」

部屋の隅から、お絹が立ち上がった。喜平の横に膝《ひざ》をつく。

「今、お顔を合わせたばかりなのに根ほり葉ほり尋ねたりして、失礼ですよ」

子を叱る親の口調だ。咎《とが》める響きがある。いつもの喜平なら腹立ちを覚えたかもしれない。しかし、どうしたことか今は素直に頷ける。素直に謝りもできた。

「ああ、そうだな。ついつい、調子に乗ってしまった。お梅さん、申し訳ない」

「いいえ、とんでもない。ふふっ、それにしても松田屋のご主人がこんなに知りたがり屋だったとは思ってもいませんでしたよ」

顔が熱くなる。羞恥に頰が火照《ほて》った。久々のことだ。それにしても確かに不思議だ。遠慮も忘れ他人にあれこれ問い質《ただ》すなんて自分の性質ではないと思っていた。それに、このところ他人に心が向くことなど、とんとなくなってもいたのだ。不調を覚えるずっと前から、女にさえ興が湧かなくなっていた。

お絹の身体にも長い間、触れていない。

「さて、ではそろそろ始めさせていただきますよ」

お梅が懐から細紐《ほそひも》を取り出した。手早く袂を括《くく》る。二の腕が露《あら》わになった。息を吞むほど白く、引き締まった腕だった。太くはないが細くもない。

美しい。

と、喜平は呟《つぶや》きそうになった。慌《あわ》てて奥歯を嚙みしめる。悔しいからではなく、呟きを潰すために奥歯を嚙んだのは初めてだった。

お梅が細紐を結び終わった。それが合図だったのか十丸が動く。行灯の明かりの届かない隅まで退き、しゃがみ込んだ。白い姿が闇に包まれる。

代わりのようにお絹が二枚の折り畳んだ布を差し出した。どちらも淡い茶色で、薄く綿が入っているようだ。

「なんだ、これは？」

「うつ伏せになって、これを額と胸の下に敷いてくださいな。大きめの方が胸です」

お絹ではなくお梅が答えた。言われた通りに、二つ折りの布に額と胸を置く。それだけのことなのに、身体が落ち着いて余分な力がすうっと抜けた。その抜けていく感じが心地よい。

腰のあたりにお梅の手が載った。軽く、押してくる。

温かな手のひらだ。温石《おんじゃく》のような温もりが伝わってくる。密やかな足音が聞こえて、障子を開け閉めする、これも密やかな音がした。お絹が出て行ったらしい。

「松田屋喜平さん」

名を呼ばれた。返事をする前に、円《まろ》やかな声が言った。

「おもみいたします」

腰から背中、肩にかけてお梅の手が滑る。温もりがその動きにつれて広がっていく。滑らせながら、お梅は「あぁ」と何度か小さな声を上げ、何度も息を吐いた。

「……どうかしたか」

どうにも気になって尋ねてしまった。お絹がいたら、また叱られただろうか。

「松田屋さんは、ずい分と我慢強いお方です」

お梅の声音は少し沈んで、どこか悲しげでさえあった。

「我慢の上に我慢を重ねて、ここまでこられたのでしょうか」

我慢の上に我慢を重ねた？　そうだろうか。

喜平は考える。

そりゃあ、我慢はしたさ。我慢をせずに生きていける者なんて、めったにいないだろう。

「おいおい、喜平。人の一生なんて短いぜ。楽しんだ者勝ちじゃないか」

松田屋の跡を継いで、懸命に働いていたころだ。顔見知りの男に嗤《わら》われた。喜平より二つばかり年上で、小体《こてい》な油屋の次男坊だった。品川宿随一の旅籠《はたご》屋に婿入《むこい》りが決まっていて、祝言までの日々を遊びに費やして生きるのだと、所帯を持てば、やりくりの苦労とは無縁の暮らしが約束されているのだと公言して憚《はばか》らない男でもあった。

金策に走り回り、問屋仲間の付き合いに気を遣う喜平を見下げていたのか、「同じ男、同じ江戸の商人に生まれながら、ずい分と生き方が違うもんだな」とせせら笑った顔を今でも思い出す。あのときも我慢した。殴りつけてやりたいのを我慢した。

お梅の手のひらが背中を圧《お》す。圧す。圧す。身体の芯にずんとぶつかってくる強さだ。あの華奢《きゃしゃ》な女のどこにこんな力が宿っていたのか。

ずん、ずん、ずん。

「ううっ」

思わず唸っていた。痛いのとは違う。かといって心地よいわけでもなかった。僅かに息苦しさを感じる。汗がじんわりと滲《にじ》んできた。

身体の芯にぶつかった力はそこで跳ね返り、小波になって広がっていく。ぶつかり、跳ね返り、広がる。ぶつかり、跳ね返り、広がる。それが繰り返される。しだいに身体が揺れてくる。いや、揺れていると惑わされてしまう。息苦しさが募る。

なるほどと、お梅が呟いた。

何がなるほどなのだろうか。それより、もう少し力を抜いてもらわないと、胸が潰れそうだ。口を開けたけれど、喜平は何も言わなかった。言わない方がいい、言わなくていい。そんな気がしたのだ。

このまま、もう少し我慢してみようか。

我慢すればどうなるのか。我慢の果てになにがあるのか。

「おまえは我慢が足らない」

母親のお吉《きち》の口癖だった。ほとんど声の出なくなった今わの際《きわ》まで囁《ささや》いていた。

「我慢、辛抱は商いの基だよ。それができないようじゃ、店は任せられないね」

もっともっと我慢おし。辛抱おし。

おれの我慢が足らないって？　そんなこと、あるものか。

おれは、お静《しず》を諦めたじゃないか。我慢して我慢して、堪えて堪えて、諦めたじゃないか。おっかさんだってよく、知っていたはずだ。

ふいに、お梅の手が止まった。小波が凪《な》ぐ。背中が温かい。陽だまりのように温い。

お梅の指が背骨に沿って、上から下に動いた。

火が付く。ぽっぽっと、ところどころに小さな火が付いて、静かに燃える。

「よく、ここまで我慢してきましたねえ」

「え……、いや、別にわたしは……」

「ほら、ここも。凝りが固まって、岩のようになっておりますよ」

指が貝殻骨《かいがらぼね》の下をゆっくりとなぞっていく。

火が付く。見えもしないのに、炎は赤紫をしていると信じられた。

「おもみいたします」

もう一度、お梅が告げた。先刻より、ゆったりとした口調だ。

火の上を指が揉み始める。揉んで、圧して、放す。

火はお梅の指を追うように、伸びていった。熱くはない。温かな赤紫の火だ。

「灸《きゅう》をしているのか」

囁きに近い声で喜平は尋ねた。「いいえ」と返事があった。

「わたしは揉み屋ですから、揉むだけなんですよ」

「しかし、温かいぞ。ああ……何だか熱いほどだ」

「ええ、何とか流れそうです。なかなかに厄介なお身体ですねえ。もう一刻が経つのに、なかなかゆうことを聞いてくれません。でも、やっと、何とかなりそうですよ」

「一刻だって？」

「ええ、始めてからかれこれ一刻が過ぎます」

「馬鹿な。さっき、始まったばかりじゃないか」

「喜平さんがそう感じているだけですよ。もう、夜もかなり更けました」

「そんなことがあるものか。浦島太郎じゃあるまいし。あ……」

貝殻骨の下で何かが蠢いた。ぐうっと鈍く重い音がした。

「さっ、もう少し揉ませてくださいな」

熱い流れが身体の内をめぐる。上顎《うわくび》、盆《ぼん》の窪《くぼ》、首の付け根、腰、太腿《ふともも》、脹脛《ふくらはぎ》。揉まれる度に流れは勢いを増し、激しく熱く流れていく。

目を閉じたまま、喜平は身体の内の音に耳を澄ませていた。

おお、おお、流れている。

流れているのは何だろう。何かはわからないが、流れている。

お静を思い出した。忘れて久しい女だ。

「しかたないですね。いつかはこうなると覚悟はしてました」

別れを切り出したとき、お静はあっさりと納得した。出入りの蠟燭《ろうそく》職人の娘だ。亭主に死に別れ出戻っていたお静と割ない仲になってから五年近くが過ぎていた。喜平にとって初めての女で、本気で夫婦になりたいと望んだ一時もあった。

お文との縁談が持ち上がったとき、母は、いの一番にお静との関わりを切るように告げた。

ほとんど命令だった。

「あと腐れがないようにきちんと片を付けるんだよ。わかってるね」

お文の実家は、松田屋にとって最も大きな得意先だ。高位の身分の武士や名うての大店の主人たちを客に持つ料理屋で、江戸のあちこちに分店もあった。買い入れる蠟《ろう》燭《そく》の数は半端ではない。万が一にも取り引きを断られれば、松田屋は翌日から立ち行かなくなる。喜平の働きぶりを目に留めた料理屋の主《あるじ》から三女を嫁にどうかとの話が持ち込まれたとき、断る道はなかった。断れば、松田屋はお終いになる。

　全ての事情を呑み込んだ上で、お静は身を引いてくれた。店をたたんだ父親とともに、父親の在所である染井村《そめいむら》に去り、それっきりとなったのだ。正直、安堵《あんど》もしたけれど、淋しくもある。胸のどこかが欠けて疼くようでもある。淋しさとはこんなに痛いのかと、若い喜平は涙を零《こぼ》した。お静が男の身勝手を詰《なじ》ってくれれば、責めてくれれば、多少とも取り乱してくれれば踏ん切りもついたかもしれない。こうも綺麗に去られてしまうと、かえって未練が募る。淋しい。痛い。

「我慢おし。ここで辛抱できなくて、どうするんだい。蠟燭職人の娘と松田屋を天秤《てんびん》にかけるつもりじゃないだろうね」

　母はここでも我慢を押し付けてきた。

　お静とはそれっきりになった。染井村の植木屋に嫁いだと風の便りに聞いたきりだ。女の潔《いさぎよ》い別れ方に心を残し、弱音を吐くのも淋しがるのも、それこそが男の身勝手だと気が付いたのは三十半ばになってからだ。年を経るにつれ己の身勝手に呆《あき》れることも、お静を思い出すことも間遠くなっていった。しかし、今は、なぜか鮮やかによみがえってくる。

「しかたないですね。いつかはこうなると覚悟してました」

あの声も、語尾の震えも、伏せた睫毛の影のせいで仄暗く見えた横顔も、ぽってりした唇も、丸い顎の形も、臙脂《えんじ》色の縮緬《ちりめん》手絡《てがら》も、はっきりと浮かんでくる。昨日見た風景のようだ。

お梅の指が右の足裏を圧した。

飛び上がるほど痛い。お静の姿が掻《か》き消える。

「い、痛い。止《や》めてくれ」

悲鳴を上げていた。お梅の指は止まらない。容赦なく圧し続ける。激痛が走る。い、痛い。何だ、これは。まるで拷問じゃないか。痛みのあまり心の臓が止まるぞ。

拷問？　あ、まさか……。

指が左足に移った。やはり痛い。大槌《おおづち》で打たれるようにも、長針で刺し貫かれるようにも痛い。様々な痛みに襲われて、呻くことしかできない。

まさか、お絹はおれを殺そうとして、揉み屋とやらを頼んだのでは。もしかして、このまま、本当に心の臓を止められてしまうんじゃないか。

飛び起きようとしたとき、お梅がぽそりと呟いた。

「ああ、これは痛いでしょうね。石のようですもの。ほんとによく我慢してきたこと。でも、もういいですからね、喜平さん」

「え……」

「もう、我慢しなくていいですよ」

「我慢……しなくて、いい」

「はい。痛いなら痛いって叫んでください。辛かったら辛いと吐き出して泣いていいんですよ」

お梅の手のひらが右と左から、喜平の足裏を挟み込んだ。暫くそのままにして、ゆっくりと放す。身体が浮いた気がした。

痛みはどこにもない。むしろ、心地よい。ふわふわと漂う心地がする。

「もう……我慢しなくていいのか」

「ええ、無用の我慢は捨てましょう。凝りの因ですからね。ほんとに、よくがんばってこられましたね。もう十分でしょう。もう、いいですよ。もう、いいんです」

起き上がっていた。敷物の上に座る。目の前に、お梅の白い顔があった。

目の奥が熱い。ここでも火が燃えているのだろうか。いや、違う。この熱さは炎ではない。

頬の上を熱い水が流れた。次から次へと流れていく。流れて顎から滴る。あるいは口の中に染みてくる。しょっぱい。

「……おれは……泣いてるのか。そんな……どうして……」

「強張りがだいぶ取れたからでしょう。だから、もう我慢できなくなったんですよ。本当はこれまでにきちんと流してこなければならなかった涙です」

悔しい、腹立たしい、淋しい、苦しい、辛い。そして、嬉しい。心が揺れて涙が出る。これまで、心を揺らせることも涙を零すことも必死でこらえてきた。商いのためだけを、店を大きくすることだけを考えてきた。

父母が亡くなったときも、女房が逝《い》ったときも涙は滲みはしたが流れはしなかった。お絹を女房にしたときも、満足はしたけれど泣くほど嬉しかったわけではない。考えてみれば、あえて抑えつけていたのかもしれない。情に振り回されては商いはできない。本気で泣くことなど百害あって一利なしだと、信じていた。

父親の初代松田屋喜平は、情に負けた。兄弟同然に育った従兄弟《いとこ》の頼みを断り切れず、多額の金を貸したのだ。従兄弟は深川元町《ふかがわもとまち》で唐津屋《からつや》を営んでいたが商売が傾き、どこからも助けを得られず初代喜平に泣きついてきたのだ。四十両という当時の松田屋にしては、相当の大金を父は貸したのだ。従兄弟は声を上げて泣いた。誰もが見捨てる地獄の中で仏に出会ったと大声で泣いた。必ず金は利平《りびょう》を付けて返すと約束もした。父も一緒に泣いていた。

金は返ってこなかった。

従兄弟は方々から借り集めた金を懐に、江戸から消えた。逐電《ちくでん》したのだ。賭場《とば》でたいそうな額の金をすっていたと、遠縁の老人が教えてくれた。今更、そんなことを知っても何の足しにも役にも立たない。

大金を失った松田屋の身代は、あわや潰れるというところまで傾いた。簞笥《たんす》の着物も簞笥そのものも売り飛ばしてがらんと広くなった座敷で、うなだれていた父を覚えている。何とか持ち直したものの、父は精根尽き果てみるみる老け、三月《みつき》も寝込まずに亡くなった。

人の情は、罠《わな》のようなものだ。うかつに泣けば、穴に落ちる。

「ほんとうは……親父がかわいそう……だった。親父が好き……だったから、かわいそうで……。騙《だま》した男が憎くて……。でも、松田屋を継いだばかりで……それどころではなくて……泣いてなんか……いられなくて……」

「ずっと我慢しているとね、身体が縮んで硬くなるんです。そしたら気持ちも流れなくなります。涙も血も汗も流れが悪くなってしまうんです。だから、泣けてよかったですよ、喜平さん。泣けるのは、いい兆しです」

娘ほどの年端《としは》の女の前で涙を零《こぼ》して、泣いている。嗚咽《おえつ》を漏らし、涙を零《こぼ》している。

信じられなかった。ただ、涙が落ちるたびに、お梅の言う〝流れ〟を感じ取れた。いつの間にか身の内に幾つもの流れができている。

軽い。信じられないほどに身体が軽い。そして柔らかい。

「喜平さん、息を大きく、できるだけ深く吸って、吐いてみてください」

大きく、深く息を吸って、吐く。

驚くほど胸が開いた。夜気がするすると滑り込み、温もった息が外に出て行く。流れている。流れている。さらさらと音を立てて淀《よど》みなく流れている。

確かに、おれの身体は縮んでいた。硬く硬く強張っていた。

何もかもが詰まっていたんだ。

もう我慢しなくていい。

泣けて、よかった。

お梅の一言一言は優しい。こんな優しい物言いに、言葉に初めて触れた。優し過ぎてまた、泣いてしまう。また、涙が溢《あふ》れてしまう。抑えきれない。

「お梅さん……お絹は……お絹は……」

「はい、お絹さんがどうかしましたか」

「わたしを……殺そうなんて考えちゃ……い、いないよな」

おれは何を尋ねてるんだ？　氏も素性も知らない相手に何て物騒なことを問うている。

「いませんよ」

きっぱり言い切られた。さっきまでの甘い響きは、ない。

「なぜ、そんなことを考えたんです？　喜平さん」

「そう思った……ほんのちょっとだけ思って……。く、薬で殺されるんじゃないかと」

「なぜ、そんなことを考えたんです？」

同じ問いかけが繰り返される。

「それは……身体の調子が悪くて、本当に悪くて……。おかしいと思ったんだ。今まで、そんなことはなかった……。明らかにおかしかったんだ」

「もう、ぎりぎりだったんですよ」

お梅がふっと息を吐き出した。唇は美しく紅《あか》い。白い肌と紅い唇。日の下では生き生きとした若さの証にもなるのだろうが、行灯の明かりに照らされればどこか妖しげな気配を纏う。下腹が熱くなる。揉んでもらったときとは異質の熱さだ。喜平は唾を呑み込み、お梅に視線を向けた。どんな目つきをしていても不躾であっても、盲《めし》いた者にはわからないだろう。もう一度、唾を呑み込んだとき低い唸《うな》りが聞こえた。

部屋の隅から真白な犬がこちらを見ている。低い唸りは畳を這い、猛々《たけだけ》しい視線は空を飛んで喜平にぶつかり、突き刺さってくる。山中で狼に出くわした気分だ。お梅への好き心が怯えに取って代わる。

なるほど、これはまさに用心棒だ。しかも、相当な腕前の。

くすりと、お梅が笑った。

「十丸はあたし以上に人の気配に聡《さと》いんですよ」

頬に血が上る。そうだった。こちらの気配は全て伝わっているのだった。見えないからわかるまいなんて卑しい心根も久方ぶりに動いた好き心も見破られていたのだ。恥ずかしい。耳の奥まで熱くなる。涙で強張った頬も熱い。

人というのは、こんなにも様々に熱くなれるものなのか。

「毒は外から盛られたんじゃなくて、喜平さんの身の内にあったのではないでしょうか」

喜平の狼狽《ろうばい》も羞恥も知らぬ振りで、お梅が言った。今までとは打って変わって冷たい声だ。身体の火照りが消えていく。

「何だって？　身の内だって？」

「はい」

「わたしの中から毒が出ていたと言うのか」

お梅が首を傾げる。唇が僅かに開き、すぐに閉じた。言葉を探しあぐねているのだろうか。

「毒というのとは少し違うでしょうか。あたしは医者ではないので、詳しいことはわかりかねます。でも、喜平さんほど凝りがひどいと身体は弱りますよね。内に溜まった悪いもの、身体を痛めるものを外に流し去る力が弱まるんです。だから、流れず塊《かたまり》になり、茶毒《とどく》となっていろいろと悪さをしてしまう」

「茶毒……」

何とも禍々しい響きだ。そんなものが、身の内にあったのだろうか。

「誰でも、生まれたての赤ん坊でも人は茶毒を抱えています。日々、新しいものができてもいます。でも、身体さえちゃんとしていれば、害をなすほどに溜まったりしません。ほとんどが外に流れ出します。身体が身体を守るために捨て去るんですよ。そういう力が人には具《そな》わっているんです」

「わたしの場合は、それができていなかったというわけか」

「ええ。もともとなかったのではなく、次第に衰えていったのでしょう。あそこまで凝り固まった身体だと、流れを作るのが難しいです。一旦、淀んでしまうともう一度流れを作り出すのは、なかなかに厄介なんですよ。喜平さん、尾籠《びろう》な話で申し訳ありませんが、このところ尿の出が悪くはありませんでしたか」

「尿……。ああ、確かに」

悪かった。いつも底に溜まっているようですっきりしない。日に幾度も尿意を覚えるのに、厠に行ってもほとんど出ないことも多々あった。痛みや痒《かゆ》みがあるわけではないが不快でたまらなかった。

「できる限り揉み解《ほぐ》しました。あらかたの凝りは取り除いたつもりです。このあと温《ぬる》めの白湯《さゆ》をしっかり飲んでくださいな。きっと、びっくりするほど尿が出ますよ」

「尿と一緒に茶毒とやらも流れ出すのか」

「はい。確かに流れます。でも、今のままだとまた凝りがぶり返しますよ。元の木阿《もくあ》弥《み》というやつですね」

「今のままだと……」

「楽に生きてくださいな」

お梅がすっと背筋を伸ばした。真っ直ぐに喜平を見据える。瞼《まぶた》は閉じられているのに、見据えられている。確かに見られている。

「何もかも背負い込まないで、古い荷は捨ててしまってもいいのではありませんか」

「は？　お梅さん、あんた、何を言ってるんだ」

「喜平さんの凝り、とても深いんです。これ以上揉み解す力があたしにはありません。正直、くたくたに疲れてしまっております。その凝り、一年や二年でできたものじゃありませんよね。ずっと昔から、溜まり続けたものです」

「そりゃあ、わたしも商家の主人だからな。苦労は数多《あまた》、ある。苦労したから今があるんだ。若いうちから楽をしていたら、ろくな者にはならんだろう」

遊び人の仲間も、父を裏切った従兄弟もろくな生き方も、死に方もできないはずだ。

「苦労と凝りは違います。喜平さん、凝りって二つありましてね、一つは身体を動かさなかったり、無理をしたりして硬くなるもの。これは揉めば治ります。厄介なのは、〝残ったもの〟から出てきた凝りなんです」

「残ったもの？」

「そう、残ったものです。人の内に入り込み、残ってきたもの。喜平さんは、いろんなものを背負っていらっしゃいます。でも、もう背負いきれなくて身体が悲鳴を上げました。だから、調子が悪かったんです。もうこれ以上は無理だと、身体が教えてくれてたんですよ。喜平さんぐらいのお年の方にはよくあります。功成り名遂げた方は、自分の力で築き上げられるものは全て築いてきた。それで、ふっと来し方を振り返り、行く末を見たら……」

「見たら？」

「行く末が案外短いように感じられ、来し方が幻のように思えるんだそうです。あれをすればよかった、あんなことをしなければよかった、あれを諦めた、これを手放してしまった……後悔や虚《むな》しさが押し寄せて、自分の老いが恐ろしくなると、これは、さる大店のご主人から直にききました。あたしにはまだ、わからぬ心持ちです。ただ、この方も喜平さんと同じような不調を訴えておられましたよ。凝り方もよく似ています。〝残ったもの〟が凝りの芯になっているところが、ね」

だから、その〝残ったもの〟とは何なんだ。と叫びそうになった。胸が広がり、膨らむようになったせいか、声を腹の底から出せる気がする。息も声もこもらず、滑らかに出て行く。

しかし、喜平は口をつぐんだ。お梅が僅かに膝を進めたからだ。

「喜平さん、もう一度お尋ねします。どうして毒で殺されるかもなんて考えたんです。身体の調子が悪い、だから、毒を盛られたとどうして直截《ちょくせつ》に結びつくんです。この世に、不調を訴える人はごまんといます。でも、毒殺を疑う人はそんなに多くはないでしょう」

「だから、それは……」

「それは？」

「それは……」

唇を噛む。膝の上でこぶしを握る。

なぜだ、なぜ、おれは毒を恐れた。毒で殺されるのではと怯えた。何故《なぜ》だ。何故だ。

ひっと喉が震えた。脳裡に白い足の裏が過《よぎ》ったのだ。

女のものだ。お文の足の裏だ。

三

「旦那さま、お内儀さんが、お内儀さんが」

佐太治が血相を変えて飛んできた。いつも沈着な番頭には珍しい慌てぶりだった。

店にいた奉公人たちが一様に目を見開く。佐太治の慌てぶりに異変を感じたのだ。

「お文がどうかしたのか」

「お部屋で、た、倒れておられます。こ、小女が見つけて、早くいらしてください」

帳面を放り出して、お文の部屋へと走った。部屋の前の廊下で小女がしゃがみ込んでいた。

「お文」

部屋に飛び込む。お文の足裏が目に飛び込んできた。廊下に足を向けて倒れていたのだ。

「お文、お文、しっかりしろ」

とっさに抱え起こしたが、一目で駄目だと思った。生きている者の顔様ではない。土気色で半ば開いた目は白く濁っていた。

「お文……」

「医者を呼んでくるんだ、早くしろ」

佐太治が怒鳴っている。無駄だ。医者ではどうしようもない。小女の走り去る足音を聞きながら、喜平の頭の中では既に葬儀の段取りが回り始めていた。佐太治が傍らに膝をつく。

「旦那さま。お内儀さん、亡くなりましたね」

先刻までの取り乱した様子はどこにもない。落ち着いた物腰と口調だ。その落ち着きぶりに、思わず番頭の顔を見る。見られた方は動じる風もなく、微《かす》かに顎をしゃくった。そちらに目をやる。

白い薬包紙が落ちていた。佐太治がそれを摘《つ》まみ上げる。小さく丸めて、屑入《くずい》れに捨てる。

「佐太治、それは……」

「お内儀さんがいつも飲んでいた頭風の薬ですよ。毒なんかじゃありません」

「おい、佐太治。まさか」

「さ、わたしは店の者にざっと知らせておきましょうか。お内儀さんが急な病で倒れた、と」

佐太治は立ち上がり、急ぎ足で廊下に出て行った。

お文との仲は冷え切っていた。我が強く、他人を見下す癖のついた女を喜平はどう扱っていいか途方に暮れ、もてあまし、うんざりしていたのだ。お文はお文で、何かにつけ遠慮がちな亭主に苛立ち、あなたと夫婦になんかならなければよかったと、身を捩《よじ》って泣きも喚きもした。しょっちゅうだ。一緒に笑うことも話をすることも、閨《ねや》を共にすることもなくなって何年もが過ぎていた。

「あたしは実家に帰ります。あなたにもこの店にも、もう我慢できませんから」

ここ一月ほど、お文はことあるごとにそう口にし、その度に喜平は必死で宥《なだ》めるしかなかった。松田屋はまだ大店と呼ばれるところまで育ってはおらず、お文の実家が後ろ盾になっていてくれなければ、商いは伸びない。後ろ盾があるからこそ金を借りることも、商いを広げることもできた。離縁して実家に帰られたりしたら、後ろ盾どころか敵に回すはめになる。それだけは、どうしても避けねばならなかった。しかし、お文は本気だったようで、このところ荷造りまで始めていたのだ。

「どうしたものか。このままだとお文は本当に実家に帰ってしまうな」

「困ったものですな。お内儀さんの我儘《わがまま》にはほとほと呆れます」

佐太治がため息を吐《つ》いた。

まったくだと、喜平は頷く。腹も立つ。

何が我慢できませんだ。おまえが、どれほどの我慢をした。好き勝手に生きてきたくせに。

「いっそ、死んでくれんかな」

言葉が零れた。口にしてから狼狽《うろた》える。おれは何てことを言った。いくら、佐太治相手とは言え、空恐ろしい台詞を漏らしてしまった。佐太治の顔が歪《ゆが》む。

「わたしも同じ思いですよ。松田屋は、わたしにとって何より大切な店です。それを小馬鹿にして、さらに、踏み躙《にじ》ろうとするなんて……、ええ、ほんとに、旦那さまの気持ちは、よくわかります」

佐太治の同意がさらに恐ろしくて、喜平は横を向いてしまった。お文が亡くなったのは、それから十日余り後だ。

あの薬包紙、ほんとうに頭風の薬だったのか？　おれの意を汲んだつもりで、佐太治が毒を飲ませたのでは？　薬の中に混ぜておけば、お文には見分けがつかなかったろう。

こびりついた疑念から喜平は目を逸らした。何も考えないようにした。医者はお文の死を頭の中の血の道が切れたのだと診立てた。続いていた頭風は死の前兆だったのだと。

それでいい。お文の実家は亡き娘の婿として、喜平を引き立て続けてくれた。松田屋は安泰だ。だから、それでいい。毒なんて一切、関わりない。

「お文……、お文、許してくれ」

両手で顔を覆う。そうですかとお梅が呟いた。

「それが、喜平さんの〝残ったもの〟なんですね。だから、不調と毒をいとも容易く結びつけて、怯えていたんですね。でも、違いますよ」

「先のお内儀さんはやはり頭の病で亡くなったのでしょうよ。お医者が毒殺を見逃すはずがありませんからね。病死と毒での死に方を見間違える医者はおりませんよ。仮にも、松田屋さんの掛かりつけ医です。腕も目も確かでしょう」

「違う？」

「え……では、やはり、お文は病で……」

「病で亡くなったのです。毒など盛られてはいなかったはずですよ。喜平さん、お内儀さんが亡くなったときに萌した疑念を確かめるべきでしたね。お医者にちゃんと確かめればよかったのです。そうすれば、こんなに重い凝りを抱え込むこともなかったのに。毒を盛られるとあらぬ思いに怯えることもなかったのに。臭い物に蓋《ふた》をして知らぬ振りをしてきたことが、今の喜平さんの不調の因ですよ」

お梅が立ち上がる。十丸ものそりと薄闇から這い出してきた。

「お揉みいたしました。だいぶ、軽くなったでしょう。その頭で来し方と行く末、ゆっくりお考えになってください」

「あ、あ、お梅さん。もう一つ、聞かせてくれ。あんたが順番を飛ばしてまでわたしを揉んでくれたのは、全部、わかっていたからか」

「まさか。わたしにわかっていることは僅かですよ。でもね、お絹さんから喜平さんの話をお聞きして、危ないなって感じたんです。松田屋喜平さんて人はとても危ないところにいる。一刻も早く凝りをほぐさないと、命を縮めるかもしれないって。あたしは目が見えません。でも、いえ、だからでしょうか。わかるんですよ。人の命の危うさが」

お梅が一礼する。十丸の首についた紐を持つ。そして、静かに部屋を出て行った。

佐太治を部屋に呼んだのは、翌々日の昼下がりだった。

明日までに荷物をまとめて出て行くように申し渡す。

「旦那さま、いったい、何故……、何故そんなことをおっしゃるんです。わたしは松田屋一筋に生きてきたのに。それを、何で」

「わけはこれだ」

帳簿を佐太治の前に置いた。老番頭の顔色が変わる。血の気がまったくなくなった。

「昨日一日かけて、調べ上げた。おまえ、仕入れを誤魔化して、店の金をくすねていたね。わたしがざっと調べただけで百二十両はくだらない。おそらく、もう少しあるのだろう。もうずいぶん前から賭場に出入りしていたのだな。穴埋めのために金が入り用だったのか」

青白い顔のまま、佐太治がうつむく。

「おまえ、わたしを殺す気だったのかい。殺して、何もかもうやむやにして、あわよくば松田屋の身代を好きにできると考えていたのか」

「違います。それだけは違います」

佐太治がかぶりを振る。顎が震えた。汗が頰を伝う。

「旦那さまを殺そうなんて、そんな大それたこと考えてはおりませんでした。ただ、店の商いから、帳簿から気を逸らしておいてもらいたかったのです。毒のことで頭がいっぱいになれば、帳簿どころではなくなるだろうと。旦那さまが先のお内儀さんのことを気に病んでいたのはわかっていましたから」

「おまえがそう仕向けたのだからな」

「はい。旦那さまの弱みを握ることで、旦那さまの上に立てるような気がして……。お文さまの近くに薬包紙を置いて……」

「お絹が薬包紙を落としたというのも噓だな」

「……噓です。あれはわたしの肝の臓の薬です。飲んだ後、たまたま捨てずに持っていたので」

喜平は十両の包みを佐太治の膝に置いた。

「これを持って出ていけ。二度と松田屋の暖簾《のれん》は潜《くぐ》るな。これが、わたしにできる精一杯だ」

「旦那さま」

「出て行け。わたしにおまえを罵《のの》らせないでくれ」

目を閉じる。薄い闇が広がる。遠ざかる足音を耳が捉える。けれど人の気配、悲しみも憎しみも喜びも想いも摑めない。闇は闇のままだ。何もない。

佐太治もさぞかし凝っているだろう。苦しいだろうに。

思い込み、知らぬ振り、気付かぬ振り、怯え、企て、悪心、邪心、我慢、心身の負担……。

全てが凝りに繋がるのか。人は柔らかく、幸せに生きられないものか。

また、泣いていた。

ふっと、温かな風が吹いた。目を開ける。

お絹が微笑みながら傍らに座っていた。真っ新《さら》な手拭いを渡してくれる。

「旦那さま、白湯《さゆ》をお持ちしました。しっかり水気を取りましょうね。これからは、あたしがしっかりと目配りいたします」

「お絹……」

「喜平さん」

お絹が名前を呼んだ。

「あたしは喜平さんと一緒に年を取っていきたいんです。一緒に生きていきたいんですよ」

そこで少しばかり笑む。

「お梅さん、あたしも揉んでくださるんですって。半年後になりますけど」

「そうか……よかったな」

笑み返そうとして唇が震えた。

この女に縋《すが》って、もう少し泣いてもいいだろうか。

喜平は手拭いをゆっくりと握りしめた。

この十二年後に、藤吉は三代目松田屋喜平を継ぎ、明治末まで続く松田家の基を築いたといわれている。

この作品は2020年1月徳間書店より刊行されました。

本書のコピー、スキャン、デジタル化等の無断複製は著作権法上での例外を除き禁じられています。本書を代行業者等の第三者に依頼してスキャンやデジタル化することは、たとえ個人や家庭内での利用であっても著作権法上一切認められておりません。

徳間文庫

時代小説アンソロジー

てしごと

© Atsuko Asano, Kyôko Okuyama, Emel Komatsu,
Naka Saijô, Tôko Sawada, Setsuko Shigawa 2022

2022年11月15日 初刷
2023年2月20日 3刷

著者 あさのあつこ 奥山《おくやま》景布子《きょうこ》 小松《こまつ》エメル 西條《さいじょう》奈加《なか》 澤田《さわだ》瞳子《とうこ》 志川《しがわ》節子《せつこ》

発行者 小宮英行

発行所 株式会社 徳間書店
東京都品川区上大崎三―一―一 〒141―8202
目黒セントラルスクエア
電話 編集〇三(五四〇三)四三四九
販売〇四九(二九三)五五二一
振替 〇〇一四〇―〇―四四三九二

印刷
製本 大日本印刷株式会社

ISBN978-4-19-894797-2 (乱丁、落丁本はお取りかえいたします)

徳間文庫の好評既刊

あさのあつこ

グリーン・グリーン

失恋の痛手から救ってくれたのはおにぎりの美味《おい》しさだった。翠川《みどりかわ》真緑《みどり》(通称グリーン・グリーン)はそのお米の味が忘れられず、産地の農林高校で新米教師として新生活をスタートさせた！　農業未経験にもかかわらず——。豚が廊下を横切るなんて日常茶飯事だが、真緑にはその豚と会話ができる能力が!?　熱心に農業を学ぶ生徒に圧倒されつつも、真緑は大自然の中で彼らとともに成長してゆく。

徳間文庫の好評既刊

西條奈加

千年鬼

友だちになった小鬼から、過去世を見せられた少女は、心に〈鬼の芽〉を生じさせてしまった。小鬼は彼女を宿業から解き放つため、様々な時代に現れる〈鬼の芽〉——奉公先で耐える少年、好きな人を殺した男を苛めぬく姫君、長屋で一人暮らす老婆、村のために愛娘を捨てろと言われ憤る農夫、姉とともに色街で暮らす少女——を集める千年の旅を始めた。

精緻な筆致で紡がれる人と鬼の物語。

徳間文庫の好評既刊

澤田瞳子

師走の扶持

京都鷹ヶ峰御薬園日録

師走《しわす》も半ば、京都鷹《たか》ヶ峰《みね》の藤林御薬園《ふじばやしおやくえん》では煤払《すすはら》いが行われ、懸人《かかりうど》の元岡真葛《もとおかまくず》は古くなった生薬《しょうやく》を焼き捨てていた。慌《あわ》ただしい呼び声に役宅《やくたく》へ駆《か》けつけると義兄《あに》の藤林匡《ただす》が怒りを滲《にじ》ませている。亡母の実家、棚倉《たなくら》家の家令《かれい》が真葛に往診を頼みにきたという。棚倉家の主《あるじ》、静晟《しずあきら》は娘の恋仲を許さず、孫である真葛を引き取りもしなかったはずだが……（表題作）。人の悩みをときほぐす若き女薬師《くすし》の活躍。

徳間文庫の好評既刊

煌《きらり》

志川節子

突然縁談を白紙に戻されたおりよ。相手は小間物屋「近江屋」の跡取り息子。それでもおりよと父は近江屋へつまみ細工の簪《かんざし》を納め続けていた。おりよは悔しさを押し殺し、手に残る感覚を頼りに仕事に没頭する。どうしてあたしだけ？　そもそも視力を失ったのは、あの花火のせいだった――(「闇に咲く」)。三河、甲斐、長崎、長岡、江戸を舞台に、花火が織りなす人間模様を描いた珠玉の時代小説。

徳間文庫の好評既刊

梶よう子

とむらい屋颯《そう》太《た》

新鳥越町《しんとりごえちょう》二丁目に「とむらい屋」はある。葬儀の段取りをする颯太《そうた》、死化粧を施《ほどこ》すおちえ、渡りの坊主の道俊《どうしゅん》。時に水死体が苦手な医者巧《たくみ》先生や奉行所の韮崎宗十郎《にらさきそうじゅうろう》の力を借りながらも、色恋心中、幼なじみの死、赤ん坊の死と様々な別れに向き合う。十一歳の時、弔《とむら》いを生業《なりわい》にすると心に決めた颯太。そのきっかけとなった出来事とは——。江戸時代のおくりびとたちを鮮烈に描いた心打つ物語。